本书为兰州大学中央高校基本科研业务费专项资金项目

“英国浪漫主义诗人的帝国书写研究”（21lzujbkydx001）

和兰州大学外国语学院出版经费资助的成果

诗人与帝国

THE POET AND HIS EMPIRE

A Study of William Wordsworth's Poetry

马伊林 著

威廉·华兹华斯诗歌研究

中国社会科学出版社

图书在版编目(CIP)数据

诗人与帝国:威廉·华兹华斯诗歌研究/马伊林著. —北京:
中国社会科学出版社, 2024. 5
ISBN 978 - 7 - 5227 - 3680 - 8

Ⅰ. ①诗…　Ⅱ. ①马…　Ⅲ. ①华兹华斯(Wordsworth, William 1770 - 1850)—诗歌研究　Ⅳ. ①I561. 072

中国国家版本馆 CIP 数据核字(2024)第 107095 号

出 版 人　赵剑英
责任编辑　张　玥
责任校对　闫　萃
责任印制　戴　宽

出　　版　中国社会科学出版社
社　　址　北京鼓楼西大街甲 158 号
邮　　编　100720
网　　址　http://www.csspw.cn
发 行 部　010 - 84083685
门 市 部　010 - 84029450
经　　销　新华书店及其他书店

印　　刷　北京明恒达印务有限公司
装　　订　廊坊市广阳区广增装订厂
版　　次　2024 年 5 月第 1 版
印　　次　2024 年 5 月第 1 次印刷

开　　本　710 × 1000　1/16
印　　张　15. 5
插　　页　2
字　　数　210 千字
定　　价　89. 00 元

目　录

绪　论

第一节　选题缘起

大英帝国的历史可划分为雏形期的“第一帝国时期”（1583—1783）和成熟期的“第二帝国时期”（1783—1914）。“第一帝国时期”从汉弗莱·吉尔伯特（Humphrey Gilbert）的第一次海外探险开始，到美国独立战争结束，共计两百年。期间的主要活动包括海外探险与航海发现、贸易点和特许公司的成立、美洲十三个殖民地的建立和瓦解、美洲种植园的开垦、奴隶贸易等。这一时期盛行的商业资本主义不仅为国内经济的发展提供了诸多动力，也为殖民地的成长贡献了力量，它同其他殖民活动共同为帝国由雏形向成熟阶段的过渡奠定了坚实的基础。“第二帝国时期”以美国独立战争结束为起点，止于第一次世界大战。期间的主要活动包括詹姆斯·库克（James Cook）在澳大利亚和新西兰的殖民探险、鸦片贸易和随后的鸦片战争、英法帝国之战、废奴运动以及英国在印度、爱尔兰与非洲的殖民统治等。在这个时期，自由贸易的思想取代商业资本主义，这为英国成为世界工业强国奠定了重要的理论基础，而新的殖民地在工业资本主义阶段在世界范围内得到进一步扩展。

英国浪漫主义文学运动（1785—1830）被涵盖于大英帝国历史上的“第二帝国时期”。帝国在这一时期的政治事件及其相关活动，比如地中海沿岸和东方殖民地的建立、市场份额趋于顶峰的“黑三角”的奴隶贸易和高涨的废奴运动、爱尔兰、印度等原有殖民地的发展、英国对华的鸦片贸易、英国在欧洲、中东、西印度等地发动的战争以及美国殖民地的独立，不仅为浪漫主义运动提供了强有力的背景，而且也成为浪漫主义诗歌的一个重要主题。威廉·华兹华斯（William Wordsworth）、萨缪尔·泰勒·柯勒律治（Samuel Taylor Coleridge）、珀西·比希·雪莱（Percy Bysshe Shelley）、罗伯特·骚赛（Robert Southey）、乔治·戈登·拜伦（George Gordon Byron）、威廉·琼斯爵士（Sir William Jones）、汉娜·莫尔（Hannah More）等浪漫主义作家，纷纷就帝国那一段时期以及往昔历史上的殖民主义政策、帝国文化和思维方式的运作及其输出、殖民地的形成与发展等相关帝国主流意识与殖民实践予以回应。这些浪漫主义作家以不同的视角和方式言说着个人与帝国的关系。恰如浪漫主义研究学者蒂姆·富尔福德（Tim Fulford）和彼得·基特森（Peter J. Kitson）所言，浪漫主义作品中不可避免但又极其重要的议题便是通过考量殖民主义、帝国主义和种族主义，并以文学的形式展现出浪漫主义作家与帝国之间的对话。①

华兹华斯不论在前期创作阶段，还是在思想转入保守的后期阶段，均在其诗作中对若干关涉帝国的议题发表过论见，甚至还参与了相关帝国议题的不同程度的论争。按照诺斯罗普·弗莱（Northrop Frye）的说法，华兹华斯的诗歌不仅参与了时代的革命运动，时代的政治变化也成为指导他诗歌创作的样板。② 华兹华

① Tim Fulford and Peter J. Kitson, eds., *Romanticism and Colonialism: Writing and Empire, 1780—1830*, New York: Cambridge University Press, 2005, pp. 1 – 12.

② Northrop Frye, *Romanticism Reconsidered*, New York: Columbia University Press, 1963, p. 27.

斯的帝国叙述在浪漫主义作家中具有鲜明的典型性。它不仅展现出这位浪漫主义诗人与同时期的文人一道对奴隶制、种族问题、海外拓殖、军事战争、殖民教育等话题较高的关注度以及对此问题认识的普遍性，同时还显露出对于该话题认知和阐发的独特性。相较于其他浪漫主义诗人，华兹华斯在不同阶段所拥有的立场不一的政治体验，弟弟约翰·华兹华斯（John Wordsworth）与中国的鸦片贸易以及包括华兹华斯在内的家族所参与鸦片投资的事实，诗人的房东兼资助者之一的约翰·平尼（John Pinney）的奴隶主身份以及妻子玛丽·哈钦森（Mary Hutchinson）的亲戚亨利·哈钦森（Henry Hutchinson）踏足黑奴船的历程等不同背景，除了在某种意义上助推了诗人与帝国的联系所颇具的广度和深度之外，还为其帝国叙述的独特性、丰富性与复杂性的建构提供了较强的参照。

华兹华斯的帝国叙述的篇幅虽不及时常被学界所热议的自然主题的叙述等涉及非政治性的审美叙述，但仍不失为华兹华斯60余年创作生涯中的一个“要旨”。华兹华斯在诸多题材不一的诗作中均对此议题有所涉猎。比如说：叙事诗，其中涉及的诗歌有《废毁的茅舍》（*The Ruined Cottage*）、《退伍的士兵》（*The Discharged Soldier*）、《鲁思》（*Ruth*）、《一个被抛弃的印第安妇女的抱怨》（*The Complaint of a Forsaken Indian Woman*）、《兄弟》（*The Brothers*）、《索尔兹伯里平原》（*Salisbury Plain*）、《被驱逐的黑人》（*The Banished Negroes*）、《女王与女黑人纯洁美丽!》（*Queen and Negress Chaste and Fair!*）、《最后一只羊》（*The Last Flock*）、《流浪女》（*The Female Vagrant*）、《命名地方组诗》（*Poems on the Naming of Places*）、《远游》（*The Excursion*）、《向西走》（*Stepping Westwards*）、《埃及少女或睡莲传奇》（*The Egyptian Maid; or, The Romance of the Water Lily*，下文简称“《埃及少女》”）；颂歌，其中涉及的诗歌有《感恩节颂歌》（*Ode to Thanksgiving Day*）、

《春之颂》(*Vernal Ode*)等;抒情短诗,其中涉及的诗歌有《水仙花》(*The Daffodils*)、《紫杉树》(*Yew Trees*)、《致我的幼女朵拉》(*Address to my Infant Daughter, Dora*)、《幽灵树》(*The Haunted Tree*)、《去往加迪斯的赛提缪》(*Septimi Gades*)等;悼念约翰·华兹华斯的挽歌,其中涉及的诗歌有《致雏菊》(*To the Daisy*)、《挽歌——忆我的弟弟约翰·华兹华斯》(*Elegaic Verses in Memory of my Brother, John Wordsworth*);自传体长诗《序曲或一位诗人心灵的成长》(*The Prelude, or Growth of a Poet's Mind*,下文简称"《序曲》")以及诗学理论《〈抒情歌谣集〉序言》("Preface to *Lyrical Ballads*")等。在这些创作于不同阶段的作品中,华兹华斯有时在单独一部诗作中致力于由帝国叙述所衍生出的单个或者多个话题的论析,也有多部诗作共同参与同一个议题的讨论的情况,甚至诗人在不同的诗作中在言及同一个议题时也会有立场不一的状况。这些内容丰富的涉及帝国叙述的诗作,较为翔实地从多重视角和层面夯实了华兹华斯与帝国之间的动态联系。

第二节　国内外研究综述

华兹华斯在其60余年的创作生涯中,为世人留下了900余首诗歌、一部诗剧《边界人》(*The Borderers*)以及一部游记《湖区指南》(*Guide to the Lakes*)。肇始于19世纪初的西方华兹华斯研究迄今已有200余年的历史。

1802年,弗朗西斯·杰弗里(Francis Jeffrey)在《爱丁堡评论》(*The Edinburgh Review*)所刊载的抨击《抒情歌谣集》(*Lyrical Ballads*)的文章,拉开了西方华兹华斯研究的序幕。杰弗里以一个新古典主义风格的评论家的身份,相继以《莱尔斯顿的白鹿》(*The White Doe of Rylstone*)、《远游》(*The Excursion*)等诗歌为考察对象,对华兹华斯的创作才能和诗歌的诗学价值全盘否定。在杰弗里的影响下，就连同时代的其他诗人，如拜伦、雪莱、济慈等，也同样对华兹华斯的诗风、主题和诗论持有褒贬不一的批评态势。直至 1825 年，威廉·赫兹利特（William Hazlitt）对华兹华斯诗人身份的高度赞誉，并对其诗作较为积极的评介，才一改学界对其毁誉参半的评论走向。至此，华兹华斯的浪漫主义经典作家的地位也逐渐被确立。19 世纪后半叶，华兹华斯的声望在经英国哲学家约翰·穆勒（John Mill）等人，最终由批评家马修·阿诺德（Matthew Arnold）推向顶峰。阿诺德不仅对华兹华斯诗歌的哲学思想和教化作用予以认可，还把华兹华斯称作是继莎士比亚和弥尔顿之后最伟大的作家。阿诺德对华兹华斯的经典作家地位及其作品深邃思想的肯定，对后世批评界影响颇深。就连 19 世纪末的丹麦文学史家格奥尔格·勃兰兑斯（Gerog Brandes）也这样称赞华兹华斯："这是罕有的才能！这在极其伟大、杰出的心灵中也常常缺乏！"[①] 20 世纪以来，继克林斯·布鲁克斯（Cleanth Brooks）的《精致的瓮》（*The Well-wrought Urn*）、杰弗里·哈特曼（Geoffrey Hartman）的《华兹华斯的诗歌：1784—1814》（*Wordsworth's Poetry：1784—1814*）、艾布拉姆斯（M. H. Abrams）的《镜与灯》（*The Mirror and the Lamp*）、哈罗德·布鲁姆（Harold Bloom）的《西方正典》（*The Western Canon*）等较为知名的著述，对华兹华斯的诗论和诗歌予以不同层面和角度的评析后，自 19 世纪七八十年代开始迎来了一大批较为系统的专题性研究。华兹华斯的诗作也在相继出现的心理分析批评、结构主义批评、新历史主义批评、后殖民主义批评、女性主义批评、生态主义批评、西方马克思主义批评等文学理论中被不断探讨，而华兹华斯与雪莱、柯勒律治、莎士比亚、弥尔顿等人的比较研究以及多层面的文化研究，也在华兹华斯研究中占据一席之地。除了浩如烟海的

---

① ［丹麦］勃兰兑斯：《十九世纪文学主流——英国的自然主义》（第四分册），徐式谷、江枫、张自谋译，人民文学出版社 1997 年版，第 52 页。

期刊论文、博士学位论文、评论性专著、介绍性著作、华兹华斯本人及其家族的传记，美国芝加哥大学出版社出版的主要致力于刊登华兹华斯研究论文的世界高水平刊物《华兹华斯界》（*The Wordsworth Circle*），也为西方评论者提供了一个交流和展示成果的平台。

同西方学界相比，中国的华兹华斯研究在起步时间上晚了近一个世纪，其研究视域和研究规模亦未能与之比肩。梁启超于1900年在《清议文》所刊载的《慧观》一文，可以看作是国内华兹华斯研究的滥觞。作者把华兹华斯比作“观滴水而知大海，观一指而知全身”的“善观者”，肯定诗人“常以其已知推其所未知”“见造化之微妙”的体察万物的超卓能力。梁启超之后至中华人民共和国成立之前，辜鸿铭、郑振铎、李祁、胡适、陈瘦竹等学者对华兹华斯代表性短诗的自然主题和诗论进行了一定的介绍和总体的把握，这为国内读者初步了解这位浪漫主义诗人打开了一扇窗口。中华人民共和国成立至“文化大革命”结束的近三十年间，由于历史和政治形态的影响，以华兹华斯为代表的湖畔派诗人受到了冷遇与曲解。卞之琳、晴空、范存忠等学者对华兹华斯等诗人予以抨击。在此期间，华兹华斯的声誉降至迄今为止的最低点。随着“文化大革命”的结束，国内学术领域也得到尽可能大的自由。一些因时代原因被曲解的西方作家在这期间得以重估，华兹华斯便是其中之一。王佐良、郑敏、苏卓兴、王淼龙等学者的研究成果为恢复华兹华斯积极的浪漫主义身份作了正本清源的努力。在20世纪80年代纠正政治化的“左”倾偏向、肯定华兹华斯在文学界的地位的基础上，90年代的国内学界开始在较深层面上挖掘华兹华斯诗歌与诗学的魅力。这一阶段的成果多为专题研究论文，论文的数量与水平均达到质的飞跃。此外，研究范围不断扩大，除了大量以前未曾触及的抒情短诗，比如《采坚果》（*Nutting*）、《西敏寺桥上》（*Composed upon Westminster*

Bridge）、《不朽颂》（*Ode on Intimations of Immorality*）等，《远游》《废毁的茅舍》《索尔兹伯里平原》《坎伯兰的老乞丐》（*The Old Cumberland Beggar*）、《退伍的士兵》《有一个男孩》（*There was a boy*）、《感恩节颂歌》等长诗、叙事诗和颂歌也陆续进入学者的批评视野。作为国内华兹华斯研究的深化期，90 年代的研究为 21 世纪以来华兹华斯研究的蓬勃发展打下坚实的基础。这期间的研究虽集中在前人有所涉足的诗歌的自然观、想象观、情理观等领域，但章燕、聂珍钊、苏文菁等学者在其研究中表现出较强的问题意识和创见性的思维。在以上学者的努力之下，华兹华斯的形象在读者心中已成为颇具复杂思想的哲性诗人。进入 21 世纪，华兹华斯研究迈向更高的台阶。中国大陆从 2000 年到 2024 年期刊论文数量有千余篇，博士学位论文、学术专著以及评传性著作不下 20 部（篇）。除了较多短诗的译文面世，《序曲》和《安家格拉斯米尔》（*Home at Grasmere*）的中文译本也分别于 1999 年和 2018 年付梓，这极大地推动了华兹华斯的长诗研究。受到西方思潮和研究偏好的影响，这时期代表性较强、影响较大的成果呈现出与西方学界较为一致的多元化特征。女性主义、叙事学、空间理论、生命哲学、后殖民主义、新历史主义等西方理论和哲学思想成为研读华兹华斯作品的支撑，而西方学界对华兹华斯的城市观和教育理念的研究成果也被国内学者借鉴。此外，诗学思想和自然主题研究也出现高水平的成果。然而，国内研究在取得一定成绩的同时，也显露出不少值得深思的问题，比如研究中存在生搬硬套的现象，对文本、对具体分析论证不够扎实和细致，研究成果存在低水平的重复现象、亦步亦趋跟随国外学者的思路与叙述模式，甚至在文中出现语言欧化的现象以及语法和逻辑漏洞，割裂整体研究而强调单个作品的研究走向也亟待改善。

在国内外华兹华斯研究中，华兹华斯的帝国叙述等相关话题的探讨为理解华兹华斯的思想和创作提供了一个较为新颖的政治视角。在致力于集中考察浪漫主义文学帝国意识的论文集《浪漫主义与殖民主义：作品与帝国，1780—1830》（*Romanticism and Colonialism*：*Writing and Empire*，*1780—1830*）中，编者蒂姆·富尔福德（Tim Fulford）和彼得·基特森（Peter J. Kitson）在第1章的论述中援引《远游》第9卷关于“漫游者”所言及的令全世界的“每一个最小的/可居住的、被孤独的巨浪拍打的/岩石，也能听到来自文明社会的歌声；/国家必须完成/那光荣的使命”的片段，来对华兹华斯的帝国主义远大理想和抱负进行概括。虽说编者对《远游》及其所体现出的华兹华斯的帝国主义世界观予以概观肯定，但书中的正文部分却未见对华兹华斯的专论。编者也较为无奈地感慨道：学界往往对柯勒律治、骚赛、雪莱、拜伦等浪漫主义诗人的较为鲜明的帝国主义情结关注较多，但这位自然诗人华兹华斯却时常被排除在“殖民主义的剧本”之外。[①] 这种评论走向在近些年来得到一定扭转。《远游》《命名地方组诗》（*Poems on the Naming of Places*）、《序曲》《孤独的割麦女》（*The Solitary Reaper*）等诗歌中所涉及的东方想象、殖民命名、文化殖民、种族和奴隶纠葛、鸦片书写等帝国叙述的诸多衍生话题也逐渐得到一定的重视。

爱德华·萨义德（Edward Said）的后殖民理论为华兹华斯的东方书写的探讨提供了重要契机。彼得·基特森在其专著《锻造浪漫主义的中国：中英文化交流1760—1840》（*Forging Romantic China*：*Sino-British Cultural Exchange 1760—1840*）的第7章中，结合英国使团正使乔治·马戛尔尼（George Macartney）的访华经历、使团成员约翰·巴罗（John Barrow）的中国游记、罗伯特·骚赛等浪漫主义诗人的中国书写以及约翰·华兹华斯与中国的交集等背景以及相关文本，对华兹华斯《序曲》的“热河园林”片

① Tim Fulford and Peter J. Kitson, eds., *Romanticism and Colonialism*：*Writing and Empire*，*1780—1830*，New York：Cambridge University Press，2005，p. 4.

段和“儒家教育”片段的素材来源作了较为翔实的推测。按照基特森的说法，华兹华斯对于中国园林和儒家教育的态度与当时中英外交产生较大的关联，而约翰的遇难也同样助推华兹华斯对中国的否定之势。① 受到基特森论见的影响，陈彦旭借助于马丁·布伯的关系哲学理论指出，华兹华斯的园林书写体现出的“我”与“它”的富含意识形态的幻想。② 除了关注华兹华斯的中国想象，学界还审视其家族成员的帝国主义实践。理查德·马特拉克（Richard E. Matlak）在《深切的悲痛：威廉·华兹华斯、约翰·华兹华斯、乔治·博蒙特爵士 1800—1808》（*Deep Distresses*: *William Wordsworth*, *John Wordsworth*, *Sir George Beaumont 1800—1808*）中，对约翰·华兹华斯的鸦片生意、华兹华斯兄妹的鸦片投资、约翰服役的东印度公司商船“阿伯加文尼伯爵号”（Earl of Abergavenny）遭遇海难的过程、华兹华斯家族与英国社会对货船沉没的反应等话题进行了考察。③ 此外，彼得·斯瓦伯（Peter Swabb）在《华兹华斯悼念约翰·华兹华斯的挽歌》（“Wordsworth's Elegies for John Wordsworth”）一文中也结合约翰的鸦片贸易和遇难事件，其中不乏对华兹华斯为悼念约翰而作的挽歌进行政治性探究。文中指出，华兹华斯在《致雏菊》等挽歌中虽然言及弟弟的遇难，但诗文却不见中国、鸦片等意象，这种模糊化的书写实则是对该帝国主义实践的隐匿。④ 此外，华兹华斯的阿拉伯想象也受到一定关注。萨义德·阿卜杜勒瓦希德（Said I. Abdelwahed）注意到，在《序曲》的“阿拉伯之梦”片段中，手拿长矛的主人

---

① Peter J. Kitson, *Forging Romantic China*: *Sino-British Cultural Exchange 1760—1840*, New York: Cambridge University Press, 2013, pp. 182 - 204.

② 参见陈彦旭《“我—它”与“我—你”——马丁·布伯理论视角下的浪漫主义诗人东方书写研究》，博士学位论文，东北师范大学，2013 年，第 47—53 页。

③ Richard E. Matlak, *Deep Distresses*: *William Wordsworth*, *John Wordsworth*, *Sir George Beaumont 1800—1808*, Newark: University of Delaware Press, 2004, pp. 17 - 57.

④ Peter Swaab, “Wordsworth's Elegies for John Wordsworth”, *The Wordsworth Circle*, Vol. 45, No. 1, Winter 2014, pp. 30 - 38.

公的形象与当时的主流话语中的撒旦式的阿拉伯人产生契合。[①] 与之相仿，李增和裴云认为，“阿拉伯之梦”的大洪水展现了东方主义话语中的“毁灭叙述”。[②] 杜平言及“阿拉伯之梦”体现出东方的他者文化与欧洲文化传统形成的关系。[③] 不仅如此，埃里克·吉达尔（Eric Gidal）[④] 和高红梅分别以基督教的“排他性”为主线，对《埃及少女》中的放弃原有宗教信仰的埃及少女来到英国皈依基督教的场景进行政治层面的阐释，两篇著述虽为理解华兹华斯对埃及的政治诉求提供了一个参照，但对诗歌后半部分提起的战争意象所折射出的共时性与历时性的指涉却并未较好地予以分析。纵观上述研究，较多学者宣称华兹华斯的东方书写表征出对萨义德所言及的东方主义话语霸权，并体现出诗人对当时的政治和外交的回应。然而，华兹华斯对阿拉伯的态度却不足以支撑这样的观点。比如，华兹华斯笔下的贝都因人形象除了一手拿着武器之外，另一手却拿着书籍，而“阿拉伯之梦”中的大洪水也以全球化的视域而非阿拉伯本土的特殊性进行言说，此外，诗人在“书籍”卷对阿拉伯文学经典的赞赏等立场也表明出其对东方态度的复杂性。李增在《审美与政治：英国浪漫主义诗歌的东方书写研究》一书中认为，华兹华斯的东方书写在言说政治的同时，还融入了诸多审美。[⑤] 他在另一著述中还坦言华兹华斯笔下的贝都因人其实是上

① Said I. Abdelwahed, *Orientalism and Romanticism*: *A Historical Dialectical Relationship*, Ph. D. dissertation, Dequesne University, 1992, pp. 98 – 100.

② 参见李增、裴云《一次关乎“东方”的诗学之旅——从华兹华斯〈序曲〉中“阿拉伯之梦”谈起》，《外语学刊》2013 年第 5 期。

③ 参见杜平《英国文学的异国情调和东方形象研究》，博士学位论文，四川大学，2005 年，第 84—85 页。

④ Eric Gidal, “Playing with Marbles: Wordsworth’s Egyptian Maid”, *The Wordsworth Circle*, Vol. 24, No. 1, Winter 1993, pp. 3 – 11. 参见高红梅《西方文学中圣杯意象的流变及其价值》，博士学位论文，东北师范大学，2017 年，第 94—101 页。

⑤ 参见李增《政治与审美——英国浪漫主义诗歌的东方书写研究》，吉林人民出版社 2014 年版，第 1 页。

帝的化身。[1] 这些论见虽不足以改变学界对此问题的评论范式，但却为客观且充分地理解华兹华斯对东方的辩证态度提供重要参照。

除了对诗人东方情结的关注，学界还留意到华兹华斯效仿殖民者作用于较少人光顾的湖区的命名行为。迈克尔·威利（Michael Wiley）在《浪漫主义的地理：华兹华斯与欧美空间》（*Romantic Geography: Wordsworth and Anglo-European Spaces*）一书的第4章，以《致乔安娜》（*To Joanna*）、《糙石栈道》（*A Narrow Girdle of Rough Stones*）等《命名地方组诗》的篇目为讨论对象，并结合殖民者的海外游记等文本来源，指出华兹华斯在湖区对于山脉、石头等对自然事物的乌托邦的命名行为具有全球性的帝国主义性质，而远非亚当式的“无罪”（innocent）命名。[2] 不仅如此，卡罗尔·博尔顿（Carol Bolton）在致力于讨论骚赛殖民主义情结的专著《书写帝国：罗伯特·骚赛与浪漫的殖民主义》（*Writing the Empire: Robert Southey and Romantic Colonialism*）中，同样把华兹华斯的命名行为与《默多克》（*Madoc*）中的主人公默多克在北美的殖民命名类比。书中指出，诗人的湖区命名在表明对这片处女之地的占有性质的同时也对此持有质疑，即他在对这片土地占有时所流露出的“希望式”而非“使令式”的语态，以及在实际的地图中并未标明湖区诸多事物的新名称等事实，也令这种命名行为仅作用于精神层面而已。[3] 此外，大卫·辛普森（David Simpson）在《华兹华斯与帝国——只是玩笑而已》（“Wordsworth and Empire—Just Joking”）中以博物学的视角，通过对《远游》第9卷的“植物采集的狂欢”（an orgy of plant-collecting）片段（Ⅸ.

① 参见李增、陈彦旭《“融合”与“敬仰”——英国浪漫主义诗人东方书写的另一面》，《东北师大学报》（哲学社会科学版）2013年第4期。

② Michael Wiley, *Romantic Geography: Wordsworth and Anglo-European Spaces*, New York: St. Martin's Press, Inc., 1998, pp. 79–120.

③ Carol Bolton, *Writing the Empire: Robert Southey and Romantic Colonialism*, London: Pickering & Chatto, 2007, pp. 95–109.

537－544)、《糙石栈道》的“观看蒲公英种子”片段(Ⅱ.28－34)和“紫萁属女王植物”片段(Ⅱ.34－40)予以考察，指出华兹华斯借“孤独者”之口所言及的“花卉的战利品”(flowery spoil)、“正在熄灭之火”(dying fire)等意象虽呈现出悲悯的情怀，却不阻碍其进一步窥探和进入陌生领地的僭越行为。在该学者看来，华兹华斯对处女之地的植被的占有、赋予植被女性化的身份以及对植被重新排序等行为，与查尔斯·达尔文(Charles Robert Darwin)、詹姆斯·库克(James Cook)等先驱对于区域、人、植被、种子和动物的勘测、观察与记录的活动保持一定的契合。该学者进而指出，这种“在悲悯中继续前行”的矛盾意识形态在《糙石栈道》中得以延续，诗人也以湖畔老翁的行为举止为切入点，在对此暴力活动作了道德上的“自我拷问”(self-reproach)的同时，还不忘继续肯定如帝国的水手般实施命名行为的意义。鉴于此，他最后总结道，《远游》和《命名地方组诗》体现出的“粗野的”(uncouth)行为其实是以“玩笑”的手法进行叙述的，诗人以戏谑的口吻在为这种殖民行径的罪恶施加一种道德上的救赎心态。① 总体看来，三位学者的论见既可以看作是对杰弗里·哈特曼(Geoffrey Hartman)在论及此话题时所指出的诗人的命名是对“诗学铭文传统”(the tradition of poetic inscription)的修正，也是对乔纳森·贝特(Jonathan Bate)和乔纳森·华兹华斯(Jonathan Wordsworth)所言及的亚当式的“对于(动植物和地方的)同化的言说”(speak of assimilation)而非施加“统治权”(dominion)的先前研究的反驳，以此表明出华兹华斯通过湖区的命名来管窥殖民者在海外新世界施加权力的过程。②

---

① Peter de Bolla, Nigel Leask and David Simpson eds., *Land, Nation and Culture, 1740—1840, Thinking the Republic*, New York: Palgrave Macmillan, 2005, pp. 188－200.

② Michael Wiley, *Romantic Geography: Wordsworth and Anglo-European Spaces*, New York: St. Martin's Press, Inc., 1998, pp. 83－84.

值得注意的是，虽然博尔顿和辛普森创见性地分析了诗人对殖民命名的既自我否定又极力实践的矛盾心态，但却并未较多地考虑《至乔安娜》《四月清晨》（*It was an April Morning*）等《命名地方组诗》中所展现出的命名的另一维度，即华兹华斯通过对原有的命名者的施加权力的抹消来建立自身霸权符号的命名其实是“二次命名”，在此期间，诗歌中也暗含出被添加新的文化的命名却并不能完全被原有的土生子所接受的困境。这可以为深入理解和探究诗人的命名行为提供另一阐发空间。

作为帝国叙述不可或缺的部分，华兹华斯与北美的政治性联系同样收获了一定的关注。罗宾·贾维斯（Robin Jarvis）在《苏格兰的默多克》（“Madoc in Scotland”）的开篇，就对先前学者在《向西走》（*Stepping Westwards*）的研究中的评论走向发出感慨：这些关于诗歌中的精神性论述的相关评论过于“流于表面”（superficial），它们大体围绕着近乎一致的不同组别的二元对立来展开，即自然与超自然、有限与无限、普通与幻影等。作者还指出，这些论者在追求诗歌中旅行者精神性诉求的前提下，忽略了诗歌中主导旅行者心灵与精神意旨的物质依托，即诗歌中频繁出现的词汇且作为贯穿作者思想中的根本性主题——“向西走”。紧接着，贾维斯结合英国和法国两个帝国的战争背景，指出华兹华斯在苏格兰的“向西走”与骚赛笔下的默多克的殖民美国，均暗含其在新世界中期盼并找寻民主自由之地的思想，而这样的思想却隐含殖民主义意识形态，由此该学者把华兹华斯直言不讳地比作苏格兰的默多克。① 但遗憾的是，该学者并未详细阐释《默多克》《向西走》以及《远游》中的“漫游者”西行美国的憧憬之间的互文性。此外，卡尔·汤普森（Carl Thompson）在《受难的旅行者与浪漫主义的想象》（*The Suffering Traveller and the Romantic*

① Robin Jarvis, “Madoc in Scotland: A Transatlantic Perspective on ‘Stepping Westward’”, *European Romantic Review*, Vol. 19, No. 2, 2008, pp. 149–156.

Imagination)一书中,对华兹华斯《远游》中的“漫游者”拓殖北美但最终又从北美返乡的相关书写予以讨论。在他看来,尤其是从19世纪开始,华兹华斯诗歌中的海外移民者的旅程也逐渐开始出现了“内转向”。具体来说,华兹华斯经常把在海外游荡的移民者与英格兰本土的一些旅行者在文本层面建立交集,试图把那些海外旅行者的最终目的地转向英国国内,从而在英格兰有限的国土内也构想较为宏大的全球计划,由此《远游》的主人公在北美移民计划的失败也呈现出一定的必然性。[①] 与此同时,劳拉·达布伦多(Laura Susan Dabundo)的博士学位论文也涉及《远游》中关于“内转向”问题的讨论。该学者指出,除了“漫游者”北美建立新世界的保守态度,另一主人公“牧师”较为直接地把“向西走”的目的地由北美移至英格兰最西边的温德米尔湖西岸,而诗歌中的“白公羊”片段也可以体现出华兹华斯的这种转换目的地的西行憧憬依然葆有英格兰性的事实。[②] 上述论见为理解华兹华斯与北美的政治联系、宗主国与前殖民地的联系等关涉华兹华斯的西方情结或美国情结提供了较好的理解基础,但还存在一些遗留问题。比如,北美拓殖游记是否对华兹华斯的北美情结存在一定的塑形作用?大同社会的构想与破灭是如何助推华兹华斯“向西走”的流变?华兹华斯致力于北美的“向西走”与英国历史上的“向西走”是否存在一定的承继关系?

华兹华斯与殖民教育的多重维度的联系也获得一定的关注。乔斯林·斯蒂特(Jocelyn Fenton Stitt)、王苹、张建萍等国内外学者结合后殖民作家的自传体小说、日记以及儿时在殖民地的殖民教育经历,以《水仙花》在文化殖民进程中的作用为主线,来探

---

① Carl Thompson, *The Suffering Traveller and the Romantic Imagination*, New York: Oxford University Press, 2007, pp. 224 – 247.

② Laura Susan Dabundo, *The Extrospective Vision: The Excursion as Transitional in Wordsworth's Poetry and Age*, Ph. D. dissertation, Temple University, 1986, pp. 113 – 132.

讨“诗人即文化殖民者”在维多利亚时期殖民地的塑形过程。在斯帝特看来，《〈抒情歌谣集〉序言》（“Preface to *Lyrical Ballads*”）中关于“诗人通过激情和知识把世界汇聚一体”“知识传播至世界各处”等论述，已经提前预设了华兹华斯以自身为主体的看世界的方式，而诗歌便是向众人言说“主体性”（subjectivity）的“世界使者”（a worldwide emissary）。此外，该学者还结合牙买加·金凯德（Jamaica Kincaid）的自传体小说，对《水仙花》在维多利亚时期的殖民教育中所发挥的文化表征的作用，以及华兹华斯在殖民地民众心中作为帝国代言人的必然性等话题进行讨论。[①] 受到该学者的影响，王苹在《“水仙化”与“踢水仙”》一文中指出，浪漫主义诗人的“自我观”、华兹华斯固有的民族倾向、浪漫主义自然诗歌潜藏的“迷惑欺骗性”的意识形态等因素，助推了华兹华斯笔下的“水仙花”在文化殖民的进程中成为“帝国之花”的可能。[②] 与此同时，张建萍通过分析《〈抒情歌谣集〉序言》中所强调的“模仿”“文明的传播”和“一种语言可以被另一种语言替代”的观点，指出《水仙花》与殖民教育的必然联系以及华兹华斯殖民者身份与其本人的意图的契合性，在论述的过程中还结合金凯德、米歇尔·克里夫（Michelle Cliff）、安得利亚·列维（Andrea Levy）等自传体作品进行分析。[③] 上述论见为理解华兹华斯的诗人身份在不同地域的政治塑形提供了参照，但这些学者都较多地从“内因”的角度来阐释华兹华斯的帝国主义身份被定义过程，却较少关注《水仙花》这一鲜有意识形态的文本是如何在帝国当局的吹捧和挑选之下被殖民地民众作为帝国文明的表征，以及《水仙花》被定义为帝国的

---

① Jocelyn Fenton Stitt, *Gender in the Contact Zone: Writing the Colonial Family in Romantic-Era and Caribbean Literature*, Ph. D. dissertation, University of Michigan, 2002, pp. 143 – 191.

② 参见王苹《“水仙化”与“踢水仙”》，《译林》（学术版）2012 年第 5 期。

③ 参见张建萍《加勒比英语文学中华兹华斯〈水仙花〉的殖民隐喻解读》，《北京第二外国语学院学报》2014 年第 8 期。

“帮凶”（“水仙花”被定义为“帝国之花”）与殖民地民众的“认知疏离”之间的联系等问题，即华兹华斯政治身份建构的“外部”因素。还应注意，除了《水仙花》与殖民教育之间的联系，华兹华斯在言说教育制度时也融入了帝国主义话语。《序曲》“书籍”卷中的“模范儿童”在理性教育制度的培养中所显露出的政治目的，得到玛丽·雅各布斯（Mary Jacobus）的阐发：这个孩童所学习的殖民主义传统和知识已经提前预设了未来的殖民使命，由此被其称之为“萌芽状态的帝国主义者”（budding imperialist）。[①] 在德莫特·赖安（Dermot Ryan）看来，“模范儿童”的片段开启了华兹华斯教育观层面的帝国意识，它映现出帝国主义式的教育的必要性，因为课堂教学从一开始就已经暗示出儿童的读写不自觉地同帝国的海外扩张与新世界的发现联系在一起。[②] 两位学者的论述颇见功力，但鲜有言及与“模范儿童”相同使命的《远游》中的被帝国寄予厚望的“蜜蜂”与“模范儿童”的互文性。除此之外，华兹华斯在特定的历史时期所倡导的“导生制”（Monitorial System）也得到了政治性的阐释。以《远游》的“导生制”对于童工的教化的相关叙述为依托，迈克尔·威利（Michael Wiley）就此总结道，“这一教育体制会令国家的安全性和稳定性上升至新的等级”，它的国家意义远远大于慈善意义，诗人的对于国内的野蛮人的教化的希冀其实与实实在在的殖民主义行为本无二致。[③] 威利的论见较好地对“导生制”的目的进行政治性的解读。如若结合那一时期帝国所面临的内忧外患的困境，以及“导生制”在具体的实践中对孩童的精神和身体层面的

---

① Mary Jacobus, *Romanticism Writing and Sexual Difference*: *Essays on The Prelude*, New York: Oxford University Press, 1989, p. 76.

② Dermot Ryan, *Technologies of Empire*: *Writing*, *Imagination*, *and the Making of Imperial Networks 1750—1820*, Newark: University of Delaware Press, 2013, p. 122.

③ Michael Wiley, *Romantic Geography*: *Wordsworth and Anglo-European Spaces*, New York: St. Martin's Press, Inc., 1998, p. 172.

令人咋舌的教化力度等问题进一步讨论，或许能够为威利言简意赅的论断提供更有力的支撑。

作为华兹华斯读者群中的流行短诗，《孤独的割麦女》在近年来的研究中也不再囿于诗人对自然场景的热爱、对空灵歌声的共鸣等自律性审美范式。约翰·丹比（John Danby）曾指出该诗存在“复杂性”内涵。[①] 而诗歌中的意识形态的挖掘也可以看作是对此问题的某种回应。施瑞博尔（Maeera Shreiber）在后殖民语境下对于诗歌的结尾处的曾经响彻山谷的盖尔语的歌声变得鸦雀无声，而诗人把歌声留存心中的愿望的相关诗行予以评析。文中指出，对盖尔语不甚了解的诗人试图以英格兰的话语“表达它、感知它和代表它”，其实较为隐性地体现出文化殖民的力量。[②] 以施瑞博尔的阐释为一定的文献基础，王苹结合后殖民主义、新历史主义和文化符号学理论，对《孤独的割麦女》中“被隐藏”的殖民历史进一步审视。在王苹看来，诗歌中所暗含的英苏历史上循环往复的战争、高地清洗运动、盖尔语被压制的境况、少女的性别身份与荒野的交集等话题，体现出英格兰对苏格兰的“内部殖民主义”关系，诗人对此问题的情感纠葛也映现出其帝国主义意识形态的矛盾性。[③] 与此同时，马伊林和王小博结合旅游凝视理论，以诗人的“凝视”与割麦女的“吟唱”之间的“看”与“听”之间的视觉与听觉的冲突为主线，并结合杜鹃的叫声、赫布里底群岛、海洋等意象的文化内涵所映射出的割麦女与海妖塞壬之间的相似之处，来探讨作为凝视者的华兹华斯与被凝视者的少女之间的政治互动。[④] 上

---

① John Danby, *The Simple Wordsworth: Studies in the Poems 1797—1807*, London: Routledge & Kegan Paul, 1960, pp. 122 – 123.

② Maeera Shreiber, “The End of Exile: Jewish Identity and Its Diasporic Poetics”, *PMLA*, Vol. 113, No. 2, March 1998, pp. 273 – 287.

③ 参见王苹《告诉我她在唱什么：〈孤独的割麦女〉的后殖民解读》，《外国文学评论》2011 年第 3 期。

④ 参见马伊林、王小博《〈孤独的割麦女〉：一个充满帝国话语与反帝国话语张力的文本》，《科学·经济·社会》2018 年第 4 期。

述研究为理解华兹华斯的这首抒情短诗的意识形态指涉提供了多重突破口，但有学者在论述中较多地强调单个作品，对与此相关主题且同样收录于《苏格兰旅行回忆组诗》的《致一位高地少女》（*To a Highland Girl*）、《从格拉斯米尔山谷出发》（*Departure from the Vale of Grasmere*）等苏格兰短诗鲜有论及，而这些短诗中的主人公与荒野之间的紧密联系、苏格兰与格拉斯米尔环境的二元对立等问题其实也可为该话题提供更深层的理解维度。

华兹华斯的城市研究的成果虽不及自然主题的研究，但诗人城市游学经历与诗学创作之间的联系、城市与乡村之间辩证联系等相关问题的探讨也日渐系统化，而诗人城市体验中映现出的帝国主义话语也得到较好的阐发。马克迪西（Saree Makdisi）在《浪漫的帝国主义：全球性帝国和现代性文化》（*Romantic Imperialism: Universal Empire and the Culture of Modernity*）中认为，诗人在18世纪末19世纪初伦敦的本土环境中建构了全球化性质的“认知图绘”（cognitive map），伦敦俨然已经被融入帝国主义的“世界系统”（world-system）中。以此为前提，马克迪西对伦敦的城市空间作了辩证的审视。在他看来，伦敦在经济、贸易、政治等层面充当了“日不落”势力范围中心且承担着帝国向心力的作用，但伦敦的“暴民”（mob）聚集的现状，嘈杂的环境，市集上混乱的人种等现象不仅对于诗人“主体性造成威胁”（the threat to subjectivity），还引发诗人对于城市认知和美学感悟的凌乱感，而只有通过回忆自然世界中的“时间之点”（spots of time）的经历才可以在想象视域下对诗人的情感纠葛有所“弥补”和“整合”。[①] 艾莉森·希基（Alision Hickey）以《序曲》的“寄居伦敦”卷的“穿白色棉衣的黑人女子们”相关诗行为例，进一步分

① Saree Makdisi, *Romantic Imperialism: Universal Empire and the Culture of Modernity*, Cambridge: Cambridge University Press, 1998, pp. 23 – 44.

析了伦敦体验中所渗透的种族意识的书写，而穿梭于伦敦市集上的黑人与所穿的白色衣着形成了鲜明的反差，这一话语也引起了希基的关注。希基注意到，欧洲女性为追求时尚而必选的“平纹细布”（light muslin）却出现在一大批黑人女子身上，她们似乎已经尝试去加入欧洲上流社会的圈子。该学者宣称，如果同欧洲女性的真实写照进行类比，黑人女子呈现给华兹华斯的是黑人身份的他者性，而他者性又通过镜像映射到欧洲白人女子身上，这可能打破了主体与他者的界限，甚至令主体的位置岌岌可危。[①] 希基的论见得到了国内学者张鑫和余君伟的有效阐发。按照张鑫的说法，华兹华斯在集市上博览浩瀚的“人类总汇的奇观”时陷入了某种焦虑的状态：诗人在面对异族人时，时而丑化他们，时而又流露出对审美客体的好奇，而圣巴塞罗谬大集的混乱场景，便较好地体现出诗人对于异族杂处时所带来的威胁感和难以驾驭的庞杂性。[②] 同样，在余君伟看来，伦敦异族杂居的现象与当时的殖民主义背景密不可分，在诗人所旅居伦敦的1802—1804年间，伦敦的不少移民来自殖民地，这为大都市带来了混杂感和失序感，同时也加剧了华兹华斯的不安情绪。诗人的不安与焦虑来自于这种“嘉年华”之下的虚实难分的“我”与“他”之间的种族界限的破裂。[③] 这几位研究者的观点为理解浪漫主义时期的首都人种杂居现象，以及华兹华斯对待非西方人的态度等问题开辟了一个全新的视角，也充实了华兹华斯漫游伦敦体验的政治维度的考量。还应指出，该卷中，除了伦敦的非洲人、摩尔人等非西方人被诗人所留意，那些从海

---

① Alan Richardson and Sonia Hofkosh, eds., *Romanticism, Race, and Imperial Culture, 1780—1834*, Bloomington: Indiana University Press, 1996, pp. 283 - 305.

② 参见张鑫《美学沉沦、否定批判与隐喻剧场——论华兹华斯〈寄居伦敦〉中的都市漫游者与伦敦印象》，《解放军外国语学院学报》2011年第3期。

③ 参见余君伟《都市意象、空间与现代性：试论浪漫时期至维多利亚前期几位作家的伦敦游记》，《中外文学》2005年第2期。

外返乡的士兵、水手等曾经为帝国的殖民事业贡献力量的人员，由于较长时间的海外经历而与英国社会格格不入并以他者的身份出现在伦敦人群中，这种种族“阈限性”的身份同样加剧了华兹华斯的种族焦虑。此外，该卷中的“盲人乞丐”的相关论述其实也折射出，诗人看到混乱的种族“嘉年华”场景时所做出的“退却”。对于华兹华斯来说，盲人的双眼已经无法识别主体与他者的界限，他必须通过“听”来试图感触，盲人在此具有一定指涉性。这些问题在先前的研究中被较大程度地忽视。

与城市漫游中的人种考量较为相似的话题，便是诗人对待黑人、奴隶制以及奴隶贸易的态度。郑·园井（Chine Sonoi）在其博士学位论文第 5 章中，结合废奴运动和诗人激进政治时期的经历，指出《致杜桑·卢维杜尔》（*To Toussaint L'Ouverture*）、《疯母亲》（*The Mad Mother*）、《被驱逐的黑人》（*The Banished Negroes*）以及《致托马斯·克拉克森》（*To Thomas Clarkson*）[①] 等奴隶话题诗歌充分展现出华兹华斯对于奴隶的同情以及对于奴隶制和奴隶贸易的驳斥。[②] 虽然该论见大体可看作是诗人前期思想中的奴隶问题的人道主义关怀，但在《致杜桑·卢维杜尔》《疯母亲》《序曲》的艾萨克·牛顿和约翰·牛顿片段等诗歌中，诗人对于奴隶制问题向拿破仑问题的转移、对于疯母亲的奴隶身份的模糊不定、对于心灵成长主题掩盖奴隶主题的叙述等含蓄性书写却鲜有被该学者论及，而华兹华斯亲友和资助者的贩奴事业也极有可能作为其含蓄性书写的重要参照。此外，海伦·

---

① 该诗全称为《致托马斯·克拉克森，最后通过废除贩卖奴隶法案时，1807 年 3 月》（*To Thomas Clarkson, on the Final Passing of the Bill for Abolition of the Slave Trade, March 1807*）。笔者在论述中简写为“《致托马斯·克拉克森》”。

② Chine Soni, *British Romanticism, Slavery and the Slave Trade, 1780s—1830s*, Ph. D. dissertation, The Nottingham Trent University, 2009, pp. 197 – 231.

托马斯（Helen Thomas）[①] 和黛比·李（Debbie Lee）[②] 分别结合威斯特摩兰选举、托马斯·克拉克森与海地国王的交集等事件，注意到1818年华兹华斯与克拉克森因政治立场不同而发生的决裂，以及《女王和女奴隶纯洁美丽!》中对于克拉克森的讽刺，其实较好地映现出华兹华斯后期对奴隶问题的保守立场。此外，利亚姆·菲齐克（Liam Physick）结合华兹华斯同友人的书信、诗人与克拉克森由友好到敌视的过程、亲友的奴隶贸易等背景，同样言说了华兹华斯后期反对废奴主义的态度。[③]

学界还留意到华兹华斯战争主题诗歌中较常出现的关涉“殖民疾病”的叙述。艾伦·贝威尔（Alan Bewell）在《浪漫主义与殖民疾病》（*Romanticism and Colonial Disease*）中，把“殖民疾病”（colonial disease）定义为殖民者在海外拓殖期间所感染的疾病，其中包括黄热病、昏睡症、疟疾等。在前两章的论述中，贝威尔分别对华兹华斯的《废毁的茅舍》（*The Ruined Cottage*）的玛格丽特和《兄弟》（*The Brothers*）的雷奥纳多所患的昏睡症和热病予以考察，从侧面抨击了帝国的军事暴力对士兵及其家属所带来的摧残。与此同时，该学者还分析了《废毁的茅舍》和《索尔兹伯里平原》（*Salisbury Plain*）的本土环境与海外千疮百孔的殖民地环境的相似性，指出海外军事暴力的拓展范围不再局限于西印度等殖民地，本土环境也不自觉地受到了“感染”，成为另一个“生病”的区域。[④] 此外，在弗兰克·马比（Frank Mabee）看来，《兄弟》的海洋意象的书写明显受到那一时期海洋探险话

---

① 相关观点，可参见 Helen Thomas, *Romanticism and Slave Narratives: Transatlantic Testimonies*, New York: Cambridge University Press, 2003, pp. 104 – 114。

② 相关观点，可参见 Debbie Lee, *Slavery and the Romantic Imagination*, Philadelphia: University of Pennsylvania Press, 2002, pp. 194 – 221。

③ https://nervewriters.wordpress.com/2016/09/07/poetry-and-politics-william-wordsworths-changing-attitude-towards-slavery/, 2018年6月5日。

④ Alan Bewell, *Romanticism and Colonial Disease*, Baltimore and London: John Hopkins University Press, 1999, pp. 51 – 65, 108 – 126.

语的影响，然而关于雷奥纳多的热病叙述却体现出华兹华斯的“海洋激进主义”（maritime radicalism）态度。[①] 两位学者以疾病的视角颇为创见性地来窥探华兹华斯与帝国的联系，但两者却较多地注意到了诗人对于殖民暴力尤其是军事暴力的否定之姿，而诗人在《感恩节颂歌》《紫杉树》等诗歌中其实还频繁出现军事战争对帝国繁荣的推动的相关论述。这也令两位学者的论见不乏一定的局限性。

总体来看，国内外学者对于华兹华斯的帝国叙述所衍生出的话题的考察，已扩展至诗人与东方、诗人与北美、诗人与军事战争、诗人与种族、诗人与奴隶制、诗人与鸦片、诗人与殖民教育等多重维度。学界先前的论见对本研究的角度与方法也有很多借鉴的意义。然而学界对这些问题的探讨仍处于深化阶段，这些研究亦未能系统化，甚至较少地论及诗人与帝国的有机、动态的联系。本书也有望对此进一步阐发。

第三节　研究目标、思路与意义

本书的研究对象为涉及威廉·华兹华斯帝国叙述的诗歌。本书基于对国内外文献的梳理与总结，结合华兹华斯的诗学理论、传记、书信、笔记、手稿以及多萝茜·华兹华斯的日记、游记等资料，探讨华兹华斯诗歌中的帝国叙述的文本表征形式及其文本中的意识观念在特定的时代、历史、文化语境下和地域政治中，是如何反映、再现浪漫主义诗人与帝国的联系。

本书在文本细读和比较研究的基础上，并结合相关后结构主义研究方法，较为详尽地分析关涉帝国叙述中较为频繁出现的四个衍生话题，即“华兹华斯与帝国暴力”“华兹华斯与殖民教育”

① Frank Mabee, *The Pastured Sea*: *Maritime Radicalism and British Romanticism*, Ph. D. dissertation, University of Southern California, 2005, pp. 211 – 262.

“华兹华斯的东方想象”“华兹华斯的美国情结”。这四个话题总体上分列为四章进行讨论，这四章在布局上呈并列关系。本研究首先在绪论部分总括帝国的时代背景与浪漫主义运动的联系，华兹华斯帝国叙述的文本表征及其帝国叙述的典型性与独特性，以及国内外学界对此话题的研究状况，从而划定本书的研究目标、思路与意义。

本书在第一章结合鸦片贸易、奴隶贸易、废奴运动、拿破仑战争、西印度战争等史实和政治事件，以《致雏菊》《挽歌——忆我的弟弟约翰·华兹华斯》等悼念约翰的挽歌，《疯母亲》《序曲》的“约翰·牛顿”和“艾萨克·牛顿”片段，《被驱逐的黑人》等涉及奴隶和黑人话题的诗歌以及《索尔兹伯里平原》《废毁的茅舍》《兄弟》《退伍的士兵》《感恩节颂歌》《1805 年颂歌》(*Ode, 1805*),《紫杉树》等描述士兵、士兵家属和殖民战争的作品为蓝本，分别对华兹华斯关乎鸦片贸易、奴隶贸易与奴隶制、军事战争等涉及经济、人权和军事暴力的书写方式，及其所折射出的耐人寻味的态度进行较为系统的考察。第二章试图对《远游》第 9 卷的“导生制”片段所表征出诗人对于那些缺乏文明熏陶的“内部他者”规训的政治性，《序曲》第 5 卷的“理性教育”和“自然教化”片段中的“模范儿童”以及《远游》第 9 卷的“蜜蜂”在未来被作为海外的教化者的职责，《水仙花》在维多利亚时期及其以降的殖民教育中被作为政治工具的过程等问题进行讨论，以期展现华兹华斯与殖民教育的多重联系。第三章结合英法两个帝国在中东的战争、马戛尔尼的访华、威斯特摩兰郡的 1818 年的选举等相关政治事件和背景，考察《埃及少女》《序曲》的“热河园林”和“儒家教育”片段，以及《幽灵树》《去往加迪斯的赛提缪》等诗歌是如何以宗教、自然、园林和教育的视角，所反映出的诗人对于东方世界的政治诉求。此外，还通过审视《序曲》“阿拉伯之梦”片段中的贝都因人形象以及阿拉伯文学经典对诗人思想和创作的影响，来探讨诗人对东方主义话语霸权的独立思考。第四章致力于讨论法国大革命、“大同社会”等因素对华兹华斯“向西走”思想形成的推动作用，《鲁思》《一个被抛弃的印第安妇女的抱怨》等印第安主题诗歌中所流露出诗人对印第安的刻板化认知与诗人的“向西走”思想的内在联系，《最后一只羊》《流浪女》等北美移民主题诗歌和《命名地方组诗》中对“向西走”的两个维度的隐性反驳，以及“向西走”的目的地逐渐由北美移至英国的温德米尔湖西部之“内转向”趋势。这四个章节的探讨构成了华兹华斯帝国叙述的文本建构。结论部分指出：华兹华斯帝国叙述的文本建构体现着帝国话语与个人话语的交锋，同时映照出诗人作为帝国的“共谋者”与“反叛者”的双重性身份；华兹华斯帝国叙述的研究除了致力于诗人与帝国关系的探析，同时也涉及对政治性研究在文学研究中的价值以及运用后结构主义方法重读文学经典的意义的认知思考。

相较于先前的研究，本书在以下四个方面做了进一步的阐述。

第一，本书在相应章节中依托于马戛尔尼访华历程、黑奴贸易、废奴运动、库克和巴特拉姆等人的海外拓殖历程、法国大革命、拿破仑战争、西印度战争、“大同社会”的构想与实践、诗人本人及其家族、亲友的帝国主义实践和殖民活动、美洲殖民地殖民疾病的传播历程等不同背景，阐释帝国叙述相关层面的文本表征以及书写方式的必然性、独特性与复杂性。

第二，本书试图超越学界在讨论此话题时常以《远游》《孤独的割麦女》《水仙花》《序曲》《命名地方组诗》等诗歌为研究对象的局限，尝试去挖掘《紫杉树》、印第安主题诗歌、《感恩节颂歌》《去往加迪斯的赛提缪》《幽灵树》、北美移民主题诗歌等时常被学界所忽视的作品中所涉及的意识形态指涉以及政治思想。

第三，本书除了参照华兹华斯较少被关注但却渐渐被发现其重要性的诗作和一些手稿，还考察和类比了《序曲》《被驱逐的黑人》等诗歌在不同的阶段的修改稿。

第四，本书在对华兹华斯与帝国关系阐释的过程中，除了尝试去找寻“历史证据”和“文本证据”，还有效地挖掘文本在“使用”过程中的“证据”，从而充实和拓展了诗人与帝国所建立联系的维度。

第一章　华兹华斯与帝国暴力

倘若把英国历史上的对外战争、奴隶贸易以及鸦片贸易列一个清单的话，很难想象英国是如何用军事暴力、人权暴力和经济暴力来为帝国的繁荣奠定如此深厚的基础。如果哪个时期可以较好地与这三重暴力活动发生碰撞的话，那么浪漫主义时期理应被列入其中。横跨将近 50 年的浪漫主义时代不仅目睹 19 世纪前半叶英国军队在欧洲、埃及、印度、加勒比海地区等地的战场上的肆虐，还见证了 18 世纪后期以降的政府和民间双重对华鸦片贸易的场面，以及英国在非洲几内亚湾、美洲西印度群岛等地贩奴活动在 18 世纪 90 年代占据世界奴隶贸易过半份额的局面。一向对内外时政颇为关注的华兹华斯，俨然已经察觉到这些暴力活动对英国政府、英国子民以及英国社会所带来的不同程度的影响，其在不少的诗歌中也有一定程度的映现。本章结合浪漫主义时期的鸦片贸易、奴隶贸易、废奴运动、拿破仑战争、西印度战争等政治事件，并参照华兹华斯家族、友人和资助者介入奴隶贸易和鸦片贸易的“事实”，以《致雏菊》（*To the Daisy*）、《挽歌——忆我的弟弟约翰·华兹华斯》（*Elegaic Verses in Memory of my Brother, John Wordsworth*）等悼念约翰·华兹华斯的挽歌，《疯母亲》（*The Mad Mother*）、《序曲》（*The Prelude*）的“艾萨克·牛顿”（Isaac Newton）片段和“约翰·牛顿”（John Newton）片段、《被驱逐的黑人》（*The Banished Negroes*）、《致杜桑·卢维杜尔》（*To

Toussaint L'Ouverture）、《女王和女黑人纯洁美丽！》（*Queen and Negress Chaste and Fair*!）等涉及黑人、奴隶贸易、奴隶制和废奴运动等话题的作品，以及《索尔兹伯里平原》（*Salisbury Plain*）、《废毁的茅舍》（*The Ruined Cottage*）、《兄弟》（*The Brothers*）、《退伍的士兵》（*The Discharged Soldier*）、《感恩节颂歌》（*Ode to Thanksgiving Day*）、《紫杉树》（*Yew Trees*）等涉及士兵和战争话题的诗歌为依托，试图审视华兹华斯在文本中对于鸦片贸易、奴隶贸易（以及奴隶制）和殖民战争的书写特性和书写方式，并较为深入地探讨华兹华斯直面鸦片、奴隶以及战争这三重问题的态度。

第一节　经济暴力：鸦片贸易、海难与挽歌

华兹华斯的弟弟约翰·华兹华斯（John Wordsworth）因其腼腆的性格被其父冠以“最羞怯的生灵”（Ibex）的爱称。① 多萝茜·华兹华斯（Dorothy Wordsworth）在书信中也回忆起弟弟约翰因其害羞的个性，在年少时总喜欢独自钓鱼的往事，而这种散漫且孤寂的生活甚至超过其在学业上所花费的时间。② 为了缓解家庭的经济困境，未曾在学业上有所精进的约翰，只能效仿那一时期不少中产阶级家庭的孩子去海上奋斗的历程，在16岁时也成为一名意图在海外“大施拳脚”的水手。③ 自1788年开始，约翰陆

---

① Richard E. Matlak, *Deep Distresses*: *William Wordsworth*, *John Wordsworth*, *Sir George Beaumont 1800—1808*, Newark: University of Delaware Press, 2004, p. 26.

② Ernest De Selincourt ed., *The Letters of William and Dorothy Wordsworth*: *The Middle Years*, *Part Ⅰ*, *1806—1811*, Oxford: Clarendon Press, 2000, p. 36.

③ 随着18世纪60年代工业化的机器大生产的推进，手工工人的手工技艺以及经济状况受到机器的严峻挑战，他们开始了以捍卫经济权利的斗争。18世纪末的法国大革命爆发之后，其倡导的自由平等、民主博爱等思想也迅速传播到手工工人内部，他们逐渐意识到争取政治权利的紧迫感。随着激进主义运动风潮的扩展，国内陆续爆发了诸多改革运动，参与者除了一些伯克、潘恩等激进主义领导者之外，饥肠辘辘的下层阶级和中产阶级是这场运动的主要参与者，由当初的争夺基本生存权利，转变为以获得选举权以及议会改革的诉求。此时的英国政府思虑万分，与其让这些反动势力在国内制造动乱，从而（转下页）

续到达拉丁美洲、西印度群岛以及北美洲等海外区域，在经过一年自由水手的历练后，他也顺利地谋得了东印度公司的见习军官的职位，并于1790—1791年和1793—1794年跟随公司船队数次出航。约翰之所以能入驻东印度公司甚至在随后时间内迅速获得晋升，这要同他38岁的叔叔——东印度公司“阿伯加文尼伯爵号”（Earl of Abergavenny）的“大约翰船长”[①]的引荐和提携分不开。在1795—1796年短短的一年内，约翰在历经“奥斯特里号”（Osterley）驾驶员助手和“蒙特罗斯公爵号”（Duke of Montross）二副的历练，最终如愿地接替其叔叔的职位被晋升为“阿伯加文尼伯爵号”的船长。此时的约翰俨然成为东印度公司一颗冉冉升起的新星。

东印度公司自17世纪至19世纪以来每年秋季会派出100艘巨轮出海（其中30艘为1200吨位，另有30艘800吨位以及40艘500吨位的船舰）。[②]该公司因拥有全球范围内庞大的贸易链条也通常被称为“世界公司”（Jehan Kumpani）。[③]但若把东印度公司仅看作纯粹意义上经贸性质的组织，那便不能准确地概括它与帝国的政治性联系。埃德蒙·伯克（Edmund Burke）在1769年

(接上页) 威胁政府的稳定，倒不如把他们送至海外，这样一来，既可以使他们大发横财缓解其经济压力，又可以为帝国的殖民事业添砖加瓦。中产阶级的子弟也成为帝国的这一计划的有利人选。18世纪的英国由于实行的是长子继承制，外加机器化大生产所导致的就业机会的锐减，很多中产阶级家庭的被剥夺了继承权的次子或者更小的儿子靠着海外贸易的机会缓解了囊中羞涩的境地，甚至一夜暴富的人也大有人在。约翰便也借着这样的“东风”，意图在海外“有所作为”。相关观点，可参见程巍《夏洛蒂·勃朗特：鸦片、“东方”与1851年伦敦博览会》，《外国文学评论》2015年第4期。

① 华兹华斯的叔叔和弟弟的名字一致。为避免混淆，笔者以“大约翰”和“小约翰”（或“约翰”）分别指代两者。还应指出，除了大约翰船长的提携，19世纪初主张废除奴隶制度的传教士联盟——克拉朋联盟（Clapham Sect）的许多成员也纷纷资助小约翰，这也在某种意义上提升其在东印度公司被重视的程度。

② Richard E. Matlak, *Deep Distresses: William Wordsworth, John Wordsworth, Sir George Beaumont 1800—1808*, Newark: University of Delaware Press, 2004, p. 35.

③ Richard E. Matlak, *Deep Distresses: William Wordsworth, John Wordsworth, Sir George Beaumont 1800—1808*, Newark: University of Delaware Press, 2004, p. 34.

的议会发言中便指出，如果东印度公司的股票下跌，那么帝国内部的其他股票甚至帝国本身的根基也会受到巨大影响。[①] 这种把东印度公司的兴衰与国家统治的存亡联系起来的观点也被后世的历史学家所采纳。致力于研究帝国发展史的学者威廉·格里格斯（William Griggs）在《荣耀的东印度公司的遗迹》（*Relics of the Honorable East India Company*）中这样写道：

> 这个无论在任何时候和任何国家都算得上规模最大且获利最多的贸易组织……对大不列颠的物质影响和道德影响无与伦比，它旨在提升大英帝国的统治权、威严以及王权……并收获了无人企及的荣耀。[②]

然而，东印度公司所收获无尽之荣耀并不单单归因于公司的贸易活动对本国的经济发展所作出的贡献，还体现在这些经贸活动为帝国在海外尤其是亚洲地区的统治和扩张所提供的“变相”支撑。英国对华的鸦片贸易便是重要一例。从经济角度来看，这种占据中国较大市场份额的鸦片贸易颇为充分地扭转了由16世纪以来至17世纪中叶的中英（或东西方）贸易逆差的局势，并为本国资本主义经济的发展提供动力，但就英国在亚洲的殖民系统来说，它的意义还远非如此。1780年，东印度公司开始垄断对华的鸦片贸易。在短短十年间，中国的鸦片进口量已经从1770年的1000箱左右飞涨至1790年的4050箱，到1800年，印度在每年出产的24000箱鸦片中，有至少三分之一销往中国。[③] 致力于研究中英经济关系的学者迈克尔·格林伯格（Michael Greenberg）曾

① Paul Langford ed., *The Writings and Speeches of Edmund Burke*, *Vol. II*: *Party*, *Parliament and the American Crisis*, *1766—1774*, Oxford: Oxford University Press, 1981, p. 221.

② William Griggs, *Relics of the Honorable East India Company*: *A Series of Fifty Plates*, London: Bernard Quaritich, 1909, p. 80.

③ 参见周宁著、编注《鸦片帝国》，学苑出版社2004年版，第38页。

这样说道:“鸦片并非是在这种走私活动中戳出的一个小洞,它极有可能超越了任何单一商品的贸易量。”[1] 鸦片贸易的扩大也与东印度公司的利润一同飞涨。鸦片价格由1800年的575美元一箱蹿升至1804—1805年间的1000美元一箱,在市场紧缺的一些月份价格甚至超过3000美元。[2] 那一时期,由于辽阔的北美殖民地的丢失以及劳民伤财的英法战争,英国的国库渐入亏空的困境,而东印度公司的鸦片贸易也成为本国利润的重要来源。伴随着中国白银外流状况的加剧,大英帝国入不敷出的财政困境也得到了较好的缓和以及后续的扭转。在19世纪绝大部分时间内,鸦片不仅继续成为英属印度输出到中国的主要贸易品,鸦片贸易的税收还充当了印度殖民政府第二大资金来源,至此,帝国的鸦片生意已经完全支撑起帝国在印度的殖民统治。[3] 从宏观的角度来看,如果我们将东印度公司的亚洲贸易当作中英双方相互联系的一个体系,那么鸦片便是“具有决定各种变化的枢纽功能”[4]。鸦片贸易维持着英国在印度的统治,而政局稳定的印度也成为英国在后续的鸦片战争中征服中国的堡垒。

鸦片商人不自觉地对于帝国所作出的经济和政治双重“贡献”,也或多或少地成为受到英国子民追捧的重要理由。威廉·查甸(William Chardline)和詹姆斯·马西森(James Matheson)便是其中的代表。这两位鸦片贩子在中国的事迹早在他们归国前便已家喻户晓。他们的故事与欧洲人最早在印度的发迹史如出一辙,只不过把故事发生地改为中国沿海罢了。当他们如愿地带着所赚得的不可计量的资产回国后,英国的媒体们一时间竞相报道

① Richard E. Matlak, *Deep Distresses*: *William Wordsworth*, *John Wordsworth*, *Sir George Beaumont 1800—1808*, Newark: University of Delaware Press, 2004, p. 36.

② William Griggs, *Relics of the Honorable East India Company*: *A Series of Fifty Plates*, London: Bernard Quaritich, 1909, p. 36.

③ 参见周宁著、编注《鸦片帝国》,学苑出版社2004年版,第60页。

④ 周宁著、编注:《鸦片帝国》,学苑出版社2004年版,第60页。

他们的“功绩”。相应地，一些小说和戏剧甚至还以他们为原型塑造出了文学人物。这两个人在之后的时日里还先后被封为爵位，最终还成为国会议员。东印度公司的鸦片商人与“民族英雄”的话语联系，即便在百年之后依然不乏力度。在1926年5月17日的《时代》杂志中，一位评论者在对摩尔斯（H. B. Morse）的《东印度公司与中国的贸易编年史，1635—1834》（*Chronicles of the East India Company Trading to China*, *1635—1834*）的评介中便呈现出对鸦片贸易所葆有的自豪感。文中写道：

> 当人们谈起在海洋上航行时，往往会把它看作一场危险的冒险活动，这要归因于船只失事的危险、海盗的劫持、人为战争的威胁，以及来自中国官员的干涉。这种单纯的商业活动是夹杂着精彩的历险和逃亡、背叛和挫折以及顽强地战胜困难的决心，尽管充满着危险。他们成为那一时期的伟人。翻看历史的每一页，均是证明他们伟大之处的例证。①

鸦片贸易对于英国本国经济贸易发展和印度殖民统治及其后续的鸦片战争的“伟大”影响却是建立在戕害无辜中国人灵魂的基础上。鸦片贸易不仅不合乎清朝的法律，它也极大地背离了人道主义原则。这主要体现在吸食鸦片这种方式的危害。虽然在18—19世纪英国的医学界确实有以鸦片作为一些药品替代物的例子，但英国本土所用的鸦片主要来自土耳其。② 这种鸦片不仅质量上乘且对人体的伤害远没有那么大，然而销售给中国的却是来自印度的劣质鸦片，比土耳其的鸦片毒性更大。鸦片进入中国虽

---

① Richard E. Matlak, *Deep Distresses*: *William Wordsworth*, *John Wordsworth*, *Sir George Beaumont 1800—1808*, Newark: University of Delaware Press, 2004, p. 34.

② 鸦片成为那一时期价格便宜的万能药品，虽然对患者危害极大，但由于对肺结核、感冒、霍乱等疾病有着特殊疗效，英国官方虽未对它做出法定上的禁止，也没有把它列入批准的药品目录中。

然也有上千年的历史，中国人也不乏用少剂量的鸦片作为药品的例子，但却一直未“酿成大祸”。究其原因，或许并不在于鸦片的使用，而在于如何使用鸦片。雍正皇帝和乾隆皇帝已经清醒地认识到国人吸食鸦片和贩卖鸦片所造成的危害及其可能造成的后果，从而颁布了禁烟法令。但半个世纪后，英国鸦片贩子却依然对清政府禁烟法规“置若罔闻”。随着鸦片贸易的持续推进，即便是中国平民百姓也有了频繁接触鸦片以及吸食鸦片的机会，而鸦片的使用方式也助推了鸦片被归为一种戕害心灵、瓦解意志的享乐消费品的可能。

马克思曾在《鸦片贸易史》中围绕中英双方的鸦片贸易，不无讽刺地说道：“半野蛮人坚持道德原则，而文明人却以自私自利的原则与之对抗。”① 在18世纪下半叶，英国皇家医学院教授亚历山大·门罗（Alexander Monro）在医学实验和病情观察中得出鸦片对人类的中枢神经系统的危害是不可逆的这一结论。② 而另一位医学专家罗伯特·怀特（Robert Whytt）在担任乔治三世御医时也同样看到了鸦片的致命性。由于乔治三世因对美洲殖民地的丢失郁郁寡欢，终日靠吸食鸦片来麻痹自己，但最终却死于疯癫。③ 乔治三世的惨痛教训为怀特的鸦片研究提供有效的临床参照。即便那一时期陆续还有其他英国医生关于鸦片对于人体的造成危害的报告，但却依然不能阻止本国的鸦片贩子“进军”中国的步伐。曾经认为鸦片对疾病有重要疗效的朱利安·杰弗里在参观东印度公司的实验室时，一位科学家“道破天机”：“我看你是太天真了，这些鸦片没有你说的那些有益的医学价值，它们是

① ［德］卡尔·马克思：《鸦片贸易史》，载中共中央马克思、恩格斯、列宁、斯大林著作编译局编译《马克思恩格斯选集》（第一卷），人民出版社2012年版，第804页。

② Alexander Monro, *Experiments on the Nervous System, with Opium and Metalline Substances*, Edinburgh: Adam Neill and Company, 1793, p. 16.

③ Robert Whytt, *Observations on the Dropsy in the Brain*, Edinburgh: Balfour, Auld, & Smellie, 1768, pp. 71–78.

用来败坏中国人的，而我的职责是尽量保持它们的味道吸引人。”[①] 此外，英国国内的政客们对这种“国家犯罪”还进行合法化煽动。曾于 1773 年担任印度孟买总督的沃伦·黑斯廷斯（Warren Hastings）同样对鸦片的害处心知肚明，甚至还言及鸦片应该加以禁止等相关言论，但这位有教养的绅士却很快撕毁伪善的面具，“用于以贸易为目的的鸦片不在禁止之列……（中国）政府若有智慧的话，就该去严禁国内鸦片的消费”[②]。在他看来，拿着这种致命的消费品祸害中国人其实并不是英国的过错，因为消费鸦片的取决权在于中国人自己，这种本末倒置的说辞在现今看来的确站不住脚。不仅如此，英国政界中也有不少人士是东印度公司以及其他鸦片公司的股东，本土的商人与普通民众都希望在对华的鸦片贸易中赚上一笔，而这些人也直接成为了鸦片贸易以及之后的鸦片战争的舆论者甚至参与者。英国国内的政治性舆论也成为乔治·马戛尔尼（George Macartney）、亨利·邓达斯（Henry Dundas）等外交大使纷纷来华为大英帝国的鸦片贸易铺设路径的重要信号，这些政治家们为了追求鸦片在华的最大利益，甚至还强迫中国政府使鸦片贸易合法化。[③] 曾与中英鸦片贸易有过交集的额尔金爵士（Lord Elgin）在日记中写道，对于因自己迫不得已卷入中国贸易事件虽抱有些许遗憾。[④] 但这些人为了减轻自己的负罪感，往往把中国等东方国度的所谓牺牲品看作是文明

---

① 程巍：《夏洛蒂·勃朗特：鸦片、“东方”与 1851 年伦敦博览会》，《外国文学评论》2015 年第 4 期。

② 程巍：《夏洛蒂·勃朗特：鸦片、“东方”与 1851 年伦敦博览会》，《外国文学评论》2015 年第 4 期。

③ 1843 年，英国外交大臣帕默斯顿（Lord Palmerston）认识到帝国的命运同其对华贸易之间所赚取的财政收入紧紧绑定在一起，责令驻华商务代表艾略特船长（Captain Eliot）以鸦片作为进入中国的合法商品为目标，同中方政府洽谈，甚至让驻华公使璞鼎查爵士（Henry Pottinger）出面周旋，让中国政府认为鸦片贸易是中英互利共赢之商业贸易。清朝道光皇帝在给英国政府的信函中无奈地作了回复，毒品的泛滥入侵使他无能为力。

④ Theodore Walrond ed., *Letters and Journals of James, Eighth Earl of Elgin*, London: John Murrey, 1872, p. 242.

与野蛮“圣战”的获利者，经过这样的诡辩，他们也站在了道德制高点上把鸦片交易及其随之所爆发的鸦片战争看作是对文明的尊重。除了这些政客，也不乏有浪漫主义诗人对鸦片的功效进行美学和诗学层面的鼓吹。德·昆西（De Quincey）在其自传体小说《一个吸鸦片者的自白》（*Confessions of an Opium-Eater*）中声称小说中真正主人公是鸦片而不是他本人。他从专业的医师手中重新阐释吸食鸦片的作用，毒品摇身一变成了可以激发想象力和创造力的魔药。而《忽必烈汗》（*Kubla Khan*）不仅是柯勒律治（Samuel Coleridge）吸食鸦片的“产物”，诗歌中的梦幻经验还带有明显的东方主义色彩。[①]“鸦片”和“中国”这两个意象也在诗歌中成了整个文本系统中相互关联的部分。这种联系不仅表现在幻想层面，还隐性地建构在幻想与现实的关系上。对于柯勒律治来说，鸦片似乎具有某种必然的“东方性”，而诗歌中作为他者的忽必烈也成为这种“东方性”的具体表征。由此引发这样的逻辑：鸦片导致梦幻，梦幻又同东方相连，而中国又是“东方性”的代表，由此，鸦片与中国的这种本质联系是自然而然且合法的。[②]

华兹华斯与鸦片以及鸦片贸易也算有过密切的交集。虽然就华兹华斯是否真吸食过鸦片已无从考证，但从其诗友的鸦片体验中便可以知晓，华兹华斯其实对鸦片并无好感。当柯勒律治沉迷于鸦片无法自拔、整日无所事事消磨时光并且在华兹华斯家人面前丑态尽出时，华兹华斯已经意识到鸦片即将成为割裂两人友谊的重要导火索。虽说华兹华斯因柯勒律治的鸦片经历在内心深处逐渐对鸦片的危害产生强烈抵触，但也不能削减包括华兹华斯在内的家族的鸦片投资的力度，以及对弟弟约翰借着东印度公司的“东风”所从事鸦片贸易的认可。

---

① 关于《忽必烈汗》的东方书写，笔者在“华兹华斯的东方想象”这一章中有所论及，此处不再赘述。

② 参见周宁著、编注《鸦片帝国》，学苑出版社2004年版，第81页。

1802年，约翰携带多萝茜和华兹华斯所共同拥有的350英镑以及兄长理查德·华兹华斯（Richard Wordsworth）的1014英镑，连同自己的1650英镑，一并投资到鸦片生意中，而约翰的这次广东之行总共赚得9000—10000英镑。① 约翰不仅大方地承认鸦片在中国市场上是为数不多的可以获利的商品，他在与家人的信中难掩首次参与鸦片贸易的激动："（我）很快就和犹太人一样富裕了。"② 次年，约翰把在其兄长理查德的帮助下所筹借的7827英镑，投资到第二次鸦片贸易中。此次为期一年的中国之行依旧收获颇丰。1805年，约翰带着家族的希望第三次踏往中国，但他还未到达目的地便在途中遭遇不测。"阿伯加文尼伯爵号"货船与波特兰半岛的礁石在2月5日因风暴肆虐而发生强烈碰撞，船长约翰同250名船员葬身大海。这也预示着华兹华斯家族鸦片生意的完结。约翰的离世为其亲人以及骚赛（Robert Southey）、柯勒律治等友人带来巨大伤痛。③ 该事件在某种意义上还影响了华兹华斯后续诗歌创作的美学转向。④ 为了表达深切的哀思之情，华

① Peter J. Kitson, "The Wordsworths, Opium and China", *The Wordsworth Circle*, Vol. 43, No. 1, Winter 2012, pp. 4 – 5.

② Peter J. Kitson, "The Wordsworths, Opium, and China", *The Wordsworth Circle*, Vol. 43, No. 1, Winter 2012, pp. 3 – 4.

③ 罗伯特·骚赛在给朋友的一封信中表达了对约翰的悼念。信中表示，约翰的海难令他"从头到脚感到慌乱"（disordered from head to foot），他也被邀请去华兹华斯的居所参加悼念活动。除了骚赛，远在马耳他疗养的柯勒律治在听闻约翰的消息之后也表达了强烈的悲痛之情："噢亲爱的约翰·华兹华斯！我只能与你共同赴死……" 此外，华兹华斯的妻子玛丽也悲痛至极，玛丽她对于约翰的情感主要来源于1800年1月至5月在鸽舍与约翰日常生活的点滴回忆，玛丽曾告知好友凯瑟琳·克拉克森（Catherine Clarkson），约翰热爱一切事物的性格感染了她对这片土地所产生的炙热的情感。相关观点，可参见Richard E. Matlak, *Deep Distresses: William Wordsworth, John Wordsworth, Sir George Beaumont 1800—1808*, Newark: University of Delaware Press, 2004, p. 26。

④ 学界认为，约翰的遇难对华兹华斯的诗学生涯的意义不可估量。弟弟的逝世刺激了华兹华斯与早期浪漫主义所呈现的一种极具脱离之势，并为诗人创作的美学转变提供了契机，这在《诗，两卷》（1807）的诸多抒情诗歌以及《向西走》《孤独的割麦女》等苏格兰短诗中可找到端倪。相关观点，可参见Richard E. Matlak, *Deep Distresses: William Wordsworth, John Wordsworth, Sir George Beaumont 1800—1808*, Newark: University of Delaware Press, 2004, p. 17。

兹华斯在1805年5—7月和1806年5—6月期间先后创作多首悼念弟弟的挽歌。① 然而，华兹华斯在挽歌中虽然把约翰遇难事件建构为必不可少的主题，但约翰遇难的背景和经过却脱离了既定的“事实”轨道。

在《致雏菊》(*To the Daisy*)的开篇，华兹华斯便指出约翰的形象与“甜美花朵”(sweet flower)的雏菊具有较高的相似度。只见约翰时而在岸上驻足，时而在海上停留，最后安详地睡在墓地，身旁只有雏菊相伴。诗人以清雅的雏菊意象来凸显约翰“沉默的”(silent)的性格，但其对约翰与世无争的品行的描述虽然代表兄长对于逝去弟弟的一种情感寄托，但接下来所涉及的航行叙述却同这种形象有一定的出入：

> 啊！充满希望，充满希望的一天
> 当那艘船在他的支配和引导下
> 全力以赴地前行：
> 他的心愿达成：不久后
> 在他的全盛时期，将返回
> 重获新生，攀爬万千山峰；
> 获得他所需之物。(8－14)

约翰去海上拼搏的想法终于得以实现，只见东印度公司的货轮被“高傲”(proud)所修饰。这艘船在航行的当天也承载着“希

① 这一时期所创作的具有代表性的挽歌有《致雏菊》(*To the Daisy*)、《我仅仅在寻找痛苦与悲伤》(*I only Look's for Pain and Grief*)、《不幸的礼物！这本书收到的》(*Distressful gift! this Book receives*)、《挽歌——观乔治·博蒙特爵士所绘暴风雨中的皮尔城堡》(*Elegiac Stanzas, Suggested by a Picture of Peele Castle, in a Storm, painted by Sir George Beaumont*)以及《挽歌——忆我的弟弟约翰·华兹华斯》(*Elegaic Verses in Memory of my Brother, John Wordsworth*)。《致雏菊》和《挽歌——忆我的弟弟约翰·华兹华斯》的引文为笔者自译，随文仅标注行数。关于诗歌原文，可参见Thomas Hutchinson ed.，*The Poetical Works of Wordsworth*，London：Oxford University Press，Humphrey Milford，1928，pp. 579－581。

望”（hope）与“快愉”（delight），而“希望”一词在诗歌中甚至出现了5次之多。诗人在论及约翰的历程时充满自豪，但却规避了约翰靠什么手段来获得经济上的新生。在诗歌的中篇，“明亮的雏菊”（bright daisy flowers）继续穿插在诗人的憧憬中，这个自然精灵的频繁出现强化了诗人在面对自然事物的畅快之情。随着回忆的深化，诗人原本乐观的情绪也逐渐消散。“平静”（peace）的雏菊与骚动的海洋所建构的张力也越发明显。海洋难掩鲁莽和残忍，剥夺了这个曾经迎接数次挑战的勇士的生命。此刻，“货船正在消逝”（29），诗人和弟弟“天各一方”（34），“痛苦即将到来”（34）。诗人较强的情绪波动直至诗歌的结尾才有所缓和：

> 一个谦逊的人！一个勇敢的人！
> 鸟儿为他歌唱，
> 海洋因“他”自身疏忽为其凭吊；
> 你，甜美的花朵，应该昼夜陪伴
> 在失去知觉的墓前。（66－70）

自然张开怀抱迎接了这个品行绝佳的少年。他的“绅士”（60）风度和纯净的灵魂被安放在“甜美花朵”的雏菊旁。然而，诗歌中出现数次的雏菊意象以及对约翰的赞许等表述，引起了浪漫主义诗歌研究学者彼得·基特森（Peter J. Kitson）的反感。他甚至不无讥讽地说道：相较于雏菊，殊不知，一直被隐匿的罂粟花其实与约翰的形象保持一定契合吧。① 换句话说，华兹华斯其实对诗中所言及的与鸦片贸易有关的故事情节一味进行着有意的挑选与重组。不论是约翰的鸦片投机商的形象，还是效力于帝国而从事鸦片贸易和殖民探险的巨轮的建构，均呈现出鲜有涉及意

① Peter J. Kitson, “The Wordsworth, Opium and China”, *The Wordsworth Circle*, Vol. 43, No. 1, Winter 2012, p. 5.

识形态的浪漫主义美学图景。诗人的亢奋之情与荣耀之感也为这场航行添加了诸多合法性的意旨。甚至令读者乍一看，约翰或许仅仅经历的是一场习以为常的普通商船的事故，而事故的原因以及相关背景却含混不定。这种书写模式并非《致雏菊》的专属。《挽歌——忆我的弟弟约翰·华兹华斯》(*Elegaic Verses in Memory of my Brother*, *John Wordsworth*) 也不例外。诗歌中写道：

> 海洋—商船—沉没—海难—如约而至，
> 温顺者，勇敢者，善良者，最终陨落；
> 我们挚爱的约翰啊
> 仅留给世人一个名字。(37 – 40)

该诗可以看作是与《致雏菊》一脉相承的修改版。诗歌末尾，诗人一如既往地夸耀起约翰的善良和无瑕，甚至还向路过的牧羊人和旅行者宣传弟弟的美好德行。诗人所讲述的整个故事的要义也违心地向较少涉及政治的个体精神和心灵层面迈进。相较于上述两首挽歌,《悲痛的礼物！这本书收到的》(*Distressful gift! this Book receives*) 和《面对繁华世界的诱惑》(*When*, *to the attractions of the busy world*) 的非挽歌类作品中还对商船航行的目的地进行了模糊化处理。在前首诗中，华兹华斯想象约翰拿着兄长的抒情诗集在甲板上阅读的场景：“日日夜夜地伴他航行/……无论什么方向/疲倦的船只向前”[①]，而“无论什么方向”暗示出约翰航行的随意性，甚至带有一种机缘巧合地找寻航行目的地之感，但事实上，“阿伯加文尼伯爵号”不仅有着既定的航海路线，航行的目的地（印度和中国）也是确定无疑的。同样，在后首诗歌中，华兹华斯想象约翰在鸽舍旁的小树林中踱步的场景：“在船上的甲

① Stephen Gill ed., *William Wordsworth*: *The Oxford Authors*, Oxford and New York: Oxford University Press, 1990, p. 299.

板上踱步并思考/（目的地是）一些很远的地方。”[①] 该场景的“很远”叙述与上述的在甲板上阅读场景的书写手法依旧耐人寻味。

华兹华斯家族从事的鸦片投资和鸦片贸易的所在时间，距离由鸦片问题所引起中英鸦片战争以及后续英国殖民中国的时间相隔几十年。想必不可能提前预知鸦片贸易与鸦片战争等后续事件存在着相互关联的华兹华斯，在其思想图景中较为可能地仅把鸦片生意当作一场家族同中国的经贸活动而已。鉴于这种经贸活动以走私的方式展开，华兹华斯在诗歌中关于约翰遇难背景的回避、约翰光辉形象的塑造以及贸易合法性的书写，在某种程度上，殊不知，也或许是对于这种“不道德”且“非法”经贸活动的一种“迂回”建构。然而，如果在整个帝国的亚洲殖民体系的框架中予以考量，华兹华斯家族的鸦片贸易在显露出“非法性”和“不道德性”之外，还不自觉地被添附了某种意义上的帝国政治性内涵。可以毫不夸张地说，从 18 世纪中叶开始的包括华兹华斯家族在内的不计其数的鸦片贸易，不仅较为充分地缓解了帝国经济入不敷出的局面，鸦片贸易的税收还极大地支撑起帝国在印度的殖民统治，几十年后，英属印度也在鸦片战争中成为英国的殖民堡垒。鸦片贸易与鸦片战争等事件也在整个历史的长河中由鸦片串联在一起，鸦片也自然而然地被认作帝国意识形态的表征。至此，如果在特定的历史、政治和文化语境下，把华兹华斯家族的这种经济“暴利”置换为某种程度的帝国“暴力”抑或“暴力”的先兆，也并非无道理可言。

第二节　人权暴力：奴隶制、黑奴贸易与废奴运动

黑奴贸易虽说是英国历史上的一个污点，但英国并非这场帝

---

① Thomas Hutchinson ed. , *The Poetical Works of Wordsworth*, London: Oxford University Press & Humphrey Milford, 1928, p. 151.

国主义暴力的始作俑者。葡萄牙率先从15世纪前半叶开始便在西非布朗角抓获黑人售卖获利，自此之后，西班牙、法国、丹麦、英国也纷纷效仿葡萄牙的行径并如愿地分得一杯羹。自17世纪中叶以降，奴隶贸易也日渐"产业化"。欧洲奴隶商人从本国出发装载盐、布匹、朗姆酒等，在非洲换成奴隶，并沿着所谓的中央航路通过大西洋，在美洲殖民地换成糖、烟草和稻米等种植园产品以及金银和工业原料返航至欧洲市场，而这种由"非洲几内亚湾—美洲西印度群岛—欧洲西部"三个目的地所串联的奴隶贸易产业链也被历史学家称之为"黑三角"贸易。"黑三角"贸易不仅直接推动了殖民地的经济发展，也成为宗主国获取资本和利益必不可少的一环。在这场持续了几个世纪的殖民暴力中，英国逐渐成为奴隶贸易的最大获利国。1653年，执政初期的克伦威尔为了稳定新贵族和资产阶级，把奴隶贸易列为头等大事；1652—1674年间，英国先后三次击败荷兰并接管了荷兰在美洲的殖民地，更加便利了奴隶的挑选和售卖；1713年，英国同西班牙签订了《乌特勒支条约》（*Treaty of Utrecht*），该条约规定，英国拥有在30年内每年向美洲贩卖4800余名奴隶的特权。18世纪以来，英国商人的贩奴势头也进一步增强。1715年，利物浦建成英国第一个船坞，奴隶贸易的利润为该市的迅速繁荣提供基础，而伦敦、格拉斯哥、布里斯托等城市也以奴隶贸易名扬天下。从1660年至18世纪末，英国从非洲所贩卖到美洲大陆的奴隶数量达340万，大约是这一时期所有被贩卖奴隶数目的一半（剩下的一半主要经由西班牙、葡萄牙、法国和荷兰贩运）。①

伴随着英国奴隶贸易规模趋于顶峰，越来越多富有良知的英国人纷纷谴责和揭露奴隶制和奴隶贸易对人性的戕害和对人道的践踏的事实。由18世纪90年代开始所掀起的奴隶制和奴隶贸易

---

① 参见张亚东《试论18世纪英帝国的奴隶贸易》，《学海》2004年第2期。

的较为集中的论争，便是对此问题的有效回应。随着论争规模的扩大和论争力度的深化，华兹华斯即便足不出户也并不会与奴隶话语“绝缘”，至少他在 1789—1790 年间较为频繁地阅读《君子杂志》（*Gentleman's Magazine*）时，便已经概览了当时的论争风云。[①] 诗人与奴隶话语产生交集的机会也不单单停留于此。根据友人赫兹利特（William Hazlitt）的回忆，华兹华斯曾在 1798 年 5 月旅行至布里斯托（Bristol）期间，还饶有兴致地观看了蒙克·李维斯（Monk Lewis）的知名剧作《城堡幽灵》（*The Castle Spectre*），而令人恻隐的主角便是一位名叫哈桑（Hassan）的奴隶。[②] 剧中，这个意志坚定的哈桑以复仇的举动来抗争白人奴隶主破坏其原有幸福家庭的恶行。在某种意义上，该剧同华兹华斯之前阅读的威廉·库珀（William Cowper）的诗歌《黑人的抱怨》（*The Negro's Complaint*）的批判要义相仿，即奴隶制对于“父亲、丈夫和朋友”等多种“脆弱纽带”（tender ties）的割裂。[③] 与之相比，奴隶母亲及其幼儿之间纽带的破裂似乎更能引起社会和这些浪漫主义文人的关注，而奴隶话语中出现的奴隶母亲（或者奴隶的家人）杀死她的孩子以此隔断其在未来成为奴隶可能的“杀婴”（infanticide）现象便较为直观地表征了此问题。

在 18 世纪末至 19 世纪初种植园的报道中，女奴隶杀死自己

---

① 该杂志仅在 1789 年 4 月，便刊载数篇关于评析威廉·迪克逊（William Dickson）的《奴隶制的信函》（*Letters on Slavery*）、霍尔德（H. E. Holder）的《略论黑奴制话题》（*A Short Essay on the Subject of Negro Slavery*）、施瓦兹（M. Schwartz）的《反思黑奴制》（*Réflexions sur l'esclavage des Nègres*）、詹姆斯·拉姆塞（James Ramsay）的《关于废止奴隶贸易提案的公开演讲》（*An Address to the Publick on the Proposed Bill for the Abolition of the Slave Trade*）、阿洛德·艾克伊诺（Olaudah Equiano）的《有趣叙述》（*Interesting Narrative*）等以奴隶制为话题的书籍和小册子的评论。相关观点，可参见 Debbie Lee，*Slavery and the Romantic Imagination*，Philadelphia：University of Pennsylvania Press，2002，pp. 194 - 195。

② Debbie Lee，*Slavery and the Romantic Imagination*，Philadelphia：University of Pennsylvania Press，2002，p. 195.

③ Debbie Lee，*Slavery and the Romantic Imagination*，Philadelphia：University of Pennsylvania Press，2002，p. 195.

婴孩的事件时有发生，比如巴巴多斯的“牛顿庄园”（the Newton Estate）的负责人便留意到，一位名叫玛丽·托马斯（Mary Thomas）的女奴隶揭露她的母亲和妹妹谋杀了她刚刚诞下的婴孩的事实。[①] 英国一位名叫亨利·比姆（Henry Beame）的外科医生指出，种植园的女奴隶对流产的方法了如指掌，她们了解草本植物的功效，但白人却对此知之甚少。[②] “杀婴”现象对奴隶主的利益及其“统治”的权力造成了一定的负面影响。他们深切意识到奴隶人口持续减少，势必会对种植园和宗主国的经济利益造成相应的损失，而女奴的这种行为也或多或少助长了其他的奴隶以不同的方式反抗奴隶制的决心和勇气。相应地，“杀婴”现象也不可避免地被浪漫主义诗人作为创作题材。海伦·威廉斯（Helen Maria Williams）的《关于近期通过的法案》（*Poem on the Bill Lately Passed*）、汉娜·莫尔（Hannah More）的《扬巴的苦痛》（*The Sorrows of Yamba*）等诗歌中均对“杀婴”现象以及对奴隶母亲与孩子的纽带破裂相关问题予以讨论。[③] 与这些诗作较为鲜明且立场坚定的论析相比，被收录于1798年的《抒情歌谣集》中的《疯母亲》[④] 却以不同的视角和书写方式对该话题有所征兆。

华兹华斯曾在1800年版的《〈抒情歌谣集〉序言》（“Preface

---

① Debbie Lee, *Slavery and the Romantic Imagination*, Philadelphia: University of Pennsylvania Press, 2002, p. 197.

② 在1819年6月4日的一篇报道中，还记述了法庭对奴隶罗莎（Rosa）的孩子之死事件的调查经过。当大家都把目光聚焦在由于奴隶主的鞭打致使罗莎流产时，奴隶主揭露出罗莎在此之前吞食了苍松（green pines）来对子宫中的婴儿进行谋杀的事实。相关观点，可参见 Debbie Lee, *Slavery and the Romantic Imagination*, Philadelphia: University of Pennsylvania Press, 2002, pp. 196 – 197。

③ 《关于近期通过的法案》发表于1788年，该诗描述了一个非洲妇女在甲板上杀死自己孩子之后也跳入海中的悲惨场景，妇女的行为是一种歇斯底里的情绪下的极端释放。《扬巴的苦痛》于1795年出版，诗歌中，当一个名叫扬巴的女奴隶在看到自己的孩子已经死亡时，她陷入阴郁的沉思之中，然而这种悲观情绪却又被接下来的描述所代替。她想到孩子不会再重蹈被贩卖和压迫的命运，她不仅释然甚至还表现出些许欢愉。

④ 关于《疯母亲》的译文，可参见［英］威廉·华兹华斯《华兹华斯抒情诗选》，黄杲炘译，上海译文出版社1986年版，第30—34页。随文仅标注行数。

to *Lyrical Ballads*”）中指出，《疯母亲》具有一流的诗学目的，它能够较大限度地激发读者本性中的情感。诗人进一步宣称，他并不囿于那些传统的诗学范式中把读者放置在特定的框架下，来感受超越于自身的他人的世界。[①] 这也就不难理解为何这个“头发稀疏”（1）且“来自遥远海外的”（4）母亲却可以流畅地说着英语，或许诗人有意地把她当作一个我们熟知的英国本土乞丐、流浪者的角色，以此有望来拉近同读者的感知距离。在1836年的信中，诗人还提到了女主人公的故乡：“（疯母亲）既可以被看作来自这些（英国）岛屿，又可以被看作来自北美。”[②] 这种看似模棱两可的态度在变相地为读者提供想象空间的同时，也是对疯母亲的外来形象与读者产生的疏离感的一种抗拒。即便如此，诗歌下文还是在“我要搭个印第安式的房子”等几处涉及印第安书写的诗行中，有意无意地夯实了疯女人与印第安社会的多重交集。按照为华兹华斯编纂《芬威克笔记》（*The Fenwick Notes*）的编辑杰瑞德·柯蒂斯（Jared Curtis）的考据，该诗的素材和主人公原型源于诗人在1799年所听到的故事，而故事的地点便是布里斯托。[③] 在18世纪末，布里斯托成为奴隶制论争和奴隶较为集中的场域，而在废奴主义者中曾流传着布里斯托的每片砖瓦都沾染奴隶的鲜血的论断。[④] 鉴于奴隶贸易与该城市的人为建构的紧密联系，柯勒律治还在此递交了表明废奴立场的《奴隶贸易的讲稿》（“Lecture on the Slave Trade”）。这个凄惨的女主人公在布里斯托的奴隶港口附近出现的巧合，在某种程度上助推其同奴隶身份产

---

① Michael Gamer and Dahlia Porter, eds. , *Lyrical Ballads*: *1798 and 1800*, New York: Broadview Press, 2008, p. 176.

② Ernest De Selincourt ed. , *The Letters of William and Dorothy Wordsworth*, *The Later Years*, *Part Ⅲ*, New York: Oxford University Press, 1982, p. 293.

③ Jared Curtis ed. , *The Fenwick Notes of William Wordsworth*, London: Bristol Classical Press, 1993, pp. 11, 103.

④ Alan Richardson, “Darkness Visible: Race and Representation in Bristol Abolitionist Poetry, 1770—1810”, *The Wordsworth Circle*, Vol. 27, No. 2, 1996, pp. 67 – 72.

生联系的机会。学界也不乏推测，她极有可能是从英国的西印度殖民地被驱逐出的奴隶，尽管华兹华斯并没有亲口说过。聚焦下文便不难发现，学界对于疯母亲的奴隶身份的预设其实具有较强的有效性。在诗歌的第3节，诗人暗示出疯母亲对于频发在女性奴隶的另一恶行的控诉："恶魔似的脸接二连三地/缠在我胸前，把我撕扯着"（23－24）。疯母亲的遭遇可能是对从非洲至加勒比的运输奴隶的过程中以及在殖民地的种植园中，奴隶主对女性奴隶施加性暴力的一种回应，而具有互文性的意象可以在詹姆斯·斯坦菲尔德（James Stanfield）的《几内亚航行》（*The Guinea Voyage*）中可以找到踪迹。[①] 其实，疯母亲所遭受的身体暴力的相关叙述占据了诗歌叙述的较少部分，贯穿诗歌始终的还是疯母亲及其幼子之间的联系以及这种联系在奴隶制之下的前景问题的讨论。"乖孩子""可爱的孩子""有血有肉的小男孩""小家伙""小宝贝""漂亮的小家伙""小命根子""乖乖""小羔羊"等形容男孩的词语在咿咿呀呀的疯母亲的口中频繁提起，而只有这个天真、无任何杂念的孩子才能"冷却其血和脑中的火"，相关诗行在匿名诗人的黑人主题诗歌《阿鲁玛的不公》（*The Wrongs of Alooma*）中找到契合（比如，诗人在描述黑人女主人时便有"疯癫"可以点燃"脑中的火"等相关叙述）。[②] 华兹华斯在《疯母亲》中坦言：

啊，用你的小手把我捂着，
它把我胸中的郁闷化解；
我感觉到你小小的手指，

① Debbie Lee, *Slavery and the Romantic Imagination*, Philadelphia: University of Pennsylvania Press, 2002, p. 199.

② Debbie Lee, *Slavery and the Romantic Imagination*, Philadelphia: University of Pennsylvania Press, 2002, p. 199.

捂着那紧得要命的死结。
我看见微风在树间吹来，
来吹得宝贝儿和我凉快。(35 - 40)

孩子用小手拨动了如奴隶制束缚般的“死结”(deadly band)。虽然这个枷锁的暂时释放令疯母亲的身体和心灵均获得“一丝清凉”，但疯母亲的心结似乎仍没有完全打开。在第 9 节中，她又在孩童的脸上看到了“凶相”(the wicked looks)：“哎呀！哎呀！这神情多癫狂，/我呀从不会做出这模样”(87 - 88)。在此，母亲与孩童兼有疯癫，孩童助母亲脱离痛苦，母亲与孩童相依为命等叙述，共同征兆出母子俩在奴隶制之下的不可磨灭并相互影响的纽带，甚至在第 6 节中，母亲还表达出希望孩童可以“陪她一命归天”的互为死亡伴侣的愿望。虽然华兹华斯在诗歌中并未直接表述疯母亲意欲杀婴的行为，但疯母亲怀抱孩童在波涛汹涌的海边、在高耸的山崖、在深厚的雪堆、在宽广的河流等恶劣环境下奔走，以及最终抱着孩童定居在四处都是荒野和猛兽的林中，似乎已经提前向读者告知了婴孩凶多吉少的结局。或许婴孩在未来的死亡也预示着与其具有纽带联系的疯母亲同样的宿命。若从这个助推悲剧发生的最根本原因来追溯，奴隶制便不可避免地被列为其中。

除了《疯母亲》，1805 年版的《序曲》[1] 同样对奴隶问题有所触及。可承想，诗人在诗歌中以自然和心灵为主线表达“浪漫的人道主义”(romantic humanism) 时，废奴主义者与奴隶制和奴隶贸易的倡导者正面临较为激烈的交锋，而“一个诗人心灵的成长”的主题与奴隶话语不自觉地发生博弈。这种哲学精神与政治层面的联系在《序曲》中通过剑桥的艾萨克·牛顿 (Issaac New-

① 关于《序曲》的译文，可参见［英］威廉·华兹华斯《序曲或一位诗人心灵的成长》，丁宏为译，中国对外翻译出版公司 1999 年版。随文仅标卷数和行数。

ton）和奴隶贩子约翰·牛顿（John Newton）之间所发生的文本碰撞来体现。

在第3卷，诗人回忆起在剑桥大学所学习的精确科学的主要课程的经历，而剑桥骄子艾萨克·牛顿在那一时期也成为众多学子的学术向导。在繁星之夜，牛顿的身影依然在诗人的眼前和脑海中浮现：

> 此外，从我的枕侧，可借月色
> 或赐助的星光，看见牛顿的雕像
> 站在西端前厅，手持着他的
> 光棱，脸色沉默（silent face）——大理石的具象
> 标示出一个不息的心灵，它永远
> 在思想的大海上，扬起远航的孤帆（Voyaging through strange seas of Thought，alone）。（Ⅲ.58－63）

艾萨克·牛顿对华兹华斯的影响并不囿于数学思辨能力，他孤独的形象和沉默的脸庞已经化作一种“思想上抽象的存在”(intellectual abstraction)，如诗歌所言，诗人凭借牛顿的指引具有独自在思想的陌生大海上扬帆的勇气。较之于牛顿对于诗人的精神层面的指引力量在诗歌中的显现，牛顿科学在实际应用中对于18世纪的以海洋为媒介海外贸易和殖民活动所产生一定推动的事实在文本中却并未显性化。对于18世纪的英国人来说，如何准确测量经度仍旧是困扰欧洲航海界的一个难题。1714年，英国议会通过《经度法案》（*Longitude Act*)，以2万英镑的奖金来悬赏那些能够以实际的科学方法在海上准确定位经度的人。泰勒(E. G. R. Taylor）在其著述中也对此目的有所说明：

> 理所当然……那一时期国家的繁荣依靠贸易，由此跨洲

航行的安全性和扩张性尤为重要（all-important）。当务之急便是利用科学在海上解决定位问题，这需要借助于天文学家的帮助。[①]

斯特朗（M. Strong）在《论数学知识的有效性》（*An Essay on the Usefulness of Mathematical Learning*）中进一步指出："整个机器的巨大秘密"（the grand secret of the whole Machine）归功于"无可匹敌的牛顿先生"（the incomparable Mr. Newton），其突出的表现便是天文学和地理学知识在航海的具体应用，这为整个国家带来了财富（riches）和安全（security）。[②] 然而，《序曲》中的牛顿仅仅是一个虚构的隐喻，他只在思想的大海中为诗人导航，诗行中看不到实际的海洋中帝国的船只航行的目的地、导航工具以及货物。这种思想层面的要义在第6卷的叙述中却朝着实践的层面过渡，而搭建"桥梁"的便是另一个牛顿。事实上，约翰·牛顿与艾萨克·牛顿之间的联系不单单在于共享同一个姓氏。作为奴隶贩子的约翰在航行过程中也不可避免地使用与艾萨克的科学相关的望远镜、世界地图等工具。此外，两者的另一交集还在于《几何原理》（*Elements*）。艾萨克·牛顿于1687年《自然哲学的数学原理》（*Mathematical Principles of Nature Philosophy*）的出版在确立其理论学说在科学界的地位的同时，也间接地把古希腊数学家欧几里得（Euclid）的成就和地位在那期间推向较为显性的高度。《自然哲学的数学原理》的论述方法借鉴了欧几里得的《几何原理》，而约翰·牛顿在遭遇海难时也依然不忘欧几里得的数学知识。以上两者之间的联系为考量奴隶话语提供另一扇窗

① E. G. R. Taylor, *The Mathematical Practioners of Hanoverian England 1714—1840*, New York: Cambridge University Press, 1966, p. 16.

② Mary Jacobus, *Romanticism Writing and Sexual Difference: Essays on The Prelude*, New York: Oxford University Press, 1989, p. 77.

口。然而，华兹华斯并非褒奖约翰·牛顿在奴隶贸易中所取得的成就，反而更加侧重于他经过海难之后的思想和道德升华：

当时一无所有，惟有一本书
随身保留，总算万幸——是一本
几何学论文……
他曾自学几何学原理，此时
用一根长长的木仗，将解题图形
画在平沙上，以此来解消逆境的
痛苦，几乎忘记了悲伤。（Ⅵ. 145 - 153）

上述诗行与约翰·牛顿自传中所著述的片段不谋而合。[①] 牛顿经过海难后，逐渐以数学为媒介从内心世界找到了精神的指引。在他看来，这终究离不开上帝的感召。自此之后，他成为一名坚定的福音传教士。相应地，他还改变了对奴隶制原有的看法，甚至把曾经热衷的奴隶贸易看作是不列颠美丽羽翼上的显眼瑕疵。他在一本论述奴隶问题的小册子中便指出，“上帝禁止那些从呻吟和痛苦中获得预想利润和利益的行为，热血而可怜的非洲人应该强烈痛斥那些令我们感到荣耀的事情”，在约翰·牛顿看来，英国的利益是建立在数以万计的非洲人的尸骨之上，而那些参与这场暴力的人士对其所做之事也必定会遭到上帝的警示与责罚。[②] 约翰由缺乏人道的

---

① 约翰·牛顿在自传中写道：“即便在食物和衣服极度紧缺、情绪沮丧至最低点的情况下，我还时不时地在脑海中思考数学。我已经在普利茅斯买了巴罗的《欧几里得》；这本书是我在岸边唯一带的书；它总是伴随着我，我把它带到挨着海边的岛上偏远处，在沙滩上用长棍画图形。我经常掩饰我的痛苦，甚至忘记我的情感——在没有他人帮助的情况下，我对《欧几里得》的前六卷有了较好的掌握。”相关观点，可参见 John Newton，*An Authentic Narrative of Some Remarkable and Interesting Particulars in the Life of John Newton*，London：Nabu Press，1786，p. 63。

② Chine Sonoi，*British Romanticism*，*Slavery and the Slave Trade* 1780*s*-1830*s*，Ph. D. dissertation，The Nottingham Trent University，2009，p. 207.

奴隶贩子，到亢奋的废奴主义者的角色转变的过程，占据着华兹华斯的思想空间。诗人在诗歌中也预设道，“不同的境遇，同样的效果，假如两种/经历可以比较，那么，我当时的/情况也是如此”（Ⅵ. 154 – 156）。这种渴望感受牛顿世界观和价值观升华历程的愿望也在诗人的心中生根。

华兹华斯曾在 1799 年给约翰·凯尼恩（John Kenyon）的信中说道，奴隶的世界虽离我们很远，但还要尽量拉近与我们的距离，只有这样，才能真正唤起读者的同情心。[①]《疯母亲》和《序曲》的奴隶叙述大体可管窥华兹华斯前期思想中对奴隶的情感归属，这也印证了诗人在书信中试图为奴隶“发声”而令其获得大众恻隐的诉求。这两首诗虽说显露出诗人的废奴立场和人道主义关怀，但诗人对奴隶相关意象的书写方式却不免引发学者们的争执。《疯母亲》的“未能直接言说的”“杀婴”主题、模糊化的疯母亲的奴隶身份，在某种意义上表征出了诗人对于奴隶问题书写方式的含蓄性。《序曲》中“约翰·牛顿”片段中的忏悔叙述中，也依然没有出现奴隶、奴隶贸易等显性意象，而牛顿在非洲海岸边运送奴隶时的一次不幸经历却以并未产生较多政治趣味的“海难”一词代指。此外，若把“约翰·牛顿”片段放置在整部作品中加以考量也同样可察觉一二。牛顿对于殖民暴力的忏悔叙述所折射出的政治性，也有被整部自传体诗歌《序曲》中从始至终频繁出现的关于诗人遭遇日常挫折时在自然世界经常反省的忏悔和救赎情节所兼并的可能。因为两者的忏悔叙述看起来像是一脉相承的。[②] 这让读者误以为牛顿历经挫折后的思想升华与诗人在山川溪流中受到道德的熏陶和教化要义具有一定的相似性，由

① Debbie Lee, *Slavery and the Romantic Imagination*, Philadelphia: University of Pennsylvania Press, 2002, p. 202.

② Helen Thomas, *Romanticism and Slave Narratives*: *Transatlantic Testimonies*, New York: Cambridge University Press, 2003, pp. 104 – 114.

此也或多或少地暗含出诗人废奴倾向的“微弱感”。实际上，这两首诗也并非个案。与书信中对于奴隶问题的诉求有所出入，诗人在《序曲》第10卷中甚至还指出他对废奴事件并未表现出多大兴趣：

> 不久前，人性的力量
> 首次向贩卖黑奴的奸商发起
> 强攻……
> 说到我本人，该承认，
> 这一具体的斗争不足以撼动
> 我的心扉；它的失败也未能
> 让我大为伤悲……（X. 245 – 255）

华兹华斯继续说道，只有善良、进步等这种正面的力量，才能够真正地令奴隶贸易中断。诗人的言说目标再次放置于心灵成长的培养层面，这一政治性的事件以及废奴运动的胜败与否，也再次被诗人在自然世界中心智成长的叙述所掩盖。除了《疯母亲》和《序曲》，华兹华斯结合当时的圣多明戈起义事件于1802年创作的《致杜桑·卢维杜尔》（*To Toussaint L'Ouwerture*）亦可见一斑。1791年，在法国殖民地中拥有最多奴隶的圣多明戈爆发了起义，黑人领袖杜桑·卢维杜尔提出了“全民自由”的口号并要求废除奴隶制，但最终以失败告终，杜桑也被拿破仑监禁。华兹华斯虽然对此事件的前因后果了如指掌，但在《致杜桑·卢维杜尔》中并未对杜桑的废奴行为有任何直接的论及，反而较多地呈现出他作为独裁者拿破仑的牺牲品的形象。诗人在赞赏杜桑勇气的同时，还劝诫这个“可怜的首领”“男儿中最不幸的一员”要在狱中学会排遣，练就忍耐厄运的韧性。在诗歌末尾，他把杜桑的行为上升为抗击拿破仑的独裁所作的牺牲，并把英国也算作拿破仑的对立面，奴隶话语也逐渐被涉及拿破仑的话语所替代。

就上述诗歌来看，诗人也许并不愿追随当时以鲜明的奴隶主题的创作潮流，因为这种以受过严重创伤的奴隶的歇斯底里的表述，在1798年之前逐渐在诗歌中变得“失去知觉”（cold）和“死板”（rigid）。[①] 我们并不否认该论见的合理之处，或许直接言及政治事件可能会破坏华兹华斯诗歌原本的审美构成。即便如此，另一原因也不可忽视，即华兹华斯家族和友人的参与奴隶贸易的不可言说的事实。多萝茜·华兹华斯在1788年12月28日给简·波拉德（Jane Pollard）的信中，提到约翰·华兹华斯航行至巴巴多斯的历程；在1790年1月，多萝茜又进一步指明约翰受东印度公司的委派即将去美洲和西印度群岛服役的事实，而多萝茜所提及的那几个区域便是“黑三角”贸易的目标点之一；多萝茜在1808年的一封信中，还简略提起了华兹华斯妻子的亲戚亨利·哈钦森（Henry Hutchinson）踏足贩奴船的经历。[②] 除了多萝茜在书信中或有意或无意提及的相关事实，华兹华斯的传记作者斯蒂芬·吉尔（Stephen Gill）也不自觉地流露出诗人的房东约翰·平尼（John Pinney）作为一名家财万贯并与奴隶和奴隶贩子经常“打交道”的甘蔗种植园主的“本相”。[③] 在1795年7月，平尼无偿给其提供在多塞特郡的雷斯唐农庄的湖畔住所。一方面，诗人完成了多年流散无依、四处寄居的流离生计；另一方面，他挥别了烦嚣的伦敦，终于有了一个属于自己的家，在这个家中诗人可以尽情发展其诗歌事业。从这层意义上来说，平尼也可算作华兹华斯的资助者之一。有鉴于此，甚至不乏学者不无讥讽地总结

---

① Debbie Lee, *Slavery and the Romantic Imagination*, Philadelphia: University of Pennsylvania Press, 2002, p. 202.

② Helen Thomas, *Romanticism and Slave Narratives*: *Transatlantic Testimonies*, New York: Cambridge University Press, 2003, p. 112.

③ Helen Thomas, *Romanticism and Slave Narratives*: *Transatlantic Testimonies*, New York: Cambridge University Press, 2003, p. 112.

道:“华兹华斯指望(其亲友的)奴隶贸易而活”[1],而这种特殊背景也不可避免地助推其奴隶书写的特殊性。即便如此,我们仍旧不否认其创作高峰期十年(1798—1808)的《疯母亲》《序曲》等诗歌暗含出的废奴立场的价值与人道主义关怀。在 1807 年的《致托马斯·克拉克森》(*To Thomas Clarkson*)中,还能够欣慰地发现,诗人以“时代的忠诚伙伴”“道义的不朽铁肩”“人类坚定的朋友”“仁人”“志士”以及“热忱”“满腔热血”来分别对克拉克森致力于废除奴隶贸易的功绩的颂扬,并描绘其疾恶如仇的性格(尽管依然存在克拉克森被华兹华斯描述成一个言说自身心灵成长过程的一个陪衬,爬升其心灵制高点的媒介的相关叙述)。[2]

随着时间的沉淀,华兹华斯前期的废奴态度在后期也逐渐被消磨殆尽。其中的一个表现便是华兹华斯与废奴先锋托马斯·克拉克森(Thomas Clarkson)在 1818 年后因政治立场不同而发生的交锋。1799 年至 1804 年间,克拉克森偕同妻子凯瑟琳(Catherine)居住在湖区的由斯米尔(Eusemere),这也方便了华兹华斯及其家人的多次拜访。克拉克森夫妇的名字也在多萝茜·华兹华斯的《格拉斯米尔日记》中频繁出现。凯瑟琳还和多萝茜发展为好友,两人还有较为密切的书信往来。鉴于兄妹俩与克拉克森夫妻的交情,华兹华斯甚至还将其两个孩子分别起名为托马斯和凯瑟琳。然而,两家的关系却以十几年后的威斯特摩兰选举为节点变得紧张。1818 年,在这场朗斯代尔勋爵(Lord Lonsdale)家族与激进政治家亨利·布鲁厄姆(Henry Brougham)的政治博弈中,华兹华斯与克拉克森却各取一面而立。[3] 诗人在同年 3 月的一封信中就此问题写道:

---

① Debbie Lee, *Slavery and the Romantic Imagination*, Philadelphia: University of Pennsylvania Press, 2002, p. 201.

② Helen Thomas, *Romanticism and Slave Narratives: Transatlantic Testimonies*, New York: Cambridge University Press, 2003, p. 113.

③ 笔者在“华兹华斯的东方想象”一章中对此选举情况亦有论及,此处不再赘述。

> 他（克拉克森）和其他的废奴主义者支持布鲁厄姆先生的原因在于他将贩奴要被定罪的观点写进了法案。克拉克森对其颇有好感——尽管他很懊悔自己反对朗斯代尔勋爵的立场，而朗斯代尔勋爵又是他十分敬重的人（当克拉克森搬离湖区后，朗斯代尔勋爵接手了他在由斯米尔的房产）。[①]

同样是在3月，克拉克森写给布鲁厄姆表达自己作为支持者心声的信刊登在《肯德尔镇的编年史》（*Kendal Chronicle*）上，这也引发了华兹华斯在4月23日的给朗斯代尔的信中的激烈回应："克拉克森先生的信在最大限度地挑战我的理解力，对此我要谴责他的行为。"[②] 两者虽然在以后的交往中私下达成和解，但双方的政治立场尤其是对待奴隶问题的态度依旧未能达成共识。1822年，华兹华斯创作了在其有生之年未曾发表的关涉黑人主题的《女王和女黑人纯洁美丽!》（*Queen and Negress Chaste and Fair!*），而诗中的黑人主人公其实同克拉克森有密切的联系。1814年，克拉克森发展了同海地国王亨利·克里斯多夫（Henri Christophe）的友好情谊，随着两者以书信形式的交流愈深，克拉克森甚至成为海地的欧洲事务咨询官。鉴于自身的废奴主义经验，克拉克森还为海地的废奴运动献策，他甚至还以海地非官方大使的身份出访法国。在了解法国虽然对前殖民地海地的独立耿耿于怀，但却并未有继续侵略的打算后，还向亨利作了汇报。但当信件到达海地时，亨利已经在政府被围攻的重压下饮弹自尽。1822年，克拉克森邀请亨利的遗孀和两个女儿来到自己的住所待了将近一年，然而克拉克森的朋友却对这几位代表着海地的奴隶、黑人以及革

① https：//nervewriters. wordpress. com/2016/09/07/poetry-and-politics-william-wordsworths-changing-attitude-towards-slavery/，2018年6月5日。

② https：//nervewriters. wordpress. com/2016/09/07/poetry-and-politics-william-wordsworths-changing-attitude-towards-slavery/，2018年6月5日。

命暴力的人士表现出较强的漠视。威廉·威尔伯福斯（William Wilberforce）在给克拉克森的信中也直言不讳告知其没有时间去帮助她们，即便像扎卡里·麦考莱（Zachary Macaulay）这样立场坚定的废奴分子也不愿意接近她们。[①] 华兹华斯对于三位黑人的情感波动在《女王和女黑人纯洁美丽!》中得以展现。该诗是对本·琼森（Ben Jonson）于1600年创作的《女王和女猎人》（*Queen and Huntress*）的戏仿，而琼森笔下的女王指代英国女王，与之相比，华兹华斯诗歌的女王却指代亨利夫人。诗歌中，华兹华斯讥笑三位主人公浓妆艳抹的装饰，她们作为极具魅惑力且情色指涉浓厚的他者而存在，此外，他甚至暗指克拉克森是妻妾成群的“战斗者”，而闪耀着光彩的黑人女性点亮了克拉克森家里面庄严的大厅。[②] 该诗以戏谑的口吻抨击了克拉克森对海地的废奴事业、帮助海地国王的妻女等行为。

除了与克拉克森之间的政治纠葛，《被驱逐的黑人》（*The Banished Negroes*）也能够较好地察觉出华兹华斯奴隶立场的转变。该诗来源于诗人于1802年从法国返英的船只上偶遇一个被法国驱逐的女奴隶的见闻，而诗歌中也暗示这个女人原有故乡可能在热带（tropic）的地区。学界也普遍指出，在1802年版的诗歌中，诗人与女奴隶的相似性较为明显。是年，由于法国大革命之后的政治余波的影响，诗人不得不离开法国女友安妮特·瓦隆（Annette Vallon）和私生女卡洛琳（Caroline）而回到英国，以便能够躲避法国大革命的政治暴力，与此同时，那一时期法国也颁布了有色人种的驱逐令。[③] 两者都可以被看作由于政治原因而被迫离

---

① Debbie Lee, *Slavery and the Romantic Imagination*, Philadelphia: University of Pennsylvania Press, 2002, p. 205.

② Debbie Lee, *Slavery and the Romantic Imagination*, Philadelphia: University of Pennsylvania Press, 2002, p. 206.

③ Debbie Lee, *Slavery and the Romantic Imagination*, Philadelphia: University of Pennsylvania Press, 2002, pp. 221, 261.

开或遭到法国当局驱逐之人，“dejected”“downcast”“meek”“motionless”“languish”等词汇可以共同表征出诗人与奴隶的个体状态和处境。即便如此，该诗却从1802年开始在40余年中持续了7次（分别是1820年、1827年、1836年、1838年、1840年、1843年、1845年）的修改历程，这也相应地见证了其对奴隶他者性由前期至后期的日渐强化和肯定。除了1802年版本中题目“被驱逐的黑人”在后期的修改版中被改为难以与黑奴话语挂钩的“1802年9月1日”，首行“fellow-Passenger”中的“fellow”也被诗人删除。而诗歌开篇所言及的“fellow”可以看作是两者较强同一性的重要指代。不仅如此，1802年版的“gaudy in array”在修改中变成了“spotless in array”，而“白袍”（white-robed）也被添加在黑奴身上。从某种意义上来说，诗人在尝试以无瑕、纯洁等来形容黑奴品行和高贵的灵魂的同时，黑奴的肤色与白色的衣服所形成的视觉张力也被凸显，而“fellow”的隐去或许抹消了在1802年的版本中诗人与之建立交集的可能。

这种要义其实在诗人18世纪末至19世纪初多次伦敦体验中便有所征兆。《序曲》的“寄居伦敦”卷不仅沉淀了诗人对伦敦的新奇建筑、“全景画”的景致等方面的感悟，还展现出诗人对来自世界各地且肤色各异的人们在伦敦的杂居现象的思考。作为帝国的政治和经济中心，伦敦在华兹华斯所处的时代俨然可以称得上人种的嘉年华，如同诗歌所言，来自不同国度、不同殖民地的人构成了“浩繁的人类总汇”（Ⅶ. 220）。在诗人的视域下，人种也大体以西方中心主义有规律地排列。诗歌中，这些人物在华兹华斯眼中的出场顺序是以瑞典人、俄国人、法国人和西班牙人为先，美洲人、摩尔人、东印度人、鞑靼人、华人为次，而穿着白袍的女黑人成为人种金字塔的最底端，这与西方社会盛行已久的人种论不谋而合。与缺乏任何修饰词汇的其他人种相比，女黑人仍旧成为伦敦大街上最吸引诗人眼球的对象，即便诗人在接下来参观最为喧闹的集市的圣巴塞罗缪大集时亦是如此。在集市上，他感受到不同的“人头攒动”带给视觉“巨大的冲击”，此刻他依然赋予黑人与之肤色产生较大色彩张力的“银色项圈”，他的同伴还有“猴子”“小丑”等兽性难以控制的存在者。在不同的人所游走的“地狱般的无序”的集市中，异族杂处的现状带给诗人难以驾驭的庞杂感，而诗歌中较为显眼的“盲人”意象也暗示眼睛在不同的种族之间游离的虚实难分与真假难辨的威胁感和无力感，这也似乎是在说明“（异族的）他者身体的威胁性的直面感”（the threatening immediacy of the body of the other）。[①] 借用艾莉森·希基（Alision Hickey）的论见，黑色的皮肤同白色的衣着的张力带给诗人毛骨悚然之感，而欧洲女性的追求时尚必选的“平纹细布”（light muslin）却穿在了一大批黑人女子身上，她们似乎尝试去加入欧洲上流社会圈子。此外，作为欧洲女性的真实写照类比，黑人女子呈现给华兹华斯的是黑人身份的他者性，他者性又通过镜像映射到欧洲白人女子身上，这可能打破了主体与他者的界限，令主体的位置岌岌可危。[②] 虽然《序曲》中的叙述目标旨在黑人而非黑奴，但在某种程度上却与《被驱逐的黑人》有着较为一致的话语构成。

1833 年 8 月，废奴法案的通过成为继 1807 年的贩奴法案通过的人道主义的又一胜利。在法案通过的四个月前，华兹华斯虽然在致本杰明·多克雷（Benjamin Dockray）的信中表明出与奴隶们站在一道的决心：“没有人会像我表达对奴隶制如此程度的悲悼。我不仅悲悼它，还憎恶它……”，然而，在不久之后，他随后又直言不讳地指出奴隶制并不是在“任何时间”（at all times）

① Allan Richardson and Sonia Hofkosh, eds., *Romanticism, Race, and Imperial Culture, 1780—1834*, Bloomington: Indiana University Press, 1996, p. 290.

② Allan Richardson and Sonia Hofkosh, eds., *Romanticism, Race, and Imperial Culture, 1780—1834*, Bloomington: Indiana University Press, 1996, pp. 283 – 305.

和“任何情况下”（under all circumstance）都是值得被悲悼和怜悯的，相应地，他还以实际行动为那些奴隶主们“鸣冤”，按照华兹华斯的说法，他们并没有权利去索要奴隶制对他们所造成的损失，这对他们来说是极其不公正的。[①] 此外，1838 年 6 月 25 日在给保守派政治家威廉·格莱斯顿（William Ewart Gladstone）的信中也探讨了此话题，而格莱斯顿的父亲便是一位奴隶主。诗人在信中宣称他拒绝了很多来自肯德尔镇的居民和邻居催促他为废除奴隶学徒的请愿签名，他甚至还说，“我拒绝这么做，我并不后悔这一决定。”[②] 8 年后，这位 76 岁的古稀老人还表达了对法国马拉蒂克的纪念碑的赞许，该纪念碑旨在纪念法国的前殖民地毛里求斯的执行长官。回望历史，这个纪念碑除了表征出这个执行长官的执政事迹之外，也折射出该长官在反抗废奴法令的往昔历程。抑或说，晚年的华兹华斯与奴隶话语的联系或许并未中断。

不难看出，华兹华斯从前期含蓄的废奴倾向，到后期对废奴者的抨击，对奴隶的他者性的强化和认可，以及对奴隶主的同情的态度，共同夯实他在奴隶问题由前期到后期的逐渐变化且越发保守的立场。相较于诗人在直面人道暴力葆有的复杂情感，他对军事暴力的态度同样折射出耐人寻味的张力。

第三节　军事暴力:疾病、士兵与战争

浪漫主义研究学者罗伯特·梅奥（Robert Mayo）曾在多年前评析《抒情歌谣集》时指出，丧亲的母亲、疯女人、乞丐、年迈

---

① https://nervewriters.wordpress.com/2016/09/07/poetry-and-politics-william-wordsworths-changing-attitude-towards-slavery/，2018 年 6 月 5 日。

② https://nervewriters.wordpress.com/2016/09/07/poetry-and-politics-william-wordsworths-changing-attitude-towards-slavery/，2018 年 6 月 5 日。

老人、囚犯等悲凉人物的塑造，体现出华兹华斯所迎合那一时期较为流行的文学主题之一，即泛滥的“感伤之风和社会抗议主题”①。虽然浪漫主义作家对这种类型人物的热衷已经达到一个“非凡的”（extraordinary）高度，但梅奥把华兹华斯1798年至1808年创作高峰期的诗歌看作是取悦大众的流行文学的论断似乎略显偏颇，至少诗歌中所折射的“历史的真实”（historical reality）便是颇具分量的回击。在这些诗歌中，作为特殊群体的士兵及其频繁出现的战争意象，便成为考量那期间被官方话语所遮蔽的“世事性”的一个窗口。贯穿于《废毁的茅舍》（*The Ruined Cottage*）、《索尔兹伯里平原》（*Salisbury Plain*）、《退伍的士兵》（*The Discharged Soldier*）、《兄弟》（*The Brothers*）、《紫杉树》（*Yew Trees*）等诗歌中的士兵参军和归乡境遇、士兵家属的状况以及对往昔的殖民历史的叙述，俨然为读者提供了殖民战争话语的理解和阐释场域。②除了这些创作高峰期的诗歌，诗人在后期阶段所创作的《感恩节颂歌》（*Ode to Thanksgiving Day*）、《1814年颂歌》（*Ode, 1814*）以及《1815年颂歌》（*Ode, 1815*）同样参与了对英国军事暴力的论争。但与诗人在对待奴隶问题从前期到后期鲜明转变的复杂态度不同，诗人对待军事暴力的态度在前期阶段便已经显露出矛盾性。

不妨以《废毁的茅舍》开始。该诗往往被看作是一部通过环境来传递心理和感情的叙事诗。比如，肯尼斯·约翰逊（Kenneth Johnston）和乔纳森·巴伦（Jonathan Barron）指出荒芜的环境不具备弥合心灵和身体的作用，因为“诗歌多处迹象表明玛格丽特的衰弱和意志消磨实际上应归因于她的（破败）

---

① Robert Mayo, “The Contemporaneity of the ‘Lyrical Ballads’”, *PMLA*, Vol. 69, No. 3, 1954, pp. 486-522.

② 关于《废毁的茅舍》《索尔兹伯里平原》和《兄弟》的译文，可参见［英］威廉·华兹华斯《华兹华斯叙事诗选》，秦立彦译，人民文学出版社2018年版，第1—47、187—206页。随文仅标注行数。

花园"[①]。而新历史主义者杰罗姆·迈根（Jerome McGann）坦言，植物意象的使用"把历史自然化了"（naturalizing history）[②]。这些论见不乏审美趣味，但却弱化了自然被历史塑形的有效性，同时也疏远了对主人公遭遇的社会和历史背景阐释的可能。在被跨洋殖民与征服话语较强渗透的浪漫主义时代，自然书写若想达成政治上和历史上的"中立"（neutral）可能有些许难度，如同华兹华斯在《命名地方组诗》《远游》《采坚果》（*Nutting*）等诗歌所映现的，该时期的物理环境总是与那些进行海外考察，对植物和土地命名等拓殖者的行为发生交集。[③]《废毁的茅舍》亦是如此。在殖民战争频发的年月，罗伯特（Robert）也因为饥荒和贫穷在妻子玛格丽特（Margaret）不知情的情况下被迫加入英国军队，至此，玛格丽特的生活也由此发生天翻地覆的变化。在这样的背景下，诗人赋予了国内的地域同军事暴力所施加的环境较为一致的政治涵义，玛格丽特所在的英国乡村被建构出浪漫主义的涉及疾病的地理空间，如同诗歌所言，"战争的瘟疫"（the plague of war）已经波及英格兰内陆，全球范围的殖民暴力除了对一大批失业者、流浪者、破产者等贫苦群体有所影响，本土环境也"渐入病态"（become sick）。[④]玛格丽特的故事便是围绕着英国本土的"患病空间"（pathogenic space）的形成过程以及后续所发生的作用来展开。[⑤]诗人一开始就言及英国患病地域与殖民地环境的相似性：

---

① Robert Brinkley and Keith Hanley, eds., *Romantic Revisions*, Cambridge: Cambridge University Press, 1992, p. 67.

② Jerome McGann, *The Beauty of Inflections: Literary Investigations in Historical Method and Theory*, New York: Oxford University Press, 1985, pp. 48 – 62.

③ 笔者在"华兹华斯的美国情结"一章中对此话题有较为详细的论述，此处不再赘述。

④ Alan Bewell, *Romanticism and Colonial Disease*, Baltimore and London: John Hopkins University Press, 1999, p. 51.

⑤ Alan Bewell, *Romanticism and Colonial Disease*, Baltimore and London: John Hopkins University Press, 1999, p. 18.

我正在广大赤裸的旷野上跋涉,
脚乏了,湿滑的地面使我更难举足。
当我躺在棕色的土地上,酷热中,
我的四肢简直无处可以安放,
我虚弱的手臂挥不开成群的飞虫,
它们一团团聚集在我的脸庞,
发出嗡嗡的声音…… (19-25)

擅长剖析殖民环境中的疾病书写的学者艾伦·贝威尔(Alan Bewell),通过考察巴特拉姆在北美的拓殖游记以及华兹华斯的《鲁思》(*Ruth*)等涉及北美环境的文本,指出诗歌中原本属于新大陆的野蛮和荒芜与英格兰地域发生耦合,而结合詹姆斯·利德(James Lind)的《论保护皇家海军海员健康的最有效方法》(*An Essay, on the Most Effectual Means, of Preserving the Health of Seamen, in the Royal Navy*)能够发现"成群的飞虫"(insect host)理应被看作是对具有"恶性特征"(malignant disposition)的热带环境的回应。[①] 然而,接下来主人公以所看到的并不属于美洲的"金雀花"的叙述而把视线拉回英国,再次强调殖民空间的本土性。除了居所之外的空间,玛格丽特的内部花园亦未能幸免:

……凄凉的园中,
粗柳纸条编成两道高高的篱笆,
篱笆交汇在一个湿冷的角落,
在那角落里我发现了一口井,
井中半塞着柳花,还有杂草。(60-64)

① Alan Bewell, *Romanticism and Colonial Disease*, Baltimore and London: John Hopkins University Press, 1999, p. 53.

玛格丽特在园内和园外的患病空间中艰难游走，被动地感受殖民暴力的伤痛。如果说英国本土的殖民地化的环境折射出英国地理患病的症候，那么玛格丽特所呈现出“睡梦式懒惰”（sleepy idleness）便从文本层面表征出殖民地的疾病对英国子民的影响。诗歌中不乏身体迟缓、低垂目光、疏忽大意、恍惚出神、充满困意、漫不经心、心不在焉等形容玛格丽特的神情和行为的叙述，这与殖民地居民常发的以懒惰、畏缩、迟疑等症候为特征的“梦游症”有较高的契合度。该疾病在南美洲较为常见，它是由疟疾、钩虫病和糙皮病的“南部懒惰疾病三部曲”所引发。[①] 玛格丽特的病状与《古舟子吟》（*The Rime of the Ancient Mariner*）的幽灵船船员不苟言笑、反应迟钝、面无表情、睡眠过度等昏睡病的临床特征较为一致。医学界指出一种名叫采采蝇的昆虫是主要传播者，而这或许与前文所述的玛格丽特的飞虫成群的环境产生回应。疾病不仅有全球性的波及范围，它的影响力度也极强。接下来，诗人便借环境的变化来暗含玛格丽特病情趋于恶化的境况。越发凄凉的景物也生出了苔藓，其暗红的颜色可看作是玛格丽特即将流空身体的血液：“她的脸瘦削苍白，她的身形/也变了”（338－339）。詹姆斯·马丁（James Martin）曾在论述环境与人的联系时提出物理环境其实能够体现出身处该环境之下的人的道德水平的观点。[②] 该论见其实已超越了人对环境的能动或者说环境对人的潜移默化作用，而转向人与环境的双向互动。诗歌中，海外殖民暴力引发了英国本土环境的“病患”，而玛格丽特在与环境的接触中也成为殖民疾病的感染者，相应地，玛格丽特逐渐走向衰亡的情节构成也助推了环境真正成为废墟的可能。如诗人

① Alan Bewell, *Romanticism and Colonial Disease*, Baltimore and London: John Hopkins University Press, 1999, p. 53.

② Alan Bewell, *Romanticism and Colonial Disease*, Baltimore and London: John Hopkins University Press, 1999, p. 52.

所言，花草大部分已被“啮食殆尽”，干枯的苹果树在死亡上挣扎。当叙述者再一次来看望玛格丽特时，她已经“在病中淹没”，而花园也同样只留下“断壁残垣”。虽然不辞而别的丈夫为玛格丽特留下了入伍者的赏金，但并不能拯救玛格丽特渐入疾患的身躯。罗伯特就玛格丽特的死亡虽负一定责任，但最为根本的还是由军事暴力所引发的对于英国社会造成的一系列影响。与此同时，诗人也察觉还未入伍之前罗伯特便感染殖民疾病的事实。在战争、贫困与饥荒交织的年月，罗伯特的热病不仅反映了国内弱势群体更易“遭到锥心的伤害”的现实，还开启了西印度殖民地的疾病话语。

在海外“日不落”势力范围中，热带西印度地区驻军超过普通人两倍的死亡率的确令人不寒而栗。致力于考察 18 世纪加勒比地区英军战时条件的学者约翰·麦克尼尔（John Mcneill）坦言，“被指派到西印度的士兵对（平安）返回故土已经不抱希望”[①]。按照学界的相关考察，其实士兵最大的敌人并不是殖民地的反抗者，反而是“随时随地都蔓延的疾病”[②]。除了疟疾、坏血病、斑疹伤寒症，黄热病的杀伤力也颇为强大。在英国军队的历史上却流传有过这样的说法，“不管指派多少的士兵去西印度，他们基本都携带有黄热病。”[③] 该论断直言不讳地把疾病的来源算在欧洲殖民者头上，即便如此，殖民战争所引发的一系列卫生、食物、居住等问题以及热带的空气、气候等环境原因共同加剧了黄热病的传染。在欧洲尤其是英国的西印度征战史中，黄热病俨然成为威胁士兵和水手生命的一个重要因素。1585 年，弗朗西斯·德雷

① Maarten Ultee ed., *Adapting to Conditions: War and Society in the Eighteenth Century*, Tuscaloosa: University of Alabama Press, 1986, p. 35.

② Alan Bewell, *Romanticism and Colonial Disease*, Baltimore and London: John Hopkins University Press, 1999, p. 71.

③ Alan Bewell, *Romanticism and Colonial Disease*, Baltimore and London: John Hopkins University Press, 1999, p. 72.

克爵士（Sir Francis Drake）在西印度袭击西班牙村落时，其士兵就染上了热病、疟疾等病症。从那时候开始，至18世纪末，因疾病伤亡的士兵无可计数，譬如说，弗朗西斯·惠勒（Francis Wheeler）17世纪末先后因传染病损失800名水手；托马斯·菲利普斯船长（Captain Thomas Phillips）两年中损失600余名水手；1726年海军少将霍尔西（Rear Admiral Hosier）所率领的船员因疾病损失超过4000名；1740年卡斯卡特（Lord Cathcart）率军至牙买加在航行途中因疾病感染损失超过600名士兵，在到达的一周后数量上升至4500名并且在后续的交战中单单因热病死亡的士兵就超过8400名。即便在18世纪末、19世纪初，在医疗条件得到极大改善的前提下，伤亡率依旧没有减缓。1793—1795年在西印度因热病丧命和感染的士兵就多达10万人，而在之后的1802年拿破仑战争期间法国在圣多明戈因热病死亡的士兵就已经突破了4万人。热病在欧洲战事中的梦魇地位也影响了不少学者对该疾病的研究和阐释。在18、19世纪的英国，就有萨缪尔·约翰逊（Samuel Johnson）、伊拉斯谟·达尔文（Erasmus Darwin）等知名人士较为正式地定义了热病的临床症状及其对身体的危害。与此同时，一些英国浪漫主义作家在那期间也在其著述中对热病以文学和美学层面的言说。比如，收录于《抒情歌谣集》的柯勒律治所作的《古舟子吟》，便是较早地在浪漫主义时期把黄热病演变为文学素材的例子，“干渴脱水、冷汗淋漓和咬臂吸血”的老水手较为可能地充当了黄热病的感染者。[①] 对于柯勒律治的诗友华兹华斯来说，《废毁的茅舍》和《索尔兹伯里平原》中除了建构依稀可见的身患热病士兵的身影，《兄弟》中也不乏呈现出水手雷奥纳多在“万里无云的海上”（49）患病时的症候：

① 参见王苹、张建颖《柯尔律治〈老水手行〉与殖民主义》，《南京师范大学文学院学报》2014年第6期。

……他会俯伏在船舷的一侧，
目不转睛地凝望着，凝望着，
宽阔的碧绿海波和耀眼的飞沫，
在他周围闪烁出种种形象，色彩，
正与他内心的动息彼此应和
他就这样被热病般的激情攫住，
甚至用那一双血肉的眼睛，
就在下面，在深渊般的大海的怀抱，
看到了高山，看到了青翠的山坡上
吃草的羊，看到掩在树木中的房屋，
还有牧羊人，穿着乡村的灰色衣裳，
与他自己曾穿过的一样……（51－62）

华兹华斯在该诗注解中指出，上述片段来源于曾生活在西印度安提瓜岛的威廉·吉尔伯特（William Gilbert）在《飓风》（*The Hurricane*）[①]中对于热病临床反应的描述，即谵妄症（delirium）。[②]尽管诗歌增添了文学想象和色彩，呈现出颇具美学之趣味，但雷奥纳多所表现出面对海洋时意识起伏混乱、在甲板上产生遥望家乡的幻觉以及频繁出现的呆滞眼神、焦躁不安的内心等症状，与谵妄症在医学上的临床反应或多或少达成一定的契合。华兹华斯也许并不是要向读者普及热病的临床知识那么简单。较之于无数因热病而丧命的士兵，雷奥纳多何其幸运。他不仅成功地与热病的鬼门关厘清了界限，其患病时所生发的遨游英国故乡的想象也终于在多年服役后成为现实。然而，当漂泊多年的雷奥

① 《飓风》还对华兹华斯的《向西走》的创作产生一定影响。笔者在“华兹华斯的美国情结”中有所论及。

② 参见［英］威廉·华兹华斯《华兹华斯叙事诗选》，秦立彦译，人民文学出版社2018年版，第189页。

纳多回归故土时，却发现弟弟詹姆斯因十几年前的意外而与其阴阳相隔。雷奥纳多的出海经历在此间接地扮演着阻隔主人公与其家人团聚的作用。牧师回忆起詹姆斯死亡的过程：

> ……睡梦中
> 他站起身走到了悬崖的边沿，
> 从那里，头朝下失足跌了下去。
> 他无疑就是这样死的。我们猜，
> 当时，他手里一定还拿着
> 牧羊人的手杖，因为在悬崖半空，
> 手杖被挂住，这么多年以来，
> 就在那儿高悬，朽烂。(394－401)

与玛格丽特的相似之处便是同一种疾病对詹姆斯走向毁灭的助推。关于詹姆斯梦游症的病因，牧师讲述了雷奥纳多在服役之后，弟弟所发生的变化：

> 哥哥出海之后，留下他自己，
> 他脸颊上曾有过的那点血色
> 也消失不见了，他日渐凋谢。(333－335)

詹姆斯在亲人服役之后也同玛格丽特一样孤苦伶仃地受到摧残。兄长的出海助推了弟弟每日每夜的“多虑和悲思”，从而引发了他时常梦游的习惯。雷奥纳多被迫所从事殖民行径与詹姆斯患病之间也不自觉地发生联系，两者呈现出影响与被影响的关系。雷奥纳多在得知兄弟的死与自身跨洋远行有关，便陷入内疚和自责之中。充满叙述张力的是，曾经深染殖民疾病的雷奥纳多依然健在，但并未从事殖民暴力的弟弟却不省人事。与此同时，诗歌还深刻地表达出了这样的要义，即士兵从事殖民暴力的不可扭转性。这并不单单指的是他们对“日不落”势力范围和民众所施加的霸权的渗透不可扭转，而是士兵一旦“出海”便很难“收手”的残酷性。虽然深感罪恶且“内心软弱”的雷奥纳多一路在给牧师讲述自己的故事，而牧师也给予其心灵和精神上的疏导，但牧师的神圣身份或许未能阻止他放弃在海上打拼的愿望。他继续在外奔走直至年老。至此，悲剧主题的《兄弟》以士兵出海开始，以士兵探亲为高潮，最终以士兵再入伍而继续从事罪恶的勾当完结。

相较于《兄弟》,《索尔兹伯里平原》致力于士兵家属的归来主题。与《废毁的茅舍》的书写较为相似，陌生化和疏离感同样建构了索尔兹伯里平原的环境特征：

> 因为在深夜时分，当可怕的光火，
> 时常映照出那发红的森森石阵，
> 有祭司，冷酷的鬼魂，可怕的偶像，
> 远远地能听到那大火发出人的呻吟。
> 一切归于沉寂，然后荒野再次呻吟，
> 惨淡的光照亮在它最远的所在。
> 此刻，骨骼魁梧的武士的阴魂，
> 从千百座裂开缝隙的坟墓里出来，
> 骑着烈马，在地狱般的幽暗中徘徊。(91－99)

除了死亡、坟墓、地狱、荒野、骷髅等哥特式意象所唤起的凝重基调，祭祀与鬼魂、呻吟与沉寂、光亮与幽暗等矛盾集合体也强化了本土空间和环境的杂乱与无序。该诗由诗人在干涸的索尔兹伯里平原上遇到一批从怀特岛撤军的英国士兵所引发的联想，而诗歌中所暗指的暴力便是帝国的军事战争。索尔兹伯里平原俨然成为了被殖民暴力所影响的空间。与此同时，诗人还将该殖民空间进行全球化处理："夜空不见星光，海水在暴风中咆哮"（109－110），这也将所言及的战争范围拓展至海外，而本土地域的平原也表征出全球化的殖民空间。诗歌中，旧时的巨石阵继续言说着野蛮性的历史和并未发生改变的现今状况，而且也较好地铺陈出如《废毁的茅舍》较为相似的对于英国本土患病空间的想象书写。只见一个孤独的旅者在平原上为了抵御风暴的肆虐来到了巨石阵，但超验的声音似乎有意在阻止他的进入。由于恐怖的氛围愈发浓厚，他身不由己地逃遁，并在疲惫无力之时终于找到了避风之处：

> 这时他来到一地。从前的虔诚人，
> 为圣母建了间小屋，以偿还愿心，
> 晚归者可以暂栖在那孤立的小屋，
> 以免得在荒野的黑暗中惊魂。（121－124）

在中世纪，这些"孤独的小屋"建造的目的在于幽禁那些传染病患者尤其是麻风病患者，而这些被社会所抛弃的病人在死亡之时甚至也不能拥有教堂的仪式和牧师的祝祷。[①] 诗歌中，进入医院的旅者也可以看作殖民空间中的暴力受害者。当他进入小屋，在躲雨的同时，又成为了被社会所遗弃的病患的他者。虽然旅者的身份不得而知，但接下来的女流浪者却亲身参与战场的风云。旅者刚一进屋便毛骨悚然。他的目光沿着若有若无的阵阵哀哭，发现屋内一个阴惨的女子身影。当女子看到旅者时，下意识地产生战栗。待进一步查明后，便开始和善地问好。随后，逐渐熟络的两人还找到较为一致的话题。"他们絮絮叨叨地说起那土

① Alan Bewell, *Romanticism and Colonial Disease*, Baltimore and London: John Hopkins University Press, 1999, p. 109.

地的肃杀”(160):

> 坟墓裂开，死者惊觉，将头盔微扬，
> 曾经置于武士头下的那一把利刃，
> 在燃着火的空中轰鸣；红色臂膀
> 在黑暗中高高举起，挥舞着铮铮的长枪。(186－189)

在两者交流战争暴力的过程中，流浪者还向旅者讲述她自身被暴力摧残的经历。诗歌中，由于美国独立战争对宗主国的英国国内所造成的一系列连锁影响，流浪者的丈夫也在国内经济波动中丢了工作。虽然英国当局把参军作为一种缓和失业、维持社会稳定并服务帝国海外拓殖的手段，鼓励入伍的“锣鼓喧阗”也时常在路边不绝于耳，但他们宁愿作为“垂死之身”“也胜过狗一样跟在‘战争’后跋涉”，更不愿意在战场上“舔食着兄弟的血”(320－325)。即便憎恶战争，但他们最终还是在饥饿、焦灼与忧患中，并经过一番森林和荒野的流浪后，在不得已的情况下踏入了海外并且极有可能是西印度的军营。① 一年后，丈夫和孩子命丧热病，而昏迷的她独自在一条甲板上醒来，她只能靠乞讨为生。如同流浪者的自白：“我孑然一身，没有家，只有坟墓”(393)。流浪者最终的毁灭，除了政府对抚恤金和战后家属安置问题的缺失有不可推卸的责任之外，殖民暴力才是建构流浪者的坟墓的主要导火索。与旅者较为一致，流浪者在进入原本隔离麻风病患者的屋内时，便已经做好了同外界失去联系、成为社会遗弃者的准备。女流浪者和旅者在病患的空间中审视和哀叹着被暴力所夯实的面目全非的国度。

在创作《索尔兹伯里平原》(*Salisbury Plain*)的5年后，华兹

① Alan Bewell, *Romanticism and Colonial Disease*, Baltimore and London: John Hopkins University Press, 1999, pp. 112－113.

华斯完成了同样涉及士兵主题的《退伍的士兵》（*The Discharged Soldier*）①。该诗除了与柯勒律治的《古舟子吟》在创作时间上较为一致，在军职人员归国情节的叙述上两首诗在多处亦达成共识。《退伍的士兵》主要围绕诗人于夏日午后在温德米尔湖畔游玩后返家途中偶遇一个返乡士兵的见闻展开，但穿插在该主线之下的士兵向其讲述西印度战场的经历，或许可以被看作是《古舟子吟》中的老水手对参加婚礼宾客言及航海遭遇的重述。与老水手在写实的航行叙述中加入海上的“烟雾”“水蛇”等呈现在海外的拓殖旅程中不可描述的恐怖和超验事物的书写较为相似，《退伍的士兵》“把哥特（意象）融入到逼真的现实主义（叙述）”，来对热带区域殖民的“不可见性”进行可视化处理。② 老水手和退伍士兵出现时还分别带给几位婚礼宾客和华兹华斯本人强烈的他者性，这种感觉表征出两位在海外势力范围停驻数日的军职人员与居住在本土的英国人之间的疏离感，两者不可避免地被认为是特殊人群，因为“他们在海外经历了一番‘生中之死’和‘死中之生’后才得以返回”③ 正常人的世界。诗人因其“怪异”的恐怖身份对退伍军人的躲闪、“在暗处仔细观察”和宾客对“老疯子”的“走开”“撒手”的怒吼，均较为明显地体现出两位浪漫主义诗人对待那些跨洋出征的士兵的看法：既不知道他们是来自地狱还是来自人间，也不知道应该算作活人还是幽灵。他们的复杂身份可以借助于维克多·特纳（Victor Tuner）在《仪式过程》（*The Ritual Process*）中人类学意义上的阈限性（liminality）作进

---

① 《退伍的士兵》在《序曲》的第4卷也有收录。关于该诗的译文，可参见［英］威廉·华兹华斯《序曲或一位诗人心灵的成长》，丁宏为译，中国对外翻译出版公司1999年版。

② Alan Bewell, *Romanticism and Colonial Disease*, Baltimore and London: John Hopkins University Press, 1999, p. 117.

③ 张德明：《忧郁的信天翁与诗性的想象力——从〈老水手行〉看旅行文学对浪漫主义诗歌的影响》，《外国文学评论》2010年第3期。

一步阐释。根据特纳的见解，阈限或门槛人物（threshold people）的身份必定是含混的，“因为这种状况和这些人群逃避或滑过了文化空间中正常划分社会地位和身份的分类网络”，而“阈限人群既不在此也不在彼”“他们处在夹缝中，界于由法律、习俗、惯例和仪式指派和安排的不同的社会地位之间”①。而这两个军职人员便正是阈限人群的一分子，他们在海外异域的殖民历程类似于如特纳言及的某种入会仪式，“被悬在一连串明显而又虚幻”的对立中，徘徊于漂流和定居、离乡与归来、已知与未知、死亡与生还之间，静静地等待仪式性的转化。与此同时，这种阈限状态在等待被重塑成型的过程中，还能够“导向自我测试和自我反思”②。老水手以武断的“专横权力”对信天翁施暴后所发生的一系列超验和匪夷所思的事件中，逐渐意识到了人道主义精神的重要性。③ 而退伍的士兵在亲身参与与见证西印度的“战斗、战争和瘟疫”的“不幸”过程中也看淡了世间的生死，并试图对世间任何事物都报以平静温和之姿。老水手的自我反思折射出他对《圣经》中的“罪与罚”准则的接受和认可，而忏悔便是有效减轻其罪过的重要方式。老水手之所以成为诸多船员中的唯一幸存者或许与其敢于承担罪责的勇气和渴望救赎的信念密不可分。当船员们在经历一系列难以用科学解释的超验力量的惩罚时，他们把象征罪行的死鸟单单拴在老水手的脖子上，而老水手便顺理成章地成为被推向十字架的唯一受难者。与此同时，老水手主动承认杀鸟的罪行，甚至在归乡后主动向宾客言说自己的罪与罚经历来试图去说教旁

---

① Kate Darian-Smith，Liz Gunner and Sarah Nuttall，eds.，*Text*，*Theory*，*Space*：*Land*，*Literature and History in South Africa and Australia*，London and New York：Routeledge，1996，p. 56.

② 张德明：《忧郁的信天翁与诗性的想象力——从〈老水手行〉看旅行文学对浪漫主义诗歌的影响》，《外国文学评论》2010 年第 3 期。

③ 参见王苹、张建颖《柯尔律治〈老水手行〉与殖民主义》，《南京师范大学文学院学报》2014 年第 2 期。

人，他也渴望在忏悔中求得上帝的原谅和宽恕。同样，退伍的士兵虽然没有拥有像老水手那样离奇古怪的经历，但他并不避讳言其在战争上所经历的战事。“疾病缠身”“无依无靠”等身体状况和归来处境或许是对西印度参军行为的一种因果之报，但他并未对这种惩罚恨之入骨，反而表现出“幽灵般的温柔”，而最终在与诗人交谈结束，还不忘向上天祷告：“我信赖至高的上帝”（Ⅳ. 458）。士兵的忏悔其实不单单作用于罪行，还是对于其阈限身份向“正常”身份转化的一种期盼。他们也渴望像正常的未曾参与这场殖民暴力的普通英国民众一样，不再惧怕与躲闪。两首诗最终的落脚点被放置在宗教叙述层面，可能是对于士兵和正常人之间在宗教的乌托邦的视域下的任何个体之间的平等性与相似性的建构，而《废毁的茅舍》《索尔兹伯里平原》和《兄弟》的结尾出现的牧师和救赎的意象具有相同的希冀，这也从侧面言说了殖民暴力对士兵所造成的影响只能通过宗教力量补救的无奈。

上述诗歌所折射的诗人立场其实较为明朗。华兹华斯通过对参战士兵的疾病、士兵的归乡等情节的设定，来抨击美国独立战争、西印度战争等英国所参与的海外军事暴力对本国带来的一系列危害。然而，除了看到军事战争对于英国的士兵及其家属所带来的负面影响外，他还察觉到这些军事战争为帝国所带来的功绩。在诗人看来，军事战争不仅为帝国的全球扩张铺路，还是对于往昔英国殖民主义光辉传统的沿袭，这也不自觉地忽略了在《废毁的茅舍》《兄弟》等诗歌中所体现的意旨而向相反的一极靠拢。

创作于 1803 年的短诗《紫杉树》便是其中一例。该诗以自然意象来映照英格兰往昔的战争史。诗人以“有一棵紫杉树”的客观性口吻拉开了叙述的序幕。与《莱尔斯顿的白鹿》（*The White Doe of Rylstone*）中在艾米丽的墓地旁并伴其左右的紫杉以及《紫杉树下》中在埃斯维特湖东岸边顽强生存的紫杉不同，这几棵屹立在劳顿山谷且同样具有象征意义的紫杉被赋予较强的政治指涉。诗人把紫杉与英格兰民族侵略与征服的历史联系在一起。

自中世纪以来，紫杉因木质坚硬和芯材易受压制的特性成为英格兰人制作长弓的不二材料。英国人凭借这一极具杀伤力的武器屡次在同异族的交战中取得胜利。华兹华斯较为准确地抓住这一史实。他直抒胸臆地赞叹道：这棵紫杉“毫不吝啬”（not Loth）地向士兵提供武器，它不仅成为“劳顿山谷的骄傲”，也成为英格兰民族的坚实后盾。诗歌中，他把这棵紫杉同英国历史上著名的以少胜多的战役联系起来。恩法维与帕西家族的军团率先纳入考量的范畴。这两个家族曾在亨利四世的指挥下利用长弓，分别在1388年和1402年在同苏格兰交战中压制苏军的长矛方阵赢得了奥特伯恩（Otterburn）和霍米杜恩（Homidoun）战役的绝对胜利，这两场军事战役也在苏格兰民族心中成为永远的伤痛。紧接着，华兹华斯又回想起英法百年战争中的重要战役：1346年的克雷西战役（Battle of Crecy），1356年的普瓦捷战役（Battle of Poitiers）和1415年的阿金库尔战役（Battle of Agincourt）。在这三场战役中，英军运用较为成熟的长弓战术在法国的领土上击溃了敌军的精锐部队，赢得了战争的主动权。诗歌中，这棵紫杉较好地串联了这五场令英国人至今仍津津乐道且傲视对手的军事战役。紫杉不仅成为英格兰辉煌战争的见证者，它为其“慷慨地”提供武器的作法也在某种程度上助推了这一历史的发展，甚至成为英格兰民族塑形过程中不容忽视的力量。在评论者罗伯特·门罗（Robert Monroe）看来，劳顿山谷的紫杉对于这些战争的“不加否定”（the absence of a negative）的做法体现出对英格兰领土扩张的支持。[①] 而诗人也把英苏和英法战役均看作塑形英格兰性的不可忽视的推力：英格兰军队向苏格兰荒野进军可以看作英格兰势力的周边的扩展，它同法国的交战，意

① Robert Emmett Monroe, *The Anti-Imperial Heroic in Wordsworth and Yeats*, Ph. D. dissertation, Harvard University, 1998, pp. 66 – 70.

味着英格兰向欧洲大陆，甚至向世界扩展的野心。

不妨把这几场战役放置在整个英格兰的殖民传统中加以考量。在历史上，罗马、盎格鲁—撒克逊、丹麦、诺曼等异族的入侵虽是英格兰独立发展的障碍，但也为英格兰彰显自己民族特性创造了条件。在此期间，被外族所统治的英格兰一直在酝酿从他者到自我、从被征服者到征服者的角色转变。百年战争之前，英格兰的殖民主义倾向就已经跃跃欲试。中世纪的不列颠群岛并未形成统一的国家，英格兰、威尔士、爱尔兰与苏格兰这四个民族之间总是战事不断。英格兰依靠较强的军事实力，在同其他三个民族交锋的过程中总能占据优势，“成为英格兰日后主导大英帝国，推行全球霸权的预演”①。百年战争虽然以法国的胜利而告终，但由于战事始终在法国境内进行，交战双方均付出了一定的代价。但从长远来看，英格兰开始以征服者的姿态进行对外扩张，逐渐确立了不久后的殖民帝国之路。从这层意义上来说，《紫杉树》所提及的这些战役不仅彰显了英格兰辉煌的战争史，也成为英格兰殖民传统形成的重要根基。接下来，诗人指出这棵紫杉虽植根自然界，但并不具有自然生物生老病死的机能。借用诗人在《序曲》中把想象力特征划归“无根性”（unfatheredness）论述，这棵紫杉发挥着“阻碍同时畅通”的功能，先阻碍其与根源的联系再将自己形塑为根源，表征出其具有脱离自然且可以“自发地”（spontaneously）独立生长的能力，而一直延伸的枝干、异常深邃的根基以及不曾腐朽的枝叶否定同自然根基的联系，“its”“own”“single”“solitary”等“单一”意象的词汇也共同表明这棵树不论是生理机能还是精神状态的不依靠他人的自主性存在。按照中国台湾学者李为尧的论述，它拒绝承认凌驾于自我的力量，“尝试无父，源

① 綦亮：《弗·伍尔夫小说中的民族身份认同主题研究》，博士学位论文，华东师范大学，2013 年，第 23 页。

生自我”[1]。“无根性”的紫杉也保证其永恒性的存在，这令其在英格兰的战事中可以永无止境且永不停息地为征战的士兵提供武器，在此境况下，英格兰民族也会变得如紫杉的树干和枝叶一样“永远不会被破坏”。这株屹立在英苏边界领域的紫杉可以较好地充当纪念碑的精神意旨，它凝结着英帝国的历史与集体的记忆。在诗歌的末尾，诗人指出这棵紫杉“还像从前那样”一如既往地在山谷中屹立，观望当今的帝国。它的枝干时至今日依然“郁郁葱葱”，这也表明出紫杉的力量对当今帝国战事的影响，赋予当下的共时属性及其对帝国未来的希冀。

相较于前期创作的《紫杉树》，创作历程渐入后期的1816年的《感恩节颂歌》[2]虽说通过言说滑铁卢的胜利，展现出了诗人的爱国情怀，颂扬了英国战胜梦魇的拿破仑而完成“道德上的胜利”，但实质上是两个帝国争夺势力范围的结果，而诗歌中便流露出英国意欲通过军事暴力控制和占有全世界的野心并言及这种胸有成竹之态的自豪感。诗歌在开篇便以道贺式的顿呼言说了帝国把目光聚焦于全球的光辉使命：

> 万岁，太阳，黑暗东方的征服者，
> 您，使蒙昧之民也深知浩荡天恩；
> 您无私地把光辉投射，
> 不分王侯宅第，野老柴门。(1－4)

华兹华斯以“太阳”的意象拉开了赞美整个“无瑕”国度的序幕，该诗也超越了传统颂歌中把赞颂对象放置在贵族阶层或统

① 李为尧：《想象力的重新诠释：威廉·沃兹沃斯“无源的雾气”》，《英美文学评论》2013年第23期。

② 关于《感恩节颂歌》《1814年颂歌》和《1815年颂歌》的译文，可参见［英］威廉·华兹华斯《华兹华斯抒情诗选》，谢耀文译，译林出版社1995年版，第275—285、259—264、269—274页。随文仅标注行数。

治者的局限。华兹华斯书写了想象的国度，“与天地同寿的您遵行宇宙轨道”。诗人的顿呼作为某种意义的政治寓言，重申了“日不落”帝国对于世界的觊觎。

“日不落”第一次在1588年被提出，在伊丽莎白一世执政时期，英格兰一举击败了西班牙的无敌舰队。这一称谓在1815年大败拿破仑之后，得到重新的回归。作为世界上最强大的殖民势力，英格兰“升上中天，/不让云霞阻隔您的赤裸光焰”（5–6）。这暗示出她一举击败了其他殖民势力的竞争对手。她的“一派壮观”足以“令敢于仰视者为之目眩”，通过令其他国家闻风丧胆的军事战争把英格兰的威严传递给其他国家。作为自然的一部分，太阳却与普通自然事物不同，它的自发性的光辉散发给各个国度。除了她本身固有的威严和崇高，太阳还展示出“静穆与表里素净”，它“向我们景仰雪峰的人报告；/风暴已经过去”，给世界带来和煦的温暖。诗歌中所用的“chains”和“bind”来表明太阳同其他国家所构建的整合的关系。还应指出，相较于《废毁的茅舍》《索尔兹伯里平原》等诗歌中对于士兵的身体透支和疾病的书写，《感恩节颂歌》在第3节中赞美力量充沛的士兵在“日不落”战场上为帝国效力的勇猛。诗歌中，他们跟随“圣君贤臣”，在峥嵘岁月为帝国建功。不仅如此，在《1814年颂歌》（*Ode, 1814*）中，诗人依然以“太阳”“秀色”“壮观”等意象致力于英格兰的塑造，而国家的“光辉”与“英爽眉宇”“英姿相映”的士兵的英勇不无联系。这些拿着刀枪的“雄狮军”战功显赫、无可比拟，他们屹立在广阔的原野上，等待着“天国神乡”的号令。诗歌后半段，这些如中世纪骑士般胸前佩戴“红十字”“蛟龙”盘在头盔上的士兵在所有正义的圣战中不自觉地把战争的场域扩展至全世界。这些英格兰的“雄狮”奏响着英伦的殊勋，士兵的英名如太阳光芒般洒遍全世界，他们完成了整个人类壮年的伟业。诗人指出英格兰战争的胜利标记要深深地扎根于传统之中，时刻照耀庸碌之辈的暗淡，而此时的世界之邦，也或许因英格兰的伟业和熏陶变成了光亮之地，甚至那些沙漠中新兴的国家也对此神往。该要义在《1815 年颂歌》（*Ode*，*1815*）中同样被凸显。该诗虽与《感恩节颂歌》共同谈及了作为英国敌人的法兰西帝国的他者形象以及英国与之交战的士兵的正义性和使命感，但诗歌中出现的东方、亚洲、阿拉伯、北极、太平洋等意象也不自觉表明“日不落”的势力范围全球化的立场。如同诗人在《感恩节颂歌》中所指出的，这些士兵具有“骑士的道德感”(chivalric morality)，他们总是拿的荣誉之剑守护内心的秩序。至此，诗人通过以文明对战邪恶的说辞把帝国全球性的对外战争合法化。

对于华兹华斯家族来说，鸦片贸易也许仅仅是一种有效缓解家庭经济拮据的经贸活动。华兹华斯在《致维菊》等诗歌中关于约翰·华兹华斯遇难背景的回避、约翰光辉形象的塑造以及贸易合法性的书写，殊不知也是对于这种“不道德”“非法”且“唯利是图”的鸦片贸易的一种“迂回”建构。然而，如果在整个帝国的亚洲殖民体系的框架中予以考量，华兹华斯家族的鸦片贸易却被赋予某种意义上的帝国政治性内涵。整个历史长河中所发生关于鸦片问题的一系列“连锁反应”，也不自觉表征了 18 世纪中叶以降的不计其数的鸦片贸易与后续的鸦片战争以及英国殖民中国等事件的联系，而鸦片的意象以及鸦片贸易等事件也由此被共同视为掺杂着帝国意识形态的话语。相较于鸦片，华兹华斯还参与了奴隶话语的复杂建构。诗人对待奴隶制、奴隶和黑人的态度从前期到后期发生了较大转变。《疯母亲》等诗歌中关于奴隶问题的含蓄性叙述虽不乏囿于美学和诗学层面的考虑，但诗人亲友和资助者参与贩奴的事实或许也成为该叙述得以建构的诱因。诗人在前期对奴隶的含蓄情感也在后期被消磨殆尽。这主要体现在《女王和女黑人纯洁美丽!》中对废奴先锋托马斯·克拉克森的冷嘲热讽和《被驱逐的黑人》数余年的修改过程所表征出对黑奴他者性的日渐认可。晚年时期，诗人还站在奴隶主的角度为废奴法令对其所造成的损失予以担忧。相较于诗人在前期与后期建构奴隶话语所呈现出的张力，诗歌中的战争话语同样不乏矛盾性（但这种矛盾态度在前期创作中便有所表征）。诗人在《索尔兹伯里平原》等诗歌中，一方面指出海外的殖民战争给英国本土带来一系列负面的效应，比如英国的本土环境成为患病空间，士兵及其家属也身染热病、昏睡症、梦游症等殖民疾病，而服役归来的士兵也在此过程中成为处于海外战场与国内社会临界点的阈限人，但另一方面他又在《感恩节颂歌》等诗歌中大相径庭地褒奖战争，因为殖民战争不仅成为帝国全球扩张的重要力量，同时也是对英格兰的光辉殖民传统的继承。

第二章 华兹华斯与殖民教育

华兹华斯曾在书信中告知朋友："伟大的诗人都是人师，而我也希望被认作人师。"[①] 在自传体长诗《序曲》(*The Prelude*)的结尾，华兹华斯还呼吁师友柯勒律治与他一同承担起教化者的重任，共同教导世间大众可以懂得以自然为媒介来培养观察力和想象力的能力，以期浇灌他们心灵的真善美的种子。华兹华斯对于教化者职责的热衷也征兆其诸多诗作和理论文本中"教化""教诲""培养"等关涉教育的词汇的频繁出现的必然性。相应地，由华兹华斯的人师形象所生发出的关于诗人教育层面的不同维度的话题，比如诗人教育理念与具体实践的冲突，诗人对教育制度的考量，诗人作为诗意的传道者与教学实践的授业者形象的张力，诗人的教化者形象在不同时期读者的认知情况，诗人不同版本的诗作的地域接受状况等，也得到了学界的较多关注。国内外的大批学者对诗人的诗意传道者形象的褒奖，诗作对心灵之善的启发，诗人对自然教化推崇的意义，诗人对于文学书籍重要性的阐释等相关话题的固有范式的研究已占据评论界的"半壁江山"，甚至在近年来依然引领学界的评论走向，但这些研究却较少涉及华兹华斯与教育层面的多重政治性互动。本章以《远游》

---

① Mary Moorman ed., *The Letters of William and Dorothy Wordsworth: The Middle Years, Part Ⅰ, 1806—1811*, Oxford: Clarendon, 1969, pp. 194 - 195.

（*The Excursion*）第9卷的“导生制”片段，《序曲》第5卷的“模范儿童”片段，《〈抒情歌谣集〉序言》（“Preface to *Lyrical Ballads*”），《水仙花》（*The Daffodils*）以及后殖民作家涉及《水仙花》的自传体作品等文本为依托，并结合霍米·巴巴（Homi Bhabha）、佳亚特里·斯皮瓦克（Gayatri C. Spivak）等理论家的后殖民理论，试图对华兹华斯对“内部他者”教化的政治思虑，对于海外文化殖民中的施教者形象的预设，《水仙花》在维多利亚时期及其以降的殖民教育中的“使用”情况等问题进行一番探讨，有望较为全面地审视华兹华斯与殖民教育不同层面的交集。

第一节 “内部他者”的规训：“导生制”

18世纪60年代的英国工业革命是国内政治、经济、生产技术以及科学研究发展的必然结果。随着工业革命的推进，英国社会生产力得到大幅提升，在短短几十年内，英国由农业国变为世界上最先进的资本主义工业强国，一跃上升到支配并影响全球的位置。华兹华斯见证了这个“世界工厂”的繁荣，并在长诗《远游》[①] 第8卷中勾勒出这一“创造性时代”（inventive age）的盛况。他对工业革命所取得的经济、交通、世界贸易等领域突出成就表达赞誉的同时，也察觉到其所带来的一系列问题。[②] 在诗人看来，机器的普遍采用加剧了资本主义劳动过程的变化，而被资

① 《远游》的引文如无特定标注均为笔者自译，随文仅注明卷和行。关于诗歌的原文，可参见 Thomas Hutchinson ed.，*The Poetical Works of Wordsworth*，London：Oxford University Press，Humphrey Milford，1928，pp. 756 – 896。

② 华兹华斯在第8卷的注解中写道：“在谈论这一话题时，我不得不心怀感激地想起了杰出且友善的诗人戴尔（John Dyer）在其《羊毛诗》（*Poem of the Fleece*）中所描绘的关于制造工业给不列颠岛国的喜人影响的画面。戴尔创作的年代正值大机器生产的初始阶段，他的仁慈的胸怀使其仅遇见了好的一面。但是，现实却要求我必须描述原本值得赞赏的机器，现今却由于不当的管理和滥用所引起的诸多危害。”相关观点，可参见 Thomas Hutchinson ed.，*The Poetical Works of Wordsworth*，London：Oxford University Press，Humphrey Milford，1928，p. 933。

本家恶性压榨的劳工便成为变化过程中的受害群体。在资本主义体系内部，一切提高社会劳动生产力的方法都是靠牺牲个体工人来实现的，一切发展生产的手段都变成统治和剥削生产者的手段。除了对成年的劳工的遭遇深表同情，诗人还借“漫游者”之口对该群体中的童工作了较为细腻的考察：

> 噢，远远放逐的智慧，谴责
> 本土的英国人对他们的内部束缚，
> 给其灵魂枷锁，如此年幼却如此深刻……（Ⅷ.297－299）

上述诗行言及了纺织工厂主的贪婪使童工男孩受到严重摧残的现实。诗人视域下的男孩犹如被放逐智慧的低等生物，年幼的身躯却经受颇为严峻的考验。回望历史，童工问题虽为英国历史上延续几个世纪的社会问题，但随着英国工厂制体系的发展，它成为英国资本主义发展的一个显著特征。据相关统计，1816年，在棉纺织业领域年龄在13岁以下的工人占总人数的20%，即使在1835年机器技术革新的情况下仍有13%的童工在工厂中劳作。[①] 汤普森（E. P. Thompson）较为辛辣地指出，工厂对于儿童的大规模剥削成为了“英国历史上最为可耻的事件之一”[②]。而理查德·奥斯特勒（Richard Oastler）甚至较为无奈地将机器生产时代的童工同西印度的奴隶进行类比，只因他们时刻处于一种成年人所不轻易显露的被驯服的状态之中：“可怜的孩子们，你们成为工厂资本家贪婪的牺牲品，甚至不如葆有暂时和片刻自由权的黑奴。”[③] 童工的

① 参见施义慧《19世纪英国解决童工问题原因探析》，《广西社会科学》2003年第11期。

② E. P. Thompson, *The Making of the English Working Class*, New York: Vintage Books Press, 1963, p. 349.

③ Cecil Driver, *Tory Radical: The Life of Richard Oastler*, New York: Columbia University Press, 1946, p. 43.

非人化遭遇在《远游》中可见一斑。工厂超负荷的工作时间，地狱般的工作环境以及监工的虐待与处罚，种种因素令童工娇嫩的身体备受折磨，而面无血色、发育不良等特征成为这一群体的共有身体表征："他踟蹰着脚步，弯腰屈膝，嘴唇苍白"（Ⅷ.311）。这与《安家格拉斯米尔》（*Home at Grasmere*）中所描述的身心健康，没有饥寒交迫者的楚楚可怜之样，未曾受到身体和天赋心灵的致命伤害，并且充满幸福的乡村劳动者的状态形成鲜明对比。① 在《远游》中，当童工男孩迎面走来，他的眼神中缺少了神圣的感知力量以及孩童应有的天真与可爱模样，华兹华斯看不到"一阵红晕会出现在他的脸颊上"（Ⅷ.311）。诗人曾多次指出孩童最接近天国而散发光晕，但此时的男孩却如被戕害的呆滞侏儒："你几乎不要幻想一道光芒/会从那些呆滞的眼睛中蹦出"（Ⅷ.313－314）。童工的呆滞并不像《傻小子》（*The Idiot Boy*）中的傻孩子因智力问题以及失语症所造成的非理性的天真，而是由于工具理性所导致的冷漠感与机械化。诗人进一步宣称，童工的劳动单调且劳累，他们人性中粗糙的一面蓬勃发展，思考能力和悟性锐减，潜在的兽性被无休止地揭露出来。他们的心灵被单调的机器生活所掌控，彻底沦为一种工具。

华兹华斯对其所描述的事实及其可能带来的后果深感忧虑。他试图纠正童工由于异化劳动所偏离的心灵轨道，甚至对以童工男孩为代表的迷失方向并且趋于野蛮人的孩童找寻良策。诗歌中，"漫游者"对工业革命背景下的童工现状的细致审视，助推了"孤独者"对于英国现阶段教育问题的全面洞察。在"孤独者"看来，这些童工不曾"从基督的掌管儿童的舵手那里/或者令人困惑的通过初级读本"（Ⅷ.413－414）中受到感化，孩童的"迟钝、空虚、愚昧"（Ⅷ.411）也成为教育缺失现象的重要表

① Stephen Gill ed., *William Wordsworth*: *The Oxford Authors*, Oxford and New York: Oxford University Press, 1990, p. 184.

征。“孤独者”所描述童工缺乏教育机会的场景与那一时期的社会现状保持较高的一致。据曼彻斯特卫生委员会的调查，在工业化集中的城市，为了被迫完成长达15、16个小时的劳作，“童工一般都被剥夺了受教育的权利，得不到道德和宗教的教诲”[①]。在诗歌中，“漫游者”通过描述两个不同的男孩戏耍的场景回应了“孤独者”对于童工教育缺失的苦恼。在这一场景中，牧师的儿子及其贫困邻居的儿子共同在村里的小学读书，尽管以后的发展道路有所差异，但至少在童年时期的教育体现出了上帝的公正。童工男孩的遭遇并不是一个耸人听闻的个案，而是同类受害者的典型代表。正如《远游》中所言，英国还有“成千上万的同胞深受其害”（Ⅷ. 336）。在第9卷中，“漫游者”依然延续着第8卷对此问题的热衷。他注意到，英国每天在各处四处溜达并且未曾受到教育的“粗野的男孩”，这些“愚昧的奴隶”（Ⅸ. 162－163）和那些童工本无二致。“漫游者”进一步指出，拯救以童工为代表的野蛮男孩的较好办法就是通过某种强制性的教育，而该教育甚至应该惠及整个不列颠疆域：

> 以法令的束缚来保障
> 她国土上的所有孩子
> 都能初通文字，并向
> 他们的心灵注入
> 既明晓又践行了的
> 道德和宗教的真理……（Ⅸ. 298－303）[②]

① ［英］E. 罗伊斯顿·派克编：《被遗忘的苦难》，蔡师雄、吴宣豪、庄解忧译，福建人民出版社1983年版，第72页。

② 关于该处译文，可参见徐红霞《华兹华斯的〈远游〉与十九世纪国民教育》，《外国文学评论》2016年第4期。

"漫游者"较为迫切地宣称：教育是上天赐予每个儿童的恩惠，政府应该通过立法的形式保障每个底层民众的子女的受教育的权益。"漫游者"的构想大体代表着华兹华斯本人初期的教育理念，这基本契合了诗人对建立英国的国土范围内的"国民教育"[①] 的呼吁。具体来说，华兹华斯在"以法令的束缚"的诗句的注解中推荐了一种切实可行的教育方法。该教育方法也得到国会议员萨缪尔·惠特布雷德（Samuel Whitbread）的首肯。惠特布雷德在给英国国会提交关于国民教育的第一次草案中便描绘了英国教育的未来蓝图："这一教育计划现在可以引入这个完美的国度，旨在教导少年儿童；它与一些准则相结合，借此知识定会迅速、经济且无误地被获取。"[②] 惠特布拉德和华兹华斯极力推崇的教育模式便是安德鲁·贝尔（Andrew Bell）和约瑟夫·兰卡斯特（Joseph Lancaster）所共同构想的"导生制"（Monitorial System），该制度也被称为"马德拉斯互教制"（Madras System）或"相互提高制"（Mutual Improvement System）。

1789 年，贝尔在印度的马德拉斯设立导生制学校，初衷是为了解决效力于帝国的军队在印度殖民地遗孤的教育问题，但因其成效显著而受到国内教育改革人士的较多关注。导生制的基本组织形式在于：课程被按照难易程度分为不同的单元，学生也被分成了不同的组，教师先教会学习程度较好或年龄较大的学生，然后这些掌握知识的学生被授权为暂时的老师，他们向组里的剩余

① 严格来讲，"国民教育"主要指小学和初中教育，不包括高等教育，教育的对象并不是全体国民，而是以童工为代表的劳工子女以及贫民阶层的适龄儿童。关于"国民教育"的集中讨论，可参见顾明远《教育大词典》（增订合编本上），上海教育出版社 1998 年版，第 526 页；程西筠《论 19 世纪英国初等教育改革》，《世界历史》1989 年第 4 期。此外，徐红霞以《远游》的诗行为切入点集中探讨了诗人对 19 世纪英国国民教育的影响和干预，该文对本节的论见有一定的指引。相关观点，可参见徐红霞《华兹华斯的〈远游〉与十九世纪国民教育》，《外国文学评论》2016 年第 4 期。

② Alan Richardson, *Literature, Education, and Romanticism: Reading as Social Practice 1780—1832*, Cambridge: Cambridge University Press, 1994, p. 91.

学生传授知识。大体根据导生制的基本组织形式便可较为直观地发现该制度的诸多值得赞赏之处。在《马德拉斯学校》(*The Madras School*)中,贝尔指出导生制的一大优点就是“经济”和“高效”:由于学生的佼佼者也可担任教师,因此学校的办学成本可以降到最低,甚至可以在一位教师的指导下开展教学工作。① 同样,兰卡斯特在1803年的《教育的改进》(*Improvements in Education*)中也称赞了该制度具有“实惠”的优点,根据他的估量,一个施教者甚至可以教千百个甚至更多的孩子。② 诚如惠特布拉德所言,导生制的“廉价”使得国民教育机构成为不得不接受的理由。③ 此外,导生制的高效性同经济性相伴而生。贝尔在《教育实验的分析》(*An Analysis of the Experiment in Education, Made at Egmore, Near Madras*)中写道:“你们在自己的注视之下赞扬他,给予他这样一个被支持的角色,所带来的影响是众所周知的。”④ 在贝尔看来,帮助那些学校中的淘气鬼的最好方式就是让他们也成为一个监管者。孩童中的佼佼者为了能够更好地教授其他儿童,不得不提前数周就学会所要讲授的知识,以此才可胜任教师助理或监管者的角色。

导生制于1797年由殖民地移植到了英国国内,在一些教区学校和慈善学校进行教学实践,取得了一定的反响。华兹华斯在《远游》第9卷的注解中赞颂道:贝尔博士的惊人发现令人难以想象,政府如若推行这种制度,可以给人类带来巨大的福祉。⑤ 华兹华斯

---

① Andrew Bell, *The Madras School, or Elements of Tuition*, London: J. Murray, 1808, pp. 2-4.

② Alan Richardson, *Literature, Education, and Romanticism: Reading as Social Practice 1780—1832*, Cambridge: Cambridge University Press, 1994, p. 92.

③ Alan Richardson, *Literature, Education, and Romanticism: Reading as Social Practice 1780—1832*, Cambridge: Cambridge University Press, 1994, p. 92.

④ Andrew Bell, *An Analysis of the Experiment in Education, Made at Egmore, Near Madras*, London: Cadell and Davies, 1807, p. 6.

⑤ Thomas Hutchinson, ed., *The Poetical Works of Wordsworth*, London: Oxford University Press & Humphrey Milford, 1928, p. 933.

除了对导生制系统的运作极其熟悉，还与创始人贝尔有着较为密切的往来。1811 年，贝尔在其陪同下参观了湖区凯斯克小镇的学校，并讲授了示范课程。1815 年，华兹华斯给托马斯·普尔（Thomas Poole）的信中写道："如果你已经读了我的长诗《远游》，你就会知道我所提及的马德拉斯制度有多么重要。"[①] 除了华兹华斯，其他两位湖畔派诗人也对导生制教育表现出较大的热情。柯勒律治于 1808 年在皇家研究所的关于诗歌的演讲中，把贝尔同当时的废奴激进者托马斯·克拉克森（Thomas Clarkson）类比，他认为两者都为人类的进步作了突出贡献，甚至在 8 年之后，柯勒律治依旧宣称，"（导生制）这一巨大道德蒸汽机的无可比拟的机器"可以算作是"上帝的特殊礼物"。[②] 在《评论季刊》（*Quarterly Review*）中，骚赛还把导生制作为同印刷术一样伟大的发明。[③] 虽然这两位湖畔派诗人对导生制的赞誉有夸大其词之嫌，但却足以表明该教育制度在那一时期颇受关注的事实。华兹华斯在《远游》第 9 卷中也作了乐观的希冀：在此制度的培养下，那些曾经受到工业化迫害的野蛮儿童也有成为自由高贵之邦成员的机会。诗中写道：

……使得他们
不管有多赤贫，都不会
因为没有文化的支撑而萎靡，或者
陷入野蛮的混乱，或者被迫
终生劳役奔波却得不到任何
智性工具和手段的帮助；

---

① Mary Moorman and Alan G. Hill, eds., *The Letters of William and Dorothy Wordsworth: The Middle Years, Part Ⅱ, 1812—1820*, Vol. Ⅲ, Oxford: Clarendon, 1970, p. 210.

② Alan Richardson, *Literature, Education, and Romanticism: Reading as Social Practice 1780—1832*, Cambridge: Cambridge University Press, 1994, p. 91.

③ Alan Richardson, *Literature, Education, and Romanticism: Reading as Social Practice 1780—1832*, Cambridge: Cambridge University Press, 1994, p. 91.

变成萎靡社会的一群野蛮人，
自由高贵之邦的一群奴隶。(Ⅸ. 302－329)[①]

华兹华斯建立国民教育的构想虽然于19世纪后半叶在国内最终实现（以1870年颁布的《初等教育法》为标志），但借“漫游者”之口所对导生制的呼吁以及导生制学校的建立为国民教育的实施奠定了坚实的理论和实践基础。华兹华斯对导生制的狂热表明诗人在儿童教育上所作出的努力与决心，同时也暗含诗人对帝国的社会与政治稳定的向往。

华兹华斯创作《远游》的过程中，整个欧洲陷入了拿破仑的觊觎之中。那一时期的大英帝国的形象时刻处于大英帝国同法兰西帝国的实际较量中，而拿破仑这个独裁者的侵略事迹及其同英国的战争博弈，有效地助长了华兹华斯诗学创作中高涨的国家情感。哪怕凭借工业革命的功绩在经济中立于不败之地的英国，也不得不面对军事实力超群并且能够与其一决高下的对手，对于两者之间较量的可能性结局也令诗人产生一定的忧虑。在华兹华斯看来，法国以及拿破仑的形象如同《序曲》的“寄居伦敦”卷中的圣巴塞洛缪大集的地狱式的喧嚣场景，它成为黑暗和堕落的他者性代名词，并且时刻威胁着帝国的主体形象。在《华兹华斯：“想象”的历史》(“Wordsworth：The History in ‘Imagination’”) 一文中，艾伦·刘（Alan Liu）以《序曲》的“辛普朗山口”（Simplon Pass）片段为例，指出了拿破仑的独裁和梦魇形象萦绕了华兹华斯长达多年的想象空间。[②] 同样，西蒙·本布里奇（Simon Bainbridge）在《拿破仑与英国浪漫主义》(*Napoleon and English Ro-*

① 关于该处译文，可参见徐红霞《华兹华斯的〈远游〉与十九世纪国民教育》，《外国文学评论》2016年第4期。

② Alan Liu, “Wordsworth: The History in ‘Imagination’”, *ELH*, Vol. 51, No. 3, Autumn 1984, pp. 505－548.

manticism）一书的第2章还以华兹华斯于1802—1804年所创作的十四行诗为例，分析了拿破仑的幽灵是如何以“篡夺之力”（strength of usurpation）作用于华兹华斯的诗学创作并给他带来极强的情感波动。[①] 即便在1816年为纪念滑铁卢胜利而作的《感恩节颂歌》和1817年的《春之颂》（*Vernal Ode*）中也不难察觉，诗人在回忆起那一时期拿破仑殖民意志的高涨对于英国当局的统治产生威胁以及在英国社会引起的强有力冲击的场景时，依然会以“可怕”“苛政”等字眼形容拿破仑或法国的形象。实际上，英国除了在那一时期需要应对外部敌人拿破仑，爱尔兰频繁对英格兰当局所表现出的种种“不满”（discontent）及其所诱发的不列颠统一体的动荡局势，也同样加剧了华兹华斯对于帝国统治现状及其未来走向的担忧。[②] 一向对内外政治颇为关注的华兹华斯或许早已察觉，在较为严峻的局面下，这些趋于野蛮的儿童依然在英国的工厂中源源不断地出现，他们较大程度地增加了社会的负担，并且对政局的稳定性造成潜在的隐患。这种内部与外部所导致的不安局面，在某种程度上助推了华兹华斯所极力推荐的导生制的政治性希冀，正如致力于研究浪漫主义时期的教育制度的西方学者艾伦·理查森（Alan Richardson）所言，华兹华斯把这种制度看作是“对英国社会弊病和政治不安的激进式的解决办法”[③]。骚赛曾在刊载于1811年《评论季刊》的一篇文章中对此表达了见解。他在论及贝尔的导生制体系“被断言的优越性”（the alleged priority）之时，也着重强调了

① Simon Bainbridge, *Napoleon and English Romanticism*, Cambridge: Cambridge University Press, 1995, pp. 54 – 94.

② 鉴于此，学界还认为导生制的直接作用对象不单单局限于国内的工厂的童工以及贫困家庭的子女，还有着更为广阔的适用范畴，那些爱尔兰的频繁发生社会动乱的被称作野蛮人的暴民也应该被算作在内。相关观点，可参见 Michael Wiley, *Romantic Geography: Wordsworth and Anglo-European Spaces*, New York: St. Martin's Press, Inc., 1998, pp. 171 – 172。

③ Alan Richardson, *Literature, Education, and Romanticism: Reading as Social Practice 1780—1832*, Cambridge: Cambridge University Press, 1994, p. 95.

对于国内贫苦子民及其子女推行教育的必要性，“因为穷人的愚昧会成为所有罪恶的根源，这种根源连我们那一时期所颁布的《贫困法令》（*Poor Laws*）也未能解决”①。他甚至宣称“从事机器制造业的大量民众”也“完全地被浪费了，因为他们的道德和宗教教育彻底被忽视了”②，而童工便在此其中占据了较为可观的数量。以此为背景，就不难理解华兹华斯在《远游》中的教育构想的政治性涵义：

> 噢，希望有这么一个光辉时代的到来，
> 当知识被尊为她最宝贵的财富
> 和最有利的保护，帝国
> 在要求子民效忠的同时，也承担
> 一份职责，在她的分内，去教化
> 那些生来注定要服务遵从它的人们。（Ⅸ. 292－297）

华兹华斯把以童工为代表的鲜有受到文化教育熏陶的孩童的教化，作为维持帝国稳定并确保帝国完成伟大使命的重要策略。“奴隶”“野蛮”“效忠”“教化”“服务”“遵从”等诸多词语也助推了该制度切实的目的性，它甚至也可能颇具迈克尔·海克特（Michael Hechter）在论及那一时期当局对帝国内部边缘区域所实行的“内部殖民主义”③ 的较为相似的特征。学界曾在分析《孤

① Alan Richardson, *Literature, Education, and Romanticism: Reading as Social Practice 1780—1832*, Cambridge: Cambridge University Press, 1994, pp. 95－96.

② Alan Richardson, *Literature, Education, and Romanticism: Reading as Social Practice 1780—1832*, Cambridge: Cambridge University Press, 1994, pp. 95－96.

③ 迈克尔·海克特（Michael Hichter）在其专著《内部殖民主义：不列颠国家发展中的凯尔特边缘》（*Internal Colonialism: The Celtic Fringe in British National Development*）中，就苏格兰、威尔士等这些相较于英格兰的边缘区域的状况以及同英格兰的关系作了较为翔实的分析。在他看来，这些区域中以苏格兰的状况尤为突出，苏格兰虽早在1707年就并入大不列颠，但不论在政治、经济以及文化等方面，该区域及其人民仍然无时无刻承受着帝国的“内部殖民主义”（internal colonialism）。笔者在此借用这一概念，来说明（转下页）

独的割麦女》（*The Solitary Reaper*）中一些诗行所折射出的“被压制的历史和话语”时指出，在殖民历史上，英格兰施加于苏格兰的压制盖尔语的文化暴力和驱逐高地人的战争暴力，均体现为英格兰当局对苏格兰的不平等的政治互动，即便在1707年苏格兰归入不列颠，两者的主体与他者的地位依旧没有得到多大的改变，苏格兰依然被纳入帝国内部殖民的范畴。① 较之于《孤独的割麦女》中曾经并且现今依然受到帝国“训诫”的苏格兰，诗人在《远游》中把童工及其未受教化的贫困孩童同样看作是内部的他者。但与苏格兰不同的是，诗人所期盼的对童工等人的内部殖民的构想其实具有一定的暂时性。诗人并非要持续保持着童工等人的他者身份的存在，反而尝试令他们朝着去他者化的方向迈进。在《远游》的第8卷中，成千上万的儿童纷纷得到响应而成为“漫游者”的信徒。“漫游者”的号召其实也可以看作是国家的命令，如诗歌所言，每一个像童工这样不曾受到文明熏陶的人都有义务完成自己的教育任务，从而承担了天生就应该服务于帝国的重任。在《浪漫主义的地理：华兹华斯与欧美空间》（*Romantic Geography*：*Wordsworth and Anglo-European Spaces*）一书中，迈克尔·威利（Michael Wiley）这样总结华兹华斯所倡导的导生制，“这一教育体制会令国家的安全性和稳定性上升到新的等级”，不仅如此，威利还毫不避讳地坦言，这一制度的国家意义远远大于慈善意义，因为诗人所言及的童工教化被看作是实实在在的殖民行径。② 艾伦·理查森（Alan Richardson）也同样指出，

（接上页）华兹华斯把童工看作帝国的内部他者的建构，以及导生制在具体实践上的作用于身体和精神层面的严苛。相关观点，可参见 Michael Hichter, *Internal Colonialism*: *The Celtic Fringe in British National Development*, Berkeley: University of California Press, 1999, pp. vx－vxi。

① 相关观点，可参见王苹《告诉我她在唱什么：〈孤独的割麦女〉的后殖民解读》，《外国文学评论》2011年第3期；马伊林、王小博《〈孤独的割麦女〉：一个充满帝国话语与反帝国话语张力的文本》，《科学·经济·社会》2018年第4期。

② Michael Wiley, *Romantic Geography*: *Wordsworth and Anglo-European Spaces*, New York: St. Martin's Press, Inc., 1998, p. 172.

那些在英国本土难以驾驭的“工薪阶层”的子民及其子女理所应当地应该受到殖民主义的教化，这也成为导生制所实施的初衷的重要所在。[①] 在帝国的稳定受到威胁的状况下，所有“未受文明熏陶和不太平的较低层阶级”（uncivilized and restive lower orders）在某种程度上均可以被认作隐匿于帝国内部的敌人，对他们的教化的预期已经上升到政治高度。[②]

导生制的极其严格的实践措施也有效地反映出华兹华斯对于这些帝国内部他者所施加严苛的道德、宗教和身体上的规训的政治期望的迫切性。在导生制的运行规则中，由于等级制度所保持的流动性的特性，任何孩童既有充当监管者的机会，也会沦为被统治的下层阶级的机会，从而保证“持续竞争”（constant emulation）的最大化。[③] 借用米歇尔·福柯（Michel Foucault）在《规训与惩罚》（*Discipline and Punish*）中的描述，导生制学校作为知识的机器，稳固地发挥着教学的作用，每一个孩童，不论他们处于任何水平，在任何时候都可以利用。[④] 这种“教学经济”以工厂式的方法调配教育，劳动分工让监管者简单容易地引导、管理和控制被规训的个体。悉尼·史密斯（Sydney Smith）在1806年的《爱丁堡评论》（*The Edinburgh Review*）中把导生制学校比作完整的机器，学生如同车轮上的齿轮，其充当了一种工具，导生制可以确保道德和工作习惯内化其中，而不仅仅留有简单的印记；柯勒律治在1813年的《教育新体系》（“New System of Education”）的演讲中也指出了导生制的严苛性：在以往的教育体系

---

① Alan Richardson, *Literature, Education, and Romanticism: Reading as Social Practice 1780—1832*, Cambridge: Cambridge University Press, 1994, p. 97.

② Alan Richardson, *Literature, Education, and Romanticism: Reading as Social Practice 1780—1832*, Cambridge: Cambridge University Press, 1994, p. 100.

③ Alan Richardson, *Literature, Education, and Romanticism: Reading as Social Practice 1780—1832*, Cambridge: Cambridge University Press, 1994, p. 92.

④ Alan Richardson, *Literature, Education, and Romanticism: Reading as Social Practice 1780—1832*, Cambridge: Cambridge University Press, 1994, pp. 92 – 93.

中，孩童可以从教学中获益，但是在现如今的体系之下，知识直接被强加于孩童。①

此外，为了让其经济性、高效性与教化性最大程度地发挥作用，导生制学校设定了极其严格的监管力度。洛克及其他理性主义教育理论家曾经言及，由于与父母或老师的职责不同，校长不能把整个班级的所有个体掌控在其监视之下，但是导生制恰恰可以弥补这样的不足。通过持续的监管与不停歇的视察的方式，儿童时刻在监管者的视线范围之内，从而保证他们做的每一件事都有据可查并被记录在案。通过让学生成为老师或监管者，导生制使统治者的权威内化于孩童心中，监管者代替统治权威来维系掌控整个学校的秩序。导生制规定所有的学生有义务汇报那些处于较低等级的次等生的学习进度以及帮扶情况，次等生的违规情况也被登记在被称为最有分量的操作者的“黑册子”（black book）中，监护人、托管人等人员均可以翻阅“黑册子”，他们的监视之眼遍及整个“机器”中。与此同时，学校监管者也获得了充分的统治权，他们可以看到各个学生在任何时候的状况，并且有权得知每个学生的说话内容。艾伦·理查森把站在讲台前的监管者称作可以监管一切的希腊神话中的“百眼巨人”。② 每个学生都充当了隐性权力者凝视的对象，这如同福柯笔下的“圆形监狱”中对犯人所实施的相似的权力运作模式。福柯所借用的这一模式来自英国功利主义思想家边沁（Jeremy Bentham）与其弟弟萨缪埃尔共同构想的“全景敞视的圆形监视监狱”（Panopticon）③。根据边沁的构想，圆形监狱遵循这样的设计：在环形建筑的中心是一座瞭望塔，瞭望塔的窗户对着环形建筑；中心瞭望塔可以安排一

① Alan Richardson, *Literature, Education, and Romanticism: Reading as Social Practice 1780—1832*, Cambridge: Cambridge University Press, 1994, p. 93.

② Alan Richardson, *Literature, Education, and Romanticism: Reading as Social Practice 1780—1832*, Cambridge: Cambridge University Press, 1994, p. 93.

③ “Panopticon”一词是希腊语“pan”和“opticon”的组合，意为“看穿一切的眼睛”。

个监管者，通过利用逆光效果，对囚室里的每个人时刻进行监管。福柯选择圆形监狱作为权力得以实施的试验场，圆形监狱犹如“关于理想状态的权力机制的图解”，这种监视使权力与人相分离，被监视者变得合乎规范，他们随时聆听上级监视者的命令。[①] 规训的实施需要借助于监视，而监视又发出权力的效应。在古典社会，为了较好地观察人群，监视站应运而生，那一时期的医院、军营等建筑的设计有便于控制与监督的考量。这些建筑物不单单是为了被人观赏或便于建筑物内部的人从里向外观察，而且还是为了对内进行监察，以便对建筑物中人们的所有行为都一望而知。在福柯看来，军营就是监视者心中最理想的模式，也是权力运作与活动的中心。在这一理想模式之下，任何权力都通过监视者严格的监视行为来实施，他们的目光成为整个权力运转不可或缺的一部分，军营中的任何部分包括帐篷的入口方向、士兵的安排、通道的间隔、阅兵场的方位等都有严格的规定。军营巧妙运用了监视技巧，通过安排时间、空间和各种关系来规范人们的行为，对他们的身体进行规训。同样，导生制的运行模式也同军营有着极强的相似之处，这同兰卡斯特曾就读退伍军官开办的学校的经历不无联系。他遵循军队中的严格的纪律与法令，并以同样的标准来要求导生制学校的学生。不仅如此，导生制的惩罚机制是十分严厉的。贝尔曾把学校比拟军队，规训是最为重要的原则，学生们被要求处于工作或学习的状态中，有问题的学生会立刻被抓住，而惩罚也是必不可免的，曾为兰卡斯特画肖像画的画师约翰·赫兹利特（John Hazlitt）不止一次看到兰卡斯特及其同事对学生进行棍棒体罚。与此同时，兰卡斯特还建立了一套施加于心灵而非肉体的“羞愧式”的惩罚机制，比如不守学校规则的学生会被装进笼子里并吊在教室上空示众等。

---

① 参见孙运梁《福柯监狱思想研究——监狱的权力分析》，《刑事法评论》2009年第1期。

凭借着导生制严苛的精神管制和身体教化的手段，那些国内的大批孩童才有可能脱离野蛮人的命运。借用《远游》的诗句，只有“那些愚昧被移除”，不列颠才可能“保持”（preserve）她的“美丽的姿态”（beautiful repose），“（因为）它们会滋生……黑暗的不满，或者聒噪的骚动”（Ⅸ. 346 – 349）。诗人对避免成为他者的未受过教育孩童的教导和规训，变成了提升国家稳定的新范式。这些内部他者的身心进步为国民整体文明程度的提升提供基础，而这些脱离未开化境况的儿童也同英国忠实的子民一道作为帝国长治久安且能积极应对外敌的重要保障，同时这些要义也颇具本尼迪克特·安德森（Benedict Anderson）所言及的“想象的共同体”（imagined communities）的内涵。在 17、18 世纪，随着资本主义工业化进程的加剧，文化产业的发展也被西方资本主义国家提上了日程，相应而生的一个现象便是国家意识和国家情感在文化传播的过程中得到的巩固与强化。伴随着印刷技术的广泛普及，国家的重大事件便可以通过报纸、小说等形式得以有效传播，社会成员通过享有同一件国家事件使之有了隐形交集，这便构成了安德森在其著作《想象的共同体》（*Imagined Communities*）一书中提出的“想象的共同体”的概念，即一个群体必须是被想象的，因为没有人曾经看到或接触到那些说自己隶属于相同群体的人。[①] 华兹华斯的《感恩节颂歌》（*Ode to Thanksgiving Day*）、《春之颂》（*Vernal Ode*）等描述战争胜利颂歌以及歌颂民族的辉煌业绩的叙述，在重新确立和巩固读者和社会群体的关系上起着重要作用，诗人通过他们本国自身的战争胜利话语的书写与感悟把本国的传阅的读者划归为同一群体中。虽然诗人在进行相关战争胜利话语的建构时并未亲身参与所写的战争中，也没有对战争进行非常详细的情节记录，但在胜利颂歌中却不自觉地

① Benedict Anderson, *Imagined Communities: Reflections on the Origin and Spread of Nationalism*, London: Verso, 1991, p. 6.

“解释和处理战争巩固了国家主权的合法性这一观点”①，占据了国家文化之根去唤起群体的精神动力以此去巩固和提升全体成员的情感联系。与之相比，作为一种教育制度的导生制并不像胜利颂歌那样以文本形式存在，但导生制对于孩童的培养同这些宏大叙事的文化资源对于子民的集体意识的潜移默化的熏陶一样，都不自觉地因为某种国家意识形态的影响而受到权力的支配。受到身体规训和文化熏陶的童工也同样被划归为该群体之中，他们共同成为巩固国家意识、提升自身使命而有效面对帝国内外困境时的应有之义。

还应指出，导生制不单单参与这些以童工为代表的内部他者的殖民主义教化，它的海外拓殖内涵在华兹华斯的时代也得到广泛认可。就连该制度的构想者之一兰卡斯特也坦言，导生制并未局限于对英国本土的儿童的规训，它还应该扩展到“亚洲、非洲和西印度”，这一制度具有“世界性的”（universal）特征与适用范畴。② 与此同时，骚赛于 1811 年和 1812 年在《评论季刊》所发表的两篇文章中指出，导生制可以为引起社会不安的穷人的道德教化和英国殖民地的监管这两个现今英国社会的重大问题提供解决方案。③ 在《马德拉斯学校》中，贝尔对导生制表达了同样的期许与厚望：它应该在全世界中去成功地推广基督教知识，工业知识以及英文字母，把那些野蛮之地变为文明之邦；“你将会把我当做狂热者，但是如果我们可以活一千年，我们将会看到这种教育系统是如何扩展到全世界”④。这或许同奥格登（C. K. Ogden）和理查

---

① Wei-yao Lee, “The Victory Ode and National Narrative: William Wordsworth's *Thanksgiving Ode*”, *Concentric: Literary and Cultural Studies*, Vol. 42, No. 2, September 2016, p. 172.

② Alan Richardson, *Literature, Education, and Romanticism: Reading as Social Practice 1780—1832*, Cambridge: Cambridge University Press, 1994, p. 97.

③ Alan Richardson, *Literature, Education, and Romanticism: Reading as Social Practice 1780—1832*, Cambridge: Cambridge University Press, 1994, p. 97.

④ Alan Richardson, *Literature, Education, and Romanticism: Reading as Social Practice 1780—1832*, Cambridge: Cambridge University Press, 1994, p. 97.

兹（I. A. Richards）的《基础英语体系》（*The System of Basic English*）的目标具有一定的相似度，因为基础教育总是以民主和友善的方式为借口，但却具有全球范围的武断性的渗透性。[①] 从这个角度来看，《远游》中的“教化帝国疆域中需要被教化的人”所体现的受众除了帝国内部的他者，还可能囊括了海外可以被算作“帝国的疆域”比如殖民地的外部他者，如同《远游》中所言：只有这样，“你的国家才一定会完成/她的光辉使命”（Ⅸ. 407 – 408）。值得注意的是，华兹华斯虽然并未在《远游》中直接言说导生制的在教化海外殖民地民众的意义，但《序曲》的“模范儿童”以及《远游》的“蜜蜂”作为未来的海外施教者的使命，已经提前预设了华兹华斯对于海外野蛮之邦文化殖民构想的必然性。

第二节　海外教化者的预设：“模范儿童”与“蜜蜂”

在《序曲》的第5卷，华兹华斯为了较为直观地展现理性教育的培养模式与自然教化的差别，向读者描述了“模范儿童”和“温德米尔男孩”分别在这两种不同的体制下接受教育的状况。诗歌中，“温德米尔男孩”在大自然中进行着“葛德汶式”并在成人眼中毫无价值的与自然互动的“游戏”。他凭借着自身童稚的感官与自然交流，从荡气回肠的自然之音里感悟直觉话语以及自然内在的“统一性或者具有先验统一性的情感基调”[②]，并在自然的神秘语言中找寻闪烁蒙蒙之光的光晕。自然的教化令孩童培养起对事物真理的敏锐感觉，这种感觉又铸就了他的求知欲望，促使他对人世间的普遍规律进行不懈探索。虽然“温德米尔男

① Alison Hickey, *Impure Conceit: Figuration in Wordsworth's "Excursion"*, Ph. D. dissertation, Yale University, 1991, pp. 183 – 184.

② 王茜：《在大自然中读好书——由“阿拉伯之梦”论〈序曲〉中的自然与教化》，《杭州师范大学学报》（社会科学版）2014年第4期。

孩”是诗人所设想的理想教育模式的产物，但这个男孩默默接受死亡安排的情节设置，也从侧面反映出自然教化在特定时代背景下由于多种原因所受到的阻力：自然教化即将在新的时代背景下被一种新的制度所补充，但这一新的制度却又因其弊端而急需进行改革。[①] 而新的制度便是在那一时期较为流行的理性教育制度。较之于自然教化，理性教育的理论家和实践者失去耐心地“拔苗助长”的行为，不仅令受教的孩童失去了“巨人毁灭者的隐身衣”“罗宾汉”“富图内特斯的如愿帽”等激发想象力的文学要素外，还遗憾地错过了世界为他们设计的心爱玩具——自然，而条条框框的理论下对于有着个体差异的孩童的教导，以及理论家和实践者对经验、道理和课本的字面文字的过度重视不免造成这样的局面：在该教育制度下经过“全面训练”的儿童，即便学会尊崇“规范得体”和“体面”的生活，并且不会“背离原则”，但依然缺失了“温德米尔男孩”在自然中所获得的知识和能力。值得注意的是，诗歌在表明出华兹华斯对于两种不同的教育制度陷入困境的心境时，还映现出诗人在言说这个理性教育制度下的“模范儿童”的教育经历时所融入的时代话语。诗人虽然对“模范儿童”表达了惋惜之情，但其针对的目标却是理性教育对受教者的心智自由、想象力和感知力的忽视，即便他对“模范儿童”获取知识的方式表达不满，但对知识本身和内容的偏见或许并不明显，甚至这些知识还参与了帝国意识形态的建构。在诗人看来，模范孩童除了在道德、人品、性格等方面得到旁人的夸赞，他在科学上也能凸显神童的本色：

他佩戴着帝国徽章，
持有其所效忠的王室的地球仪和拐杖，

① Dermot Ryan, *Technologies of Empire: Writing, Imagination, and the Making of Imperial Networks, 1750—1820*, Newark: University of Delaware Press, 2013, p. 122.

望远镜、坩埚和地图，
他能在浩瀚迷途的海上为舰队
导航，还能说出航海的所有
技巧…… (V. 328 – 332)①

诗人对理性教育制度的运作模式和实践方法着墨不多，但孩童在该教育制度下所学习的技能等关乎英格兰的拓殖话语却有意无意地“浮出水面”。孩童对于“地球仪”“望远镜”和“世界地图”的熟知，暗含出那一时期航海天文学和地理学的发展对于跨洋航行的安全性以及海外探险的必要性。这些航海工具虽然代表了“牛顿理论的技术运用”②，但海洋话语也并非17世纪以降的“专利”。

实际上，英国殖民探险事业从15世纪起便已经有所征兆。在历经了1456年布里斯托市市长威廉·斯特米的地中海之行，1480年6月的托马斯·劳埃德船长试图寻找传说中的圣布兰丹诸岛和“西班牙七城”的首次驶入大西洋的行程，1497年亨利七世派意大利航海家约翰·卡博特（John Cabot）等人的美洲之行，伊丽莎白时期的马丁·弗罗比歇（Martin Frobisher）寻找通向太平洋的西北航道等海外探险事业以及1588年打败西班牙无敌舰队的功绩等因素的推动，“海上帝国”的舆论终于成型。16世纪末，英国著名政治家和思想家弗朗西斯·培根（Francis Bacon）对此作了较为系统的阐释。在他看来，一个国家要能成为海上的主人就等于建构了一个帝国，因为海上优势是国力强大的标志，只有掌

① 该片段的译文为笔者自译，原文如下：“The ensigns of the empire which he holds, / The globe and scepter of his royalties, / Are telescopes and crucibles and maps. / Ships he can guide across the pathless sea, / And tell you all their cunning…” 关于诗歌原文，可参见 Stephen Gill ed., *William Wordsworth*, New York: Oxford University Press, 2010, p. 369。

② Mary Jacobus, *Romanticism Writing and Sexual Difference: Essays on The Prelude*, New York: Oxford University Press, 1989, p. 77.

握海上霸权，才能够建立起庞大的殖民帝国，鉴于此，英国需要不断地进行海外探险，开发永久性的殖民地。[①] 培根的思想既可以看作是对英国海上优势的肯定，也是对于未来海上殖民事业的期许。英格兰民族在之后的海上殖民史中直至华兹华斯的时代，继续书写着辉煌。海洋探险的话语也在华兹华斯内心深处发生作用。除了《大海远近布满许多船只》（*With Ships the Sea was Sprinkled far and nigh*）中的“大海远近布满许多船只，/像天上的星星，海为之欢笑”[②] 所反映出英国人对航海的热衷，《远游》（*The Excursion*）中“漫游者”的海外扩张计划也是通过海洋为媒介展开，《命名地方组诗》（*Poems on the Naming of Places*）、《兄弟》（*The Brothers*）以及《索尔兹伯里平原》（*Salisbury Plain*）等诗歌中在叙述本土的湖区和平原的场景时，甚至也会出现甲板、海岸、水手、船舰等关涉海洋和探险话语的踪迹。

回望《序曲》，“模范儿童”所必备的学习内容不仅在某种程度上为理解英格兰的海洋探险传统提供支撑，它还有机会对孩童的未来世界观及其思想发展脉络起到一定的塑形作用。借用德莫特·赖安（Dermot Ryan）的说法，华兹华斯所呈现出的“模范儿童”现阶段的状况具有“紧急命令”（emergent order）的意义，它映现出帝国主义式的教育的必要性以及时刻准备且随时待命的迫切性，因为课堂教学的场景从一开始就已经暗示，这个儿童的学习内容不自觉地同帝国的海外扩张与新世界的发现联系在一起。[③] 诗歌中，儿童所佩戴的“帝国的徽章”（ensigns of the empire）便与这些话语指涉相伴而生。根据相关考据，“徽章”的词义具有双重内涵。其一，代表比较常用意义中的“一种军事和海

---

① 参见姜守明《民族国家形成时期英国殖民思想的发展》，《史学月刊》2002 年第 6 期。

② ［英］威廉·华兹华斯：《华兹华斯抒情诗选》，黄杲炘译，上海译文出版社 1986 年版，第 223 页。

③ Dermot Ryan, *Technologies of Empire: Writing, Imagination, and the Making of Imperial Networks, 1750—1820*, Newark: University of Delaware Press, 2013, p. 122.

军的标准”，或根据“字面的衍生法”（verbal derivative）来指代“皇冠、冠状头饰或僧帽上面的一种特殊的符号等”，以此来表征出符合这种条件的能力；其二，也可指代用知识“去教导（某人）”（to teach）的能力。[①] 或者说，“帝国的徽章”其实可以表征出儿童的两种形象。孩童既作为帝国知识的被动的教育受众，又可以作为知识的主动施加者。

按照第一层涵义的理解，儿童在帝国的教化中不自觉地培养起带有意识形态色彩的世界观，他只有熟知了这些帝国的海上探险与殖民活动的知识，才有资格佩戴这一荣耀的军事勋章。诗人接下来便言及的“模范儿童”的“成绩”。只见这个佩戴徽章的儿童能对世界上任何国家的地名、地理方位甚至国家政策都倒背如流，世界各地的国家都留存在儿童的脑海中。他通晓整个宇宙的天文知识，其智慧的双眼可以览视整个星空：

> 他能写出星辰的
> 名称，也熟悉地质构造；他还
> 懂得外国的政策，能将全世界的
> 区域与城镇一一说出，像蛛丝上
> 穿起的露珠……（V. 319 - 323）

诗人以“蛛丝”来比喻孩童意欲把整个世界联系在一起的希冀：“露珠”象征每个异域的国家，而儿童充当了世界的连接者的角色。[②] 这与《感恩节颂歌》（*Ode to Thanksgiving Day*）中以“chains”和“bind”来表明帝国的太阳光同海外的势力范围的国

---

① Dermot Ryan, *Technologies of Empire: Writing, Imagination, and the Making of Imperial Networks, 1750—1820*, Newark: University of Delaware Press, 2013, p. 122.

② Dermot Ryan, *Technologies of Empire: Writing, Imagination, and the Making of Imperial Networks, 1750—1820*, Newark: University of Delaware Press, 2013, p. 122.

家所构建的关系具有一定的契合和照应。“模范儿童”也许能够像英国历史上的那些可以载入帝国史册的拓殖者那样，肩负起不断发现世界和整合世界的重任。玛丽·雅各布斯（Mary Jacobus）把这个孩童称之为“萌芽状态的帝国主义者”（budding imperialist）的说法也许是较为直观的说明。① 孩童的知识储备可以为以后的成年时期的世界观提供根基。这种受到帝国知识熏陶的幼苗一旦长成大树，凭借着已经成形的价值标准很可能在世界范围内执行帝国指派的任务。诗人在《序曲》中进一步察觉到，熟练掌握所有的航海知识和技巧的“模范儿童”在以后的时日中更加努力，他所学到的知识犹如雨水落入心灵的“水桶”：

> 活在世上，必须每天增加
> 一分聪明，看见每一滴智慧的
> 雨水落入心灵的水桶，否则
> 何必出生。（V. 325 – 328）

当“模范儿童”佩戴军事徽章时，他就难免以徽章的权力符码来服务于他所效忠的权威。或许只有这样，“模范儿童”才不会愧对国家，国家对其施加的压力也成为他的动力。

事实上，儿童的第一重使命与第二重使命具有同一性。两种身份所参与的具体实践方式虽然有所不同，但均折射出主体对于他者之地的意识形态投射。较之于第一重身份的具体实践可能引起的物质层面的殖民暴力，儿童的第二重身份的具体实践方式却极有可能以文化层面或精神层面的软暴力展开。如同诗歌中所暗含的，被海上探险与殖民活动的传统所熏陶的孩童以所学的这些知识为立足点，在之后的时日里也有成为教导者的角色的可能。

① Mary Jacobus, *Romanticism Writing and Sexual Difference*: *Essays on The Prelude*, New York: Oxford University Press, 1989, p. 76.

这虽然同导生制中那些最初的受教者可以转化为监管者的角色是一个道理，但施教范围却较多地转向海外的国度。《远游》对此有一定的回应。诗人在第 9 卷结束了导生制的讨论之后，便借“漫游者”之口描述了这些在帝国的培育下的“蜂群”（swarms）在海外的职责。根据诗歌的暗示，这些“蜜蜂”所扮演的角色或许并非殖民暴力的施加者，反而更多地侧重于宗教、文化等施教者的责任。这样看来，“模范儿童”同这些受到帝国知识熏陶的“蜜蜂”所扮演的角色具有一定的相似度。《远游》中这样写道：

哪怕在（海外）最微小的宜居的岩石上，
即使被孤单的波浪敲打，也能听到
人性化的歌声；吮吸文明艺术
所带来的芬芳，这是给予所有效忠者的恩赐。（Ⅸ. 386 - 391）

《远游》中领受帝国使命的孜孜不倦的“蜜蜂”不仅被赋予特定时代的印记，也充实了在西方文学中出现的以“蜜蜂”指代“人”的相关叙述的政治性内涵，比如，雪莱的《为英国人而歌唱》（*Song to the Men of England*），维吉尔的《田园诗》（*Georgics*）第 4 卷以及《埃涅阿斯纪》（*The Aeneid*）的第 1、6、7 卷中便以不同的视角对此问题进行言说。与此同时，华兹华斯在后续所创作的《春之颂》[①] 中，“蜜蜂”的另一维度的政治隐喻也被强调。此时的“蜜蜂”被看作是在拿破仑战后的废墟下依然对帝国当前的统治以及未来前景充满信心的那一批人。诗人对其饱含期待：

---

① 《春之颂》的译文为笔者自译，随文仅标注行数。关于诗歌原文，可参见 Stephen Gill ed.，*William Wordsworth*，New York：Oxford University Press，2010，pp. 650 - 653。

为公众谋求福利；同时也是勇敢的战士，
身着光彩照人的金衣，
拿着逼真的矛进行殊死搏斗。(Ⅳ. 92 – 94)

——她是社会的建设者；
所有忙碌的雇员都各尽其责，美好和谐，
在这光明静好的家中
躲过寒冬的暴风雨！(Ⅳ. 96 – 99)

其祖先遥远、神秘而高贵；
像人类帝国高高的前线。(Ⅴ. 107 – 108)

它们的高贵不掺杂任何骄傲。
——眼泪并没有从它们的源头流出。(Ⅴ. 118 – 119)

《春之颂》的创作经历了英国内部的暴动与最高潮的激进势力。1816—1817 年间，伦敦的公共场所总是充斥着规模庞大的会晤，在格拉斯哥和谢菲尔德也随处可见多数渴望改革的激进人士的游行示威，街头聚集了不乏大量的向议会递交请愿材料的人群，更令其意识到问题严重性的是，就连雷金特王子（Prince Regent）也在 1817 年 1 月间遭人袭击，而成为英国民众发泄怒火的替罪羊。[①] 这种主要由英法战后的余波而生发出的紧张的氛围，也深深地触动着华兹华斯。在该诗中，华兹华斯对“蜜蜂”在战后的不安局面下激发起的斗志以及对于“蜜蜂”的责任的构想得以呈现。诗人的这种政治目的有目共睹，如同中国台湾学者李为尧所评析的那样，《春之颂》具有田园诗风格的宏大叙事的颂歌

① 参见李为尧《以自然治愈国家——威廉·沃兹沃斯的〈春之颂〉》，《兴大人文学报》2016 年第 57 期。

的意义，它向英国民众树立了重建帝国繁荣的决心，可以起到安抚帝国子民的作用。[1] 相较于《春之颂》的“蜜蜂”应对帝国特定时期国内政治的应有之义，《远游》中的“蜜蜂”同样也为帝国事业的繁荣提供必要条件。该叙述甚至也可以起到一定的政治宣传的作用，但这些“蜜蜂”所作用的地理场域其实不局限于国内的疆土，它们的使命也不囿于时间的限制。西方学者艾伯特·罗西（Albert Rossi）曾在论及维吉尔和但丁笔下的“蜜蜂”特征时指出，蜜蜂在蜂巢中的活动表征出它的诸多品质，比如，天生对于权威的“顺从”（obedience），具有团队合作精神且劳动分工明确，兼有聪慧和勤奋的优点等，此外，它们在“不同区域”的花丛中“不间断”地采蜜，也不自觉地为花朵授粉，从而对于培育新的生命有重要的隐喻作用，这与基督教理念中不受时间和空间束缚的“慈善”理念异曲同工。[2] 华兹华斯在《远游》的“蜜蜂”叙述中也有不同程度的映现：“蜜蜂”能够在每一个帝国所能达到的“海岸边”建立新的“社区”并以此为据点，以帝国的文明为向心力去不间断地迎来每一次的使命。然而，此时的恩赐于海外普罗大众并且永不懈怠的“慈善行为”却是对于这种以宗教、文化等方面的殖民软暴力较为顺耳的掩饰罢了。

后殖民主义理论家对文化殖民的现象作了较为直观的揭露。按照他们的说法，帝国在殖民扩张的进程中以所谓的普遍性、客观性与真理性为前提，以二元对立的自我观为核心，把宗主国与殖民地的关系看作是主奴关系或父子关系，帝国因其对“绝对命令”（categorical imperative）的响应而理所应当地扛起改善殖民地落后境况的大旗，甚至殖民地的民众还要感激帝国的“乐善好

① 参见李为尧《以自然治愈国家——威廉·沃兹沃斯的〈春之颂〉》，《兴大人文学报》2016年第57期。

② Jalal Uddin Khan, “The Bee-Politics in Wordsworth's *Vernal Ode*”, *English Language Notes*, Vol. 41, No. 2, December 2003, pp. 49 - 50.

施”。帝国的这一说辞为其军事战争、民族移民、抢夺财富等殖民行径寻找借口。当帝国的霸权主义通过暴力手段在殖民地得以形成之后，“文化表征”（cultural representation）也被提上了日程。对此，艾勒克·博埃默（Elleke Boehmer）曾做过精彩的论述：帝国在殖民地有效行使经济、政治或军事权力的基础上，还要考虑掌握想象领导权；他们通过各种文化与象征形式在殖民地呈现西方话语，而语言在此建构中作为特殊的媒介。[①] 西班牙女王伊莎贝拉甚至指出，“语言作为帝国最完美的工具而存在”[②]；文学家佩拉约（Macelino M. Y. Pelayo）同样宣称：帝国主义与语言其实存在共谋，殖民者的语言传播往往同帝国版图的扩展齐头并进。[③] 殖民者征服殖民地民众必不可少的手段就是宣扬西方语言优势的论调，而殖民者的语言理所应当被认为是破碎的、糟糕的以及低人一等的。帝国的目的并不是单纯地向被殖民者传播语言，它的着眼点还可能在于语言符号之下的蕴含西方价值观和代表西方文明的隐喻。相应地，帝国在殖民地开办了诸多学校，他们通过立法的形式把办教育、试图培养为大英帝国效力的“属下”作为一项不可或缺的任务来看待，而“蜜蜂”和“模范儿童”在此也可能承担起传播英格兰优秀文明的教导者角色。

除了《序曲》和《远游》中对于该形象及其使命的塑造和预设，1800年和1802年版的《〈抒情歌谣集〉序言》中的关于英格兰的文明向世界传播的主体性观念也同样被赋予一定的政治内涵。《〈抒情歌谣集〉序言》中写道：

---

① 参见［英］艾勒克·博埃默《殖民与后殖民文学》，盛宁译，辽宁教育出版社1998年版，第6页。

② Sivio Torres-Saillant, *Caribbean Poetics, toward an Aesthetic of West Indian Literature*, Cambridge: Cambridge University Press, 1997, p. 125.

③ 参见张德明《加勒比英语文学与本土语言意识》，《浙江大学学报》（人文社会科学版）2005年第3期。

> 不管地域和气候的差别，不管语言和习俗的不同，不管法律和习惯的各异，不管事物会从人心里渐渐消逝，不管事物会遭到强暴的破坏，诗人总以热情和知识整合人类社会的伟大帝国，它会扩展到全世界、贯通古今。①

按照华兹华斯的说法，诗人拥有一种可以把来自不同民族、国度，有着不同肤色、信仰的人联系在一起的能力。这不仅需要诗人的热情，还需要知识的力量，而知识来源于英国古今的优秀文明。华兹华斯进一步宣称要以莎士比亚、波蒙、弗雷希、约翰·邓恩、德莱顿、蒲伯等文学前辈为榜样的决心，这些文学先贤的遗产成为英格兰民族的精神和集体记忆的组成部分。根据《〈抒情歌谣集〉序言》，华兹华斯所言的知识不仅包含代表英格兰的前辈诗人所汇集的文明，还包括现今诗人自我所掌握的知识，这种知识有着如同艾略特（T. S. Eliot）在《传统与个人才能》（*Tradition and the Individual Talent*）一文中所言及的“个人才能”的特殊性。英格兰文明同异域文明之间的界限构成了知识扩展的基本条件。② 就上述《〈抒情歌谣集〉序言》的片段来说，莎莉·马克迪西（Saree Makdisi）、马龙·罗斯（Marlon Ross）等西方学者结合殖民征服的大背景，发现华兹华斯在言说诗人作为普罗大众的知识传播者形象的政治指涉，从而进一步强化了华兹华斯在诗论中言及的理念与《远游》《序曲》等诗歌中所呈现出

① ［英］威廉·华兹华斯等：《十九世纪英国诗人论诗》，刘若端译，人民文学出版社 1984 年版，第 17 页。

② 虽然华兹华斯和柯勒律治曾就想象力、诗歌题材等诗学问题出现分歧，但关于知识的世界性传播的理念却有着近乎一致的想法。柯勒律治曾言及希望“把所有的知识归纳为和谐状态”（reduce all knowledge into harmony）的愿望，由于单个系统的知识是处于“真理的断裂”层面，由此需要联系“人类成就中的起支配作用的历史”。此外，柯勒律治甚至也持有同华兹华斯较为一致的观点，他把诗人看作具有普世化视角的主体：诗人既可以从国家的文明中收集知识，也可以把这些知识散播在世界各处。相关观点，可参见 Jocelyn Fenton Stitt，“Producing the Colonial Subject：Romantic Pedagogy and Mimicry in Jamaica Kincaid's Writing”，*ARIEL*，Vol. 37，No. 2，April-July 2006，p. 140。

的意识形态的契合性。按照马克迪西的说法，华兹华斯在知识的传播过程中而呈现自我或主体性的新的方式不单单是一种浪漫主义的诗学创新，抑或是对于浪漫主义诗人高高在上的身份的肯定，它还体现出英格兰文化领域的“英式趣味”，而这种被华兹华斯所褒奖的英格兰主体文化所呈现出的优越性，在帝国主义向外扩张的过程中起着有效的助推作用，如果没有该文化力量的焦点，由此焦点所发生涟漪的文化殖民的帝国主义工程便不会完成，或者说，它将带给他们的子子孙孙一个完全不一样的形式。[①]与此同时，马龙·罗斯也结合一些浪漫主义的诗学理论和作品毫不避讳地作了总结：以华兹华斯为代表的一些浪漫主义诗人总是把“我”的知识与经验为中心，他们通过把狭小范围内的英国价值进行世界范围内的有效性的处理，从而帮助英格兰完成帝国主义的使命。[②] 这两位学者的论见与华兹华斯当初创作诗学理论的初衷或许并不十分一致（《〈抒情歌谣集〉序言》重在言及诗歌的创作主题、题材等诗学层面的议题，只为向英国读者传达华兹华斯的诗学审美），但仍旧不能否认的是对于该诗学观的政治性解读依然具有一定有效性，这何尝不是对于诗论中所言及的英格兰知识和文明的主体性的一种在特定时代背景下共时意义上的有效阐发呢？

需要指出的是，华兹华斯与文化殖民的交集并非单单体现于文本中对于“模范儿童”以及“蜜蜂”的形象的预设及其使命的构想以及诗学理论对于政治内涵的折射，在维多利亚时期及其以降殖民地的殖民教育的“实际操作”中还得到了某种程度的阐发。

---

① Saree Makdisi, *Romantic Imperialism: Universal Empire and the Culture of Modernity*, Cambridge: Cambridge University Press, 1998, pp. 67 – 68.

② Jonathan Arac and Harriet Ritvo, eds., *Macropolitics of Nineteenth-Century Literature: Nationalism, Exoticism, Imperialism*, Philadelphia: University of Pennsylvania Press, 1991, p. 31.

第三节　政治化的工具:《水仙花》在殖民地的“使用”

如果说《序曲》《远游》等文本从不同层面体现出诗人的关涉文化殖民构想及其希冀，那么当殖民当局把华兹华斯的《水仙花》等诗歌运用在印度、加勒比等殖民地的殖民教育的过程中，诗人与文化殖民的“实践”层面联系也变相地得以确立。本节在分析《水仙花》在殖民地的“使用”过程时，兼谈后殖民作家对于《水仙花》的认知和接受情况以及后续的“解构”，并结合后殖民作家的自传体小说、回忆录等文本进行讨论。

在文化殖民的实践中，西方语言优势论在殖民地从意识形态变得体制化和物质化，在实际的应用中转变为可操作的殖民教育。比如，在1843年，帝国的教育委员会单单在印度控制的学校就有28所，到1855年增加至150余所，这些学堂在传播西式思想的过程中发挥着不可磨灭的作用。语言是通过文字符号来表现，而文学更是成为西方白人引以为豪的特权。麦考莱勋爵曾自信地宣扬，欧洲图书馆的一个书架的书目比任何阿拉伯和印度的文学书目的总和都有价值。① 这些被帝国精心挑选的文学书籍成为宣扬帝国优秀文明的载体。在这些经典文学作家中，华兹华斯备受帝国青睐。1865年，帝国当局为殖民地的青少年精心编写的《英诗精华：伟大艺术家的图解》(*Gems of English Poetry*: *with Illustrations by Great Artists*) 出版，华兹华斯的14篇抒情诗歌被收录其中，入选篇数仅次于莎士比亚。在这本诗集的“序言”的末尾，编者秉承着主体的“我”与殖民地的“他”所在地域的偏见，毫不避讳地把世界划分了两个截然对立的等级：在帝国之内

① Sivio Torres-Saillant, *Caribbean Poetics*, *toward an Aesthetic of West Indian Literature*, Cambridge: Cambridge University Press, 1997, p. 126.

或英格兰疆土之内是文明的区域；而各个区域的人对所选的诗人的诗作的熟知程度也变相地成为文明与野蛮的界限。编者在诗集对教化不同肤色的殖民地民众的作用可谓信心十足，在他看来，“真正的诗歌有着抚慰和激励的作用。它在塑造人类心灵方面的作用占有优势，并且适用于不同的人种。”① 按照编者的初衷，这本诗集恰恰成为了提升殖民地文明程度的重要推动力的障眼法。与此同时，弗朗西斯·帕尔格雷夫（Francis Turner Palgrave）1861 年版的《英语世界中最佳歌曲和抒情诗的金库》（*The Golden Treasury of the Best Songs and Lyrical Poems in the English Language*，下文简称“《英诗金库》”）在殖民教育中同样占据重要地位。马修·阿诺德关于该诗集中对于华兹华斯诗歌的青睐予以赞同：“华兹华斯是英国诗歌的集大成者之一，在英国还没有哪个诗人能如此闪耀”，他还肯定华兹华斯作为传播英国文明的地位，并赞誉该诗集是“精美且有技巧性的挑选”②。1879 年，另一本具有鲜明的政治指向的《为印度学生编写的英诗精华》（*Gems of English Poetry for Indian Students*）在印度孟买付梓出版，华兹华斯的多首诗歌再次被收入其中。据编者瓦迪亚（D. N. Wadia）的解释，这本诗集对普及殖民地学生对英格兰最伟大的诗歌大家的关注起到不可取代的作用。瓦迪亚甚至把大不列颠的文学输出同帝国权威性相连，并宣称“作为英语人的共同遗产，这些汇集了英格兰智慧的高贵作品很大程度上致力于英国道德和智力优势的构建，这种优势超越了世界上任何一个国家”③。随着这些教材被应用于殖民教育，华兹华斯成为殖民地民众中最耳熟能详的英格兰诗人。1954 年版

---

① Jocelyn Fenton Stitt, *Gender in the Contact Zone*: *Writing the Colonial Family in Romantic-Era and Caribbean Literature*, Ph. D. dissertation, University of Michigan, 2002, p. 160.

② Jocelyn Fenton Stitt, *Gender in the Contact Zone*: *Writing the Colonial Family in Romantic-Era and Caribbean Literature*, Ph. D. dissertation, University of Michigan, 2002, p. 164.

③ Jocelyn Fenton Stitt, *Gender in the Contact Zone*: *Writing the Colonial Family in Romantic-Era and Caribbean Literature*, Ph. D. dissertation, University of Michigan, 2002, p. 159.

本《英诗金库》的编辑刘易斯（C. Day Lewis）指出，“《英诗金库》中所包含的大量华兹华斯诗歌复原了诗人的偶像地位。”① 诗人的地位是继“桂冠诗人”之后的又一次政治领域的提升，诗人的政治身份已经“跨出国门”。当然，这在某种意义上还与《水仙花》在殖民教育所扮演的角色、殖民地民众对其认知和接受的状况等诸多“外部”因素的作用分不开。

根据相关统计，《水仙花》从维多利亚时期开始被相继“出口”至加勒比、印度、澳大利亚、新西兰等日不落海外疆域，其发行量仅次于钦定版的《圣经》，殖民地的“华兹华斯产业”② 在此期间也得到极大的发展。据一位西方作家的粗略估计，“很可能有上百万的儿童背诵过《水仙花》，尽管这些孩童从未见过（诗歌中所描述的）这种植物”③。《水仙花》除了作为殖民地学校所经常使用的文本，它也成为每年 5 月 24 日以纪念维多利亚时期女王的“帝国日”（Empire Day）所反复吟诵的必备篇目，或许是由于这个原因，该诗甚至还被称为“帝国的偶像诗”④。致力于研究后殖民教育问题的学者高里·维斯瓦纳坦（Gauri Viswanathan）在《征服的面具：文学研究和不列颠在印度的统治》（*Masks of Conquest: Literary Study and British Rule in India*）一书中审视了帝国当局在 19 世纪的印度殖民教育的状况，其中重点考察了英国文学文本在殖民教育中传递帝国权力的重要功绩。书中言及了“英语文学文本……作为一个英国人的代理人”⑤ 而存

---

① Jocelyn Fenton Stitt, *Gender in the Contact Zone: Writing the Colonial Family in Romantic-Era and Caribbean Literature*, Ph. D. dissertation, University of Michigan, 2002, p. 163.

② G. K. Blank, *Wordsworth and Feeling: The Poetry of an Adult Child*, London: Associated University Press, 1995, p. 32.

③ Karen Welberry, “Colonial and Postcolonial Deployment of ‘Daffodils’”, *Kunapipi Journal of Post-Colonial Writing*, Vol. 19, No. 1, 1997, p. 33.

④ 王苹：《“水仙化”与“踢水仙”》，《译林》（学术版）2012 年第 5 期。

⑤ Gauri Viswanathan, *Masks of Conquest: Literary Study and British Rule in India*, New York: Columbia University Press, 1989, p. 20.

在的事实。也就是说，文学文本通过殖民当局的作用力而作为"英语知识的崇高产物"（the sublime product of English knowledge），被放置在英国人"精神输出"（mental output）的意识形态层面而非物质存在本身。[①] 帝国以这样的方式把殖民者的物质性侵略和种族压迫的行径隐藏起来。[②] 而英国文学作品中的理想性以及道德标准成为了英国人向印度殖民地施加暴力的面具。[③] 尽管维斯瓦纳坦在这本著述中鲜有论及华兹华斯，但这一被帝国当局精心挑选的《水仙花》也同样适用这一"法则"，它可以与其他具有显性意识形态的文本共同参与帝国的殖民教育，并发挥着巨大的作用。

熟悉华兹华斯诗作的读者一定知晓，《水仙花》讲述了这位英格兰诗人在英国湖区的国家公园偶遇一丛黄色的水仙花、触碰自然以及自然事物对诗人后续的心路走向产生影响的经历。[④] 这首短诗呈现出英格兰前工业时期的画卷，它描绘了诗人理想中田园式生活的蓝图。按照诗人的原初构想，它的主题、情节等文本内容同殖民主义的运作模式鲜有交集，然而令人遗憾的是，它却在殖民语境下被帝国作为一种政治工具。诗歌中的救赎主题、水仙花在西方世界所承载的亚文化等话语纷纷也在帝国精心建构的意旨或者说在文化殖民的进程中很可能有破土之势。这一与殖民话语较少关联的文本以及文本中的"水仙花"意象"被应用于帝国的课程中，在帝国中成为一个

① Karen Welberry, "Colonial and Postcolonial Deployment of 'Daffodils'", *Kunapipi Journal of Post-Colonial Writing*, Vol. 19, No. 1, 1997, p. 37.

② Gauri Viswanathan, *Masks of Conquest: Literary Study and British Rule in India*, New York: Columbia University Press, 1989, p. 20.

③ Karen Welberry, "Colonial and Postcolonial Deployment of 'Daffodils'", *Kunapipi Journal of Post-Colonial Writing*, Vol. 19, No. 1, 1997, p. 37.

④ 《水仙花》创作于1804年，但诗歌中所描述的场景却要得益于诗人两年前的旅行。1802年，诗人与妹妹多萝茜从湖区的厄斯湖畔高巴罗公园的丛林返回格拉斯米尔湖的途中，突然看到一大片黄色水仙迎风起舞，这一场景引起了诗人长达两年的内心悸动。多萝茜·华兹华斯在1802年4月15日的日记中有相关记述。

复述恐怖故事的演员”①。回望这首抒情诗，“水仙花”在诗歌中一词共出现两次，首字母均以大写表示。诗人以“水仙花”为题或许更多地关注其所表达的对象，物替代了诗人的内心感悟，成为全诗的精神所指或笃信的对象。② 在诗歌的结尾，诗人把水仙花比作精神指引，对于因法国大革命政治憧憬的破灭以及自身经济拮据等因素所引发的沉闷而孤独的心境起到了缓和作用，即使在之后的时日里，当悲观的情绪涌上心头，水仙花依然如灯塔般带来希望：

> 从此，我时常依卧在榻上，
> 或情怀抑郁，或心境茫然，
> 水仙呵，便在心目中闪烁——③

诗歌末尾的“依卧”不仅展示出诗人身心疲惫而需要休息的状态，它也可以表现出诗人在自然万物面前的一种俯身向下的谦逊与虔诚之姿。水仙花已经超出物象的实体范畴，化作诗人心灵的指引。在这里，救赎的要义已经超越了宗教意义层面，转向精神的领域。诗人所依靠的不是上帝，而是可以振奋精神的自然万物。诗人可以通过自然的救赎改善懈怠与悲苦的心境，但是拥有《水仙花》的殖民地民众所得到的救赎却被置于另一个极端。当帝国当局以传播优秀文明的噱头把《水仙花》作为殖民地课本的必背篇目时，“水仙花拯救诗人”的主旨完全可以转变为“帝国拯救他者”，拯救的主体与客体发生变化，使得作为精神引导的

① Jocelyn Fenton Stitt, “Producing the Colonial Subject: Romantic Pedagogy and Mimicry in Jamaica Kincaid's Writing”, *ARIEL*, Vol. 37, No. 2, April-July 2006, p. 143.

② 参见章燕《“我孤独地漫游”和“水仙”——华兹华斯诗歌两种题目的考证与比较》，《外国文学》2011 年第 2 期。

③ ［英］威廉·华兹华斯：《华兹华斯诗选》，杨德豫、楚至大等译，吉林出版集团、时代文艺出版社 2012 年版，第 85 页。

水仙花也极有可能成为帝国的自拟。[①] 这种转变理所应当地顺应了殖民主义的需要，殖民者也渴望殖民地民众的华兹华斯式的虔诚的“依卧”。按照这样的条理，如果把原本作为自然精灵的水仙花在西方的传统中所承载的亚文化与文化殖民主义发生某种碰撞，或许也可以说得通，至少在不少殖民地民众心中，水仙花俨然成为具有象征意义的“帝国之花”“野蛮之花”甚至“恶之花”。[②] 在希腊神话中，美少年纳喀索斯因过于爱慕自己在湖中的倒影，死后便化作一株水仙花。心理学家把纳喀索斯自爱成疾的病症称为“自恋症”或“水仙花症”。自恋者的世界只承认与其自己相关的事物的实体性，其身外的人或物都是黯淡无光的，从而形成“他人即地狱”的价值观。以这样的逻辑，水仙花的娇美容颜与婀娜多姿的身形倒映在粼粼波光中，纳喀索斯的原型也可以看作是在诗歌中某种层面的重现，在这一背景下，此时的水仙花在殖民地民众中很可能不再是湖畔边的精灵，而是与英格兰性相关的代表帝国的主体符号，《水仙花》在此进程中被无形地添加了诸多话语。该诗在不同的背景之下、不同的地域中以及面对不同的受教者等多种因素的作用下，其所承载的价值和意义也相应地发生了变化。如同凯伦·威百利（Karen Welberry）所言：

> 在殖民主义的进程中，英国湖区在此被作为伦敦这一帝国权力中心的“面具”，英国湖区在此可以被认作为帝国的中心，这一形象在每一个英国人的心中留存；诗歌的简洁措辞也为了隐藏根植于社会中的复杂性与矛盾性。在文学层面上，《水仙花》的语言图像数次地被殖民当局利用。[③]

① 参见张建萍《加勒比英语文学中华兹华斯〈水仙花〉的殖民隐喻解读》，《北京第二外国语学院学报》2014 年第 8 期。

② 参见王苹《“水仙化”与“踢水仙”》，《译林》(学术版) 2012 年第 5 期。

③ Karen Welberry, “Colonial and Postcolonial Deployment of ‘Daffodils’”, *Kunapipi Journal of Post-Colonial Writing*, Vol. 19, No. 1, 1997, p. 37.

《水仙花》在殖民教育的进程中不自觉地由单一的抒情诗歌衍变成了复杂的文本，它的象征意义在殖民当局的作用下得以重新播种。① 当《水仙花》中的水仙花在整个“日不落”势力范围怒放时，这一高贵、美丽但却在殖民地并不常见的自然精灵以及诗歌中所描绘的人间天堂的湖区等英格兰看似独有的意象，不仅在诸多殖民地民众心中成为英格兰民族的象征，《水仙花》也在具体的教学实践中衍变成众多殖民地儿童心中无法抹去的一个“常数”。曾经生活在加勒比殖民地并且经受过殖民教育的加勒比裔作家牙买加·金凯德（Jamaica Kincaid）在她的自传体小说《露西》（*Lucy*）中，描述其在童年时期背诵《水仙花》的难以忘怀的经历。② 由于被殖民当局强迫且反复背诵这首诗的每一句，甚至在公开场合还要大声呼喊与诵念，露西总是梦到自己被诸多奔跑着的且如人形般的水仙花追赶。在梦中，她是如此地无助与害怕，她希望自己可以拿着镰刀把水仙花从脑中一一剔除。如果

① 与威百利的论见相仿，雪莉·丘（Shirley Chew）和安娜·卢瑟福（Anna Rutherford）在共同撰写的《帝国的不得体的女儿们》（*Unbecoming Daughters of the Empire*）一书中反复强调在特殊的背景之下的水仙花具有英格兰性的殖民隐喻的作用，两位作者甚至把“华兹华斯和英国湖区放置在帝国的中心”。不仅如此，当自小接受《水仙花》教育的伊什拉特·林德布拉德（Ishrat Lindblad）从巴基斯坦来到英国时，她激动地说道：“这是我第一次见到我经常吟诵的场景”，虽然她来到了伦敦，但是还依然把湖区作为代表英格兰文明向心力的圣地。相关观点，可参见 Karen Welberry，“Colonial and Postcolonial Deployment of ‘Daffodils’”，*Kunapipi Journal of Post-Colonial Writing*，Vol. 19，No. 1，1997，pp. 32－33；此外，根据雪莉·利姆（Shirley Lim）的回忆，“我从小时候，就知道水仙花这一自然意象并非是这首诗歌的中心意象”，因为这首诗在殖民教育中教导她“君权”和“主体的优越感”的重要性。相关观点，可参见 Jocelyn Fenton Stitt，*Gender in the Contact Zone*：*Writing the Colonial Family in Romantic-Era and Caribbean Literature*，Ph. D. dissertation，University of Michigan，2002，p. 167。

② 笔者在此选取露西被要求背诵《水仙花》的两个片段予以说明。第一个片段是：“我仍然很清晰地记得10岁时背诵这首诗的场景，那时的我还是维多利亚女王女子学校的学生，我被要求要牢记它，记住每一个小节，同时还要在礼堂里当着所有的学生、学生的父母和老师的面来背诵……”；第二个片段是：“背诗的那天晚上，我不断地梦见自己被一丛一丛的、但又发誓想要忘却的水仙花追赶的场景，最终我被逼进一个鹅卵石窄巷，在我摔倒后，我完全被水仙花掩埋了。”关于所选取片段的原文，可参见 Jamaica Kincaid，*Lucy*，New York：Plume，1991，p. 18；Jamaica Kincaid，*Lucy*，London：Picador，1991，p. 18。

未知晓上下文的背景下，儿时背诵的回忆或许可以反映出幼年的金凯德本人由于背诗占据了玩耍时间，或者由于背诗时间久而产生的厌烦心理，或是因为她压根就不喜欢水仙花的样子而已。当然，我们不否认这样推断的合理之处，这或许折射出一个性情自由的小孩被看管着背诵一些课本上的刻板且拗口的名篇而产生的抵触情绪。如果结合当时的加勒比和英格兰文化的主客体差异等背景来分析，便会有政治层面的理解。金凯德在《植物谱系》（“Plant Parenthood”）一文中也尝试进行着一些说明：“我不喜欢水仙花，这并不仅仅是美学上的原因。”[①] 通过考察金凯德不同作品中的年少的经历以及当时殖民教育在课堂上和生活中的情形便会发现，其实金凯德对于《水仙花》的抱怨与不快的情感交集已经超越了一个儿童的厌学情绪，而映射出一定的意识形态所指。[②]金凯德在《植物谱系》中较为“严肃地”坦言：在她出生和成长之地，从小到大压根没有见过这种花。[③] 根据金凯德在《植物谱系》接下来的论述，以及在《露西》第二章中露西与玛丽安对话的相关片段中便可知晓，原来她对于《水仙花》的憎恶很大程度上来源于这首诗在殖民教育语境中所表现出的代表英格兰文明的花朵同本土文明不可调和的疏离感。《水仙花》带给露西心灵上的负面影响，很有可能是上升到民族情感认同层面的伤痛。水仙花的意象被强制作用于以金凯德的女主人公露西为代表的殖民地儿童心中，这种意象又是同原本的诗歌语境脱节，令其产生同帝国的政权紧密联系的内涵。根据生活在不同国度但却有着同样殖

---

① Jamaica Kincaid, “Plant Parenthood”, *The New Yorker*, June 19, 1995, p. 46.

② 在佩拉尔塔（Lang Peralta）看来，露西憎恶诵读《水仙花》的经历已经间接表明这首诗所体现出的“虚假的身份、语言和文化包围着她”；同样，布尔默（Bulmer）指出，被水仙花埋没的比喻暗示出了殖民地教育的压迫令露西倍感压力的事实，“它的死不仅是少女身份的死亡，更象征着加勒比文化被表面上仁慈、启蒙的英国的‘礼物’教育窒息了、压扁了，这些礼物由大作家和标准英语组成。”相关观点，可参见王苹《“水仙化”与“踢水仙”》，《译林》（学术版）2012 年第 5 期。

③ Jamaica Kincaid, “Plant Parenthood”, *The New Yorker*, June 19, 1995, p. 46.

民教育经历的艾伯特·文特（Albert Wendt）的回忆，他在新西兰所接受的殖民教育的文本不仅包括《水仙花》，而且还有《鲁滨逊漂流记》《艾凡赫》等，他相信这些文本所灌输的理念在于：新西兰毛利人的文化和文学是不值得学习的，殖民地的“品行好的本地人”应该致力于吸收具有普世价值的英国文明。① 《水仙花》所提供的以英格兰景致的“认知地图”同文特、金凯德等人自身的生活经历无任何联系，这种“认知疏离”破坏并且试图误导殖民地民众的国族身份和政治情感的归属。

对于本土的英国人来说，水仙花寄托着一种国民的情怀。每年的三、四月份，英国大地成了水仙花的海洋，这些优美而高贵的自然精灵也引得无数英国人的赞誉。然而，由于气候、土壤等原因，水仙花并不适合生长在印度、加勒比等热带区域，这种外来物种也相应地在这些殖民地的文化中缺席。作家米歇尔·克里夫（Michelle Cliff）坦言，“（受教者）压根不知道这个花朵的模样，也不知晓为何诗人看到这一花朵时会如此惊讶”；牙买加女诗人古迪森曾经写道：“一首关乎花儿的诗歌竟然写那么多，而且这种花我还从未见过”；肯尼亚的作家恩古奇·瓦·提安哥（Ngugi Wa Thiong）曾向背诵诗歌的儿子询问“水仙花是什么?”他的儿子给出的答复：“噢，它们是湖中的小鱼”；米纳·亚历山大回想起她在童年时期背诵《水仙花》的场景，时常想象水仙花的形象，多年后在诺丁汉丛林才知晓其模样；英籍印度裔的诺贝尔奖作家维·苏·奈保尔曾经认为水仙花是一种特别娇小的花；孟加拉国的儿童甚至把水仙花当作一种翩翩飞舞的鸟。② 由是观之，在这些殖民地儿童心中，华兹华斯的名字以及“水仙花”都

① Karen Welberry, “Colonial and Postcolonial Deployment of ‘Daffodils’”, *Kunapipi Journal of Post-Colonial Writing*, Vol. 19, No. 1, 1997, p. 34.

② Jocelyn Fenton Stitt, *Gender in the Contact Zone: Writing the Collonial Family in Romantic-Era and Caribbean Literature*, Ph. D. dissertation, University of Michigan, 2002, p. 149.

可能作为一个能指。它表征出殖民地儿童以一种“完全去情境化的方式”(a totally de-contextualized way)理解具有“疏离感”(alienation)的文本意象。[①] 同时也折射出殖民地的儿童同外国文化和历史的“格格不入”但又被“强制介入”的局面。对于殖民地的孩童来说，这也相应地引发了一定程度的认知模糊。更进一步来说，殖民地孩童所学的文化同其家庭环境或社区背景割裂，使得文化中所显露出的真实性与虚幻性的界限被打破。在帝国当局的殖民教育的紧迫和压力之下，由于潜移默化的诸多英格兰知识的诱导甚至误导，极有可能令他们在帝国的政治归属与本国的情感归属中选择前者，这种殖民疏离使被殖民者或主动或被动地对大不列颠的环境产生认同。金凯德曾回忆道，“我知晓水仙诗，但对木槿诗一无所知”[②]。儿时的金凯德对于水仙花的熟知仅仅是作用于符号领域，然而它又是完全缺席的，但由于殖民教育的武断性和渗透性，本土文明中的木槿却很难行使在场的作用。《水仙花》的知识话语内化于殖民地孩童心中，在其思想体系中成为不可或缺的主体性符码。作家卡马乌·布莱斯维特(Kamau Brathwaite)在《根源》(*Roots*)中也言及加勒比的殖民教育出现了很多令人哭笑不得的场景。在他看来，殖民地民众所知晓的大英帝国的女王比了解自己国家的民族英雄还要全面，他们不去描述本国的自然现象，而把侧重点放在了本国由于处于热带地区而不可能发生的下雪的经验，他们甚至还写出了“雪落甘蔗地”(snow fell on the cane fields)的令人贻笑大方的诗句。[③] 较为熟悉的本土事物却被弃之不顾甚至有遗忘的可能，而本土缺席的海外之物却行使在场的作用，诸多殖民地受教者也有成为佳亚特里·斯皮瓦

① Ian Smith, “Misusing Canonical Intertexts: Jamaica Kincaid, Wordsworth, and Colonialism ‘absent things’”, *Callaloo*, Vol. 25, No. 3, Summer 2002, p. 817.

② J. B. Bouson, *Jamaica Kincaid: Writing Memory, Writing Back to the Mother*, New York: The State University of New York Press, 2005, p. 204.

③ Kamau Brathwaite, *Roots*, Ann Arbor: University of Michigan Press, 1993, pp. 263 –264.

克（Gayatri C. Spivak）所言及的“认知暴力”产物的可能。斯皮瓦克在《三个女性文本与一种帝国主义批判》（*Three Women's Texts and a Critique of Imperailism*）中以“认知暴力”（epistemic violence）来主要指代帝国通过科学、宗教救赎、真理普世性等话语形式，对殖民地进行异己文化毁灭并重新锻铸的行为。在斯皮瓦克看来，“认知暴力”带来两种后果：其一，这种方式配合帝国对殖民地的军事占领和政治控制，并为其辩护，使帝国的暴力合法化；其二，这种方式使殖民地民众丧失了文化自主性和主体性，丧失了表达自身主体经验之可能，他们逐渐依附殖民者的文化，以“属下”（subaltern）的地位存在。斯皮瓦克所言及的“认知暴力”虽说是殖民软暴力，但其对殖民地的后果绝对不亚于通过战争等手段诉诸的武力。那些饱受“认知暴力”的殖民地“属下”阶层，在帝国统治进程中难以形成真正的反抗性力量，他们在成为沉默的羔羊或边缘化的非我身份之时，既是帝国殖民软暴力的受害群体，也是西方话语霸权的共谋者。这也印证了麦考莱在1835年的《印度教育备忘录》中对于这些殖民地受教者的“期望”：“我们现在必须尽最大努力在我们与我们统治的数百万人之间形成一个可以称作翻译的阶级；这样一个阶级的人，在血统和肤色上是印度的，但在审美趣味、见解、道德和思想上都是英国的。”①

在文化殖民的进程中，殖民地的受教者被强制接受宗主国的知识，但同时又伴随着压制差异，令他们至少部分地维持与主宰者的差距，以保持作为殖民权力基础的歧视结构，因为殖民教育的目的不是抹去差异，而是创造和维持差异，而殖民学校的学生从来没被希望成为英国人，只是让他们模拟殖民者的标准使他们

① ［美］佳亚特里·斯皮瓦克：《从解构到全球化批判：斯皮瓦克读本》，陈永国、赖立里、郭英剑编，北京大学出版社2007年版，第101页。

成为更有利于帝国统治且缺少独立判断力的他者群体。① 如同后殖民理论家和批评家霍米·巴巴所言，殖民话语是制造种族、文化和历史的差异性的机器，其战略性作用是通过知识的运作为那些受支配的人们创造一个空间，在此期间可以监视并激发他们的复杂情感，其目的在于证明那些被殖民者来自低贱的种族，并言说管理和教化系统的合法性。② 在帝国全球扩张的进程中，《水仙花》这一原本非政治化的诗歌，在殖民语境中又被高度政治化了。维多利亚时期及其以降的《水仙花》充当了英格兰的优秀文明向殖民地传播的重要载体，而华兹华斯也在无形中成为殖民地民众心中的帝国政治代言人，而对于华兹华斯政治身份的定位与《水仙花》在殖民地的"使用"相伴而生。华兹华斯的政治身份以及华兹华斯诗歌的政治功能已经成为以金凯德为代表的许多后殖民作家作品中反复讨论的自明。事实上，《水仙花》只是帝国进驻殖民教育中的重要代表，在殖民地还有诸多形态各异的文学作品行使着同《水仙花》同样的职责，这些文本或有意或无意地成了被帝国利用的政治工具。

然而，我们需要指出的是，殖民主义兼具破坏性和建设性的双重使命。殖民教育既打破了前殖民地社会的结构，培养了大量为殖民者服务的"属下"阶级，又不自觉地在特定条件下和多种因素的推动下滋养了一批具有独立思考能力的政治精英。当以《水仙花》为代表的西方经典作品在殖民教育中发挥作用的同时，殖民地的一些民众并不囿于被殖民文化征服的牢笼之中。在殖民者的殖民罪恶败露以及被殖民者所受苦难加重时，他们会反思帝国主义的罪恶本质，在帝国权力监视下的夹缝中重新考量那些传播帝国文明的殖民者。他们试图脱离西方价值观并开始自我觉醒。

一大批曾经经历殖民教育的后殖民作家就充当了解构殖民权

① 参见王苹《"水仙化"与"踢水仙"》,《译林》(学术版)2012年第5期。

② Homi Bhabha, *The Location of Culture*, New York: Routledge, 1994, p. 70.

力的先锋角色。他们在自己的作品中构建一个迷幻世界，在原有的隐喻基础上添加新的隐喻，或者把重组的隐喻重新置于新的泥土上，以此被重新阐释从而生出新的话语萌芽。《水仙花》在其作品中往往被强行“改头换面”，诗歌中原有的意象也或多或少地被加以剔除，在作品中建构新的场域以消解原有的霸权话语。这些后殖民作家所使用艺术技巧来源于霍米·巴巴根据雅克·拉康“模仿”（mimicry）所演变的“殖民模仿”（colonial mimicry）。在拉康看来，严格技术层面的模仿并非同背景相互协调，而是试图依靠着斑驳的背景物而变为斑驳，如同士兵在军事战斗中用的伪装术那样；巴巴把拉康的精神分析视阈下的“模仿”应用于文学文本和文化文本的后殖民解读中，认为“殖民模仿”兼具含混、矛盾与复杂等后结构主义的表征意蕴，它在不断地产生出差别、延异甚至超越，一方面表现在对模仿之物的文本层面的“不忠诚”建构，另一方面，也在利用这些被模仿之物，试图在文本中按照自己的要求改造它们，以便“为我所用”。[①] 在《殖民与后殖民文学》中，艾勒克·博埃默认为巴巴的“殖民模仿”兼具依附性与剥离性的标准，换句话说，它既脱离了殖民限定，又跨出了殖民文化与知识的边界，同时又是为了实现某一目的而诉诸“拿来主义”的方针，挪用、借鉴殖民话语与意识形态完成所谓的依附过程。[②]“殖民模仿”表面上看起来是对殖民主体、殖民话语以及殖民文本的尊重和顺从，但却在作家的实践形式已经有了去中心化、碎片化、含混化等后现代主义文本书写方法，它们试图对权力话语造成一定的威胁，在差异性的断裂中颠覆帝国主流话语的稳定性，阻隔或变革其意识形态符号的自由嬉戏之路，最终朝着去殖民化的方向发展。

米歇尔·克里夫在《阿本》（*Abeng*）中描述了这样的场景：

① 参见石海俊《关于殖民与后殖民模仿》，《外国文学评论》2002 年第 3 期。

② 参见石海俊《关于殖民与后殖民模仿》，《外国文学评论》2002 年第 3 期。

牙买加殖民地的孩童在背诵《水仙花》时，他们询问老师这个花卉的模样，而同样未曾见过水仙花的老师告诉他们没关系，他们可以把水仙花强行改变为最为熟知的茉莉花。[①] 克里夫借老师之口对《水仙花》进行主体改编，显露出朦胧的本土意识。她对不列颠帝国的归属与对牙买加的情感方面选择了后者，茉莉花在《水仙花》的植入反映了作者在帝国意识形态下的突围，茉莉花的经验虽然同《水仙花》的语境存在脱节，但显示出对殖民话语的主动性反抗，是对帝国权力的“蒸馏”与挑战，为殖民地民族的觉醒、重拾丢失的文化碎片提供希望的砝码。安得利亚·列维（Andrea Levy）的反殖民书写比克里夫的更有力度。在安得利亚·列维的《小岛》（*Small Island*）中，霍腾思教外婆读《水仙花》，但是无论怎么努力，外婆的加勒比口音却无法被标准英语“同化”，同时，她们也认为水仙花无非就是常见的茉莉或木槿而已。在这里，除了水仙花被置换为殖民地最为熟知的本土之花之外，外婆使用的语言具有民族语言的口语性特征，这种由纯正英语变体的挪用式语言更是一种颠覆与破坏的策略。源于主流英语的边缘化语言在这里行使了在场的职责，它在同殖民者语言的争斗中突围而出，以自己的民族表达配合本土花卉经验的方式为反抗帝国文化霸权开辟一条道路。此外，诗人谢·费格尔（Sia Figiel）在《一个本地人眼中的水仙花》（*The Daffodials from a Native's Perspective*）中以咒骂式、混杂式和重复式的书写方式对《水仙花》进行模仿，对英格兰的水仙意象进行戏谑，对西方的价值观进行道德颠覆，抹掉了被帝国当局所人为制定的英格兰高雅文化和殖民地本土通俗或低俗文化的界限，从而对殖民话语进行去中心化和去主体性的解构。在诗歌开端，费格尔以虔诚的口吻和深切的情感朗诵《水仙花》，但是在诗歌的结尾，诗人话锋一转，开始了

① Michelle Cliff, *Abeng*, New York: Penguin Books, 1995, p. 85.

恶作剧般的玩笑。“我想啊，想啊，想啊想”，诗人思索着自身并不熟悉的水仙花的模样，用尽一番脑力后，终于不耐烦地骂道：“到底他妈的什么是水仙花?”① 诗人以插入语的咒骂破坏了诗歌原本的场景设置，打破了英格兰前工业时期的自然画卷和西方文明的高雅文明的面纱，同时也象征了在殖民权力和知识的梦境中的醒悟，虽然她在最后亦未曾知晓水仙花的真正模样，但她已经失去了探究的兴趣。由虔诚式的读诗，到最后的亵渎，二元对立的情感得到较为鲜明的转化。总体来看，这些殖民地作家利用逆写帝国殖民模拟默默放大殖民者与被殖民者的“水仙鸿沟”，这反映了文化殖民进程中的受教者的反殖民倾向和逐渐觉醒的民族意识。

当《人性论》的作者大卫·休姆听说殖民地黑人可以表现出文学天赋时，他不屑一顾地讥讽其充其量不过像鹦鹉学舌而已。② 在休姆看来，黑人或非西方人对西方经典的仿效并无任何意义，永远不及原文本的价值。虽然休姆的话语场景是设定在对西方白人和加勒比黑人的人种差异上，但是却提及了鹦鹉学舌式的模仿的意义问题。实际上，对于殖民者的经典作品模仿的意图并未完全是要在文学性上同他一比高下，而是为了在强调差异式仿真的基础上“重写历史”，起到一定程度的“反思过往”和“拨乱反正”的书写意图。经由“殖民模仿”的文本虽同原文本有相似之处或依然葆有原文的部分痕迹，但这样的相似是“狂欢式”的“众声喧哗”的重复，在原有的要义上发生变异，从而创造出新的文本主体和话语表征。然而不得不指出，就这些经历过《水仙花》教育的后殖民作家来说，对于《水仙花》的殖民模仿的重要

① Kathy Ferguson and Monique Mironesco, *Gender and Globalization in Asia and the Pacific: Method*, Manoa: University of Hawai'i Press, 2008, p. 25.

② Sivio Torres-Saillant, *Caribbean Poetics, toward an Aesthetic of West Indian Literature*, Cambridge: Cambridge University Press, 1997, p. 125.

目标在于试图抹消该诗在殖民教育的进程被无形添加的帝国权力，但殊不知，即便是他们在其作品中把原有的《水仙花》的意象、语境等因素强行剥离，但依然不能变更他们对“水仙花”作为“帝国之花”，华兹华斯作为“帝国诗人”以及《水仙花》作为政治工具的固有认知。如果说《水仙花》等诸多文学作品的政治工具的“身份”是文化殖民得以进展的重要前提，那么后殖民作家的殖民模仿成立的基本条件便是对于该文本的政治性的先在肯定。虽说这些作家对文本的原有话语进行解构，但解构也何尝不是对文本进行进一步政治化建构，以便试图达到作家反抗文化殖民的政治希冀的目的吗？

就华兹华斯而言，殖民教育施加的场域并不囿于海外殖民地，而内部殖民教育与海外殖民教育均可以看作是以文化、宗教等方式所诉诸的软暴力。英国国内因教育缺失问题即将跨入野蛮人阵营并在特定的历史时期对帝国社会安定存在隐患的童工被算作内部殖民教育的受众，而导生制对其知识的教化和身体的规训便是助推童工去他者化的重要手段，以此有望维持帝国的稳定统治并为帝国的光辉时代的到来贡献力量。此外，经过殖民传统和历史的熏陶，掌握特殊技能并佩戴帝国勋章的“模范儿童”，同“蜜蜂”一道肩负起在海外疆域承担文化殖民教化者的职责，他们领受帝国的号令有望为海外的“日不落”区域带来以英格兰为向心力的文明。华兹华斯对于内部他者的教育希冀与文化殖民的施教者的预设，共同建构了华兹华斯与殖民教育的在“文本层面”的联系。除了文本中的政治意图和文本折射出的政治性话语，“外部”力量也助推了华兹华斯与殖民教育的交集的另一维度，《水仙花》在殖民地的“使用”便对此有所表征。虽然诗人的文化殖民构想与维多利亚时期及其以降的由帝国当局安排的在印度、加勒比等势力范围的文化殖民实践的要义不谋而合，但诗人作为帝国主义代言人的政治身份的定位却较多地依赖于殖民地民众对《水仙花》的认知与接受情况，以及帝国当局对于诗作的建构等外部因素。期间，《水仙花》也在文化殖民的进程中被增添诸多权力符号而行使着政治功能，殖民地孩童在这些文本的无形权力的作用下经受与文化殖民软暴力相伴而生的“认知疏离”的考验，以及随时可能面临被“水仙化”（daffodilization）的危险。[①] 然而，文化殖民所显露的建设性与破坏性的双重使命也映照出文化殖民后续进程的使然，后殖民作家以“殖民模仿”的方式对华兹华斯诗歌去殖民化处理，尝试消解诗歌在文化殖民进程中被无形添附的话语霸权。不妨借用后结构主义中“作者之死”的相关概念来类比《水仙花》在殖民地的“使用”以及后殖民作家对该诗的再次建构的过程，即，《水仙花》以及华兹华斯被动地承担着“作者之死”而产生的文本、时代与受教者之间的“嬉戏”所带来的一系列政治性的“后果”。

① 参见王苹《“水仙化”与“踢水仙”》，《译林》（学术版）2012 年第 5 期。

第三章　华兹华斯的东方想象

爱德华·萨义德（Edward Said）在其专著《东方学》（*Orientalism*）中较为详尽地分析了西方社会总是把东方人为建构成低等的、附属的、他者的普遍现象，并以“东方主义”概之西方人对于东方所持有的这种权力支配的关系。萨义德所言及的东方主义苗头其实可追溯至古希腊时期。在历经不同时代的衍生要义和话语表征形式的发展，其势头在英国浪漫主义时期依然较为强劲，而这时期的时代政治为东方主义的凸显产生推动作用。英国浪漫主义时期不仅作为殖民历史的分水岭，也见证了英国对东方殖民态度的转换。伴随着拿破仑战争的胜利，英国除了加强在印度殖民统治之外，还在地中海沿岸、西亚、中东等地建立了东方殖民地，甚至还将中国置于其殖民的视野之内。在这种时代风气的渗透下，英国浪漫主义的东方书写或多或少地参与了西方话语霸权的建构，间接成为帝国文化遗产的象征。不论是骚赛（Robert Southey）的《毁灭者萨拉巴》（*Thalaba the Destroyer*）中的阿拉伯的魅惑沙漠意象以及《卡哈马的诅咒》（*The Curse of Kehama*）中的印度统治者的残暴形象，抑或雪莱（Percy Bysshe Shelley）的《麦布女王》（*Queen Mab*）中的东方暴政情节，还是拜伦（George Gordon Byron）的《恰尔德·哈罗尔德游记》（*Childe Harold's Pilgrimage*）和《唐璜》（*Don Juan*）中的东方瘟疫和恐怖场景，均可以看作是浪漫主义时期的特定书写模式的典型，这些作品在某种意义上体现出“在一个政治意志、政治管理、政治控制的王国之中漫游”[①]。华兹华斯的东方书写虽然在篇幅上不及骚赛、拜伦等浪漫派诗人，但却以独特的视角和立场充实了浪漫主义东方书写形式和思想的多元化和复杂性。本章结合《埃及少女》（*The Egyptian Maid*）、《去往加迪斯的赛提缪》（*Septimi Gades*）、《序曲》（*The Prelude*）的热河园林片段、儒家教育片段和“阿拉伯之梦”片段以及《幽灵树》（*The Haunted Tree*）等诗作，不仅探讨诗人以宗教、自然、园林和教育的视角对于东方国度的多重政治诉求，还论及其对话语霸权的某种程度的反思。

第一节　埃及想象:大英博物馆、埃及少女与基督教

18、19世纪大英帝国的持续扩张之际，也正值大英博物馆（British Museum）日渐繁盛之时。据相关统计，博物馆的收藏多源于19世纪上半叶英国在殖民进程中对于海外他国的文物掠夺。[②] 随着外国文物的增多，埃及文物馆、古代近东馆以及希腊罗马馆也相应地在这一时期建立。作为三个文物馆中的最大展馆，埃及文物馆自然而然地为审视帝国对于埃及的文物掠夺史及其殖民史打开了一扇窗口。1798年7月，拿破仑率法军南下把埃及作为打击英国的战略目标，企图占领埃及后再征服印度，取代英国在印度殖民地的统治地位。拿破仑的军事扩张令英国与法国交锋日渐白热化。最终在几番激烈的对抗下，纳尔逊带领的英国

① ［美］爱德华·W. 萨义德：《东方学》，王宇根译，生活·读书·新知三联书店1999年版，第218页。

② 关于大英博物馆藏品来源的讨论，可参见谢小琴《大英博物馆：一个帝国文化空间的建构（1800—1857）》，硕士学位论文，南京大学，2011年，第35页。

海军不仅歼灭拿破仑的舰队，还切断法国与本土的联系，这些事件为英国的胜利提供了先机。在英国的持续进攻下，拿破仑于1801年被迫退出埃及。战后，英国不仅强有力地巩固了印度的统治，并在后续较好地占据了中东的战略之地，还占有了罗塞纳石碑、亚历山大石棺等大量埃及文物。这些曾被拿破仑据为己有的战利品被存放于大英博物馆。从某种意义上来看，英国对埃及的侵略以及随之而来的对埃及文物抢占等一系列过程，都较好地表征出东方与西方不平等互动的进程。东方主义意识在当时英国民众思想中占据一定位置，埃及甚至其他伊斯兰领土随后被视为西方关于东方知识建构的舞台。那一时期的近东与欧洲关系的主调在许多方面都集中体现了一种劣势文明被另一种优势文明所征服的模式，而大英博物馆的埃及馆便是言说该话语模式的重要场所。在此视域范畴中，埃及馆已不单单是地理空间，而是社会空间、权力空间和各种文化相互交融的空间。不少浪漫主义诗人在博物馆浏览埃及藏品时，也不可避免地流露出“欧洲对东方的集体白日梦”的帝国情结。1819年，济慈（John Keats）在博物馆审视斯芬克斯雕像时，便认为它“具有最妖娆的埃及式的表情”①。这尊雕塑或许同《致尼罗河》(*To the Nile*)、《拉米亚》（*Lamia*）等诗歌中的作为恶人（swart）和女妖的埃及人（或非洲人）的叙述具有较为一致的意识形态构成，他（它）们在诗人的视域下均成为魅惑与狡黠的代名词。此外，雪莱于1817年因在博物馆观赏埃及石雕的经历而创作了《奥西曼达斯》(*Ozymandias*)。他对于拉美西斯二世由“一世之雄”到“颓废而绝望”的叙述，在某种意义上与德国哲学家马丁·布伯（Martin Buber）的“对话哲学”中的展现主体与客体之间的“我与它”的对话相契合。诗人（我）与埃及法老（它）之间的互动，从本质上来看是一种以诗人为中心的唯

① 王苹：《美后面可怕的真：济慈与殖民主义》，《外国语文》2015年第2期。

我论的言说，两者之间的对话建立在主体以僵化不动的“老眼光”来观察客体的基础上，通过贬低埃及久远的历史现象来凸显两个国度泾渭分明的差异与界限。①

相较于济慈和雪莱，华兹华斯也同样借助博物馆的埃及文物来言说英国与近东关系的主调。《埃及少女》（*The Egyptian Maid*）便是其表达政治诉求的文本场域。在该诗序文的注解中，华兹华斯言及，“一个盛开的莲花托起了半身的女神罗特斯，这尊雕塑是一件古代的精美艺术品。”② 这尊形态优雅的半身像曾是 18 世纪知名收藏家汤利（Charles Townley）私人馆藏中最为熟知的一件。③ 汤利逝世后，这尊半身像也遵照其遗嘱无偿捐给大英博物馆，时至今日仍是博物馆较为醒目的藏品之一。然而，就少女的具体身份的讨论，汤利和大英博物馆依旧未达成共识。汤利在手稿中虽曾几次提起了这尊雕像的原型，但口吻却不乏含混不定：她看起来像“在向日葵中结束生命的阿格里皮娜”或者是埃及神话中“静卧在莲花中的伊希斯”；而根据博物馆的官方介绍，这尊雕像被认为是希腊神话中的“克吕提厄”的化身。④ 雕像身份的不确定性并不仅仅归因于雕像并未呈现出下半身的形态、创作

① 参见陈彦旭《“我—它”与“我—你”——马丁·布伯理论视角下的浪漫主义诗人东方书写研究》，博士学位论文，东北师范大学，2013 年，第 28—29 页。

② Eric Gidal，“Playing with Marbles：Wordsworth's Egyptian Maid”，*The Wordsworth Circle*，Vol. 24，No. 1，Winter 1993，p. 3.

③ 从 1768 年开始，查尔斯·汤利便在那不勒斯等地收购大量半身像、浮雕、石棺等古代艺术品作为其私人藏品。在这些藏品中，汤利对这尊莲花底座的半身像颇为喜爱。约翰·佐法尼（Johann Zoffany）在其名为“查尔斯·汤利的图书馆”（Charles Townley's Library）画作中描绘了汤利及其宾客在伯恩利城的汤利艺术画廊观看藏品的场景，而摆在画廊的中心位置便是这尊引人注目的半身像。此外，在 1780 年因“戈登暴乱”（Gordon Riots）其藏品受到威胁的情况下，汤利在逃命途中手里唯一握着的就是这尊雕像，他甚至宣称“我一定要照顾好我的老婆”。相关观点，可参见 Eric Gidal，*Passions Stamped on Lifeless Things*：*English Romanticism and The Poetics of the British Museum*，Ph. D. dissertation，University of Michigan，1995，pp. 175－178。

④ Eric Gidal，“Playing with Marbles：Wordsworth's Egyptian Maid”，*The Wordsworth Circle*，Vol. 24，No. 1，Winter 1993，p. 3.

者的身份缺失等诸多客观原因，它还同现代博物馆的美学根基有着密不可分的联系。按照安德烈·马勒克斯（Andre Malraxu）的说法，博物馆的美学反映出官方把世界各地的艺术品集合在特定的异域他乡，令这些艺术品失去原有的功能和土壤，甚至把“雕像”转化成“图片”的过程。① 换句话说，博物馆在重新安置这些艺术品的过程中，原有的雕塑所附带的文化符号在不断地被打破重组，部分的内容被摒弃掉了，又有新的关于自身国家的符码被补充进来。他们通过消解艺术品原有的环境，使之成为一件供国人审视和“把玩”的客体。② 在这样的转换过程中，对艺术品的身份和原型的探究已经不那么重要，观赏者所关心的是如何以自身的文化符码来认知和建构这些艺术品。诗歌中，这尊被华兹华斯“武断地”称之为“埃及少女”的藏品也在观赏者的头脑中被重新添加新的文化和政治身份，它经历了“征收、收容和最终被重新命名”的过程。从文本内容上来说，该诗在对“亚瑟王与圆桌骑士”③ 的戏仿基础上以基督教和异教的差异性为主线言说。英勇的骑士找寻圣杯的传奇故事被置换为埃及少女为自己找寻配偶（亚瑟骑士）的经历，而基督教的“排他性”令异教徒的埃及少女在这场历程中承受了诸多

① Eric Gidal, *Passions Stamped on Lifeless Things*: *English Romanticism and The Poetics of the British Museum*, Ph. D. dissertation, University of Michigan, 1995, p. 173.

② Eric Gidal, “Playing with Marbles: Wordsworth's Egyptian Maid”, *The Wordsworth Circle*, Vol. 24, No. 1, Winter 1993, p. 3.

③ 基督教文化传统对英国文学尤其是骑士传奇影响颇深。这首诗除了受到“亚瑟王与圆桌武士”的影响，也与英国文学上的其他骑士传奇的历险故事一脉相承。比如，创作于13世纪的且畅销于欧洲数百年的《南安普顿的比维斯》中就曾叙述了骑士比维斯与伊斯兰异教徒布拉德蒙决斗的故事，这个故事不仅重现了作为忠诚基督徒的骑士与异教徒之间斗争，还把异教徒与东方、毒龙等的联系呈现得淋漓尽致。再譬如，16世纪的埃德蒙·斯宾塞的长诗《仙后》也有相似的情节。诗歌中，红十字骑士杀死毒龙并抓住异教徒的大巫师的情节安排与《新约·启示录》的天使米迦勒同龙战斗的场景如出一辙。相关观点，参见陈兵《基督教文化传统、哥伦布与英国历险小说中的土著形象》，《外国文学》2007年第3期。

非难和挑战。[1]

诗歌开篇，在英格兰海岸边踱步的梅林便注意到一艘埃及船只向英国岸边驶来：

当梅林踱步在康沃尔郡的海滩，
眺望远方锡利群岛的岩礁，
美好地邂逅迎面而来
一艘欢快的小船仿佛在空中悬垂，
但她却出自凡人之手，
从他们那里知晓她的名字——睡莲。(1-5)[2]

与大英博物馆的那尊雕塑的形态如出一辙，埃及少女乘坐的船只如盛开的睡莲。然而由于缺乏基督教信仰，这个睡莲中的仙子在"美丽"的背后充满"高傲"（pride）和"魅惑"（magic），这也不可避免招致了梅林的武力抵触。在中世纪的亚瑟王的传说中，梅林因为扶助亚瑟王登位并留下种种事迹而闻名，他是亚瑟王的挚友兼导师，也是基督教秩序的忠诚守卫者。当梅林看到少

① 诗歌中所呈现的基督教徒与异教徒之间的战斗是基督教的排他性所呈现出来的具体形式。国内学者陈兵认为，或许古希腊哲学中的二元对立的思想或者早期遭到异族的迫害所产生的偏执与报复心理令基督教产生了极强的排他性。在《圣经》中，不仅上帝的独一性被反复地提及，上帝的选民与异教徒也被严格地区分开来，不论是《旧约》中的"摩西十诫"（"摩西十诫"中规定，除上帝之外，不可信奉别的神，否则将追讨其罪责，"自父及子，直到三四代"），还是《新约》的《路加福音》《马可福音》《马太福音》等均对此问题所强调。此外，《圣经》中的异教徒的崇拜偶像行为往往与邪术巫术联系在一起，比如《旧约·利未记》中就告诫以色列人禁止与那些交鬼的和行巫术之人有所瓜葛，《旧约·弥迦书》中甚至有上帝将灭除那些行巫术、占卜者以及不服从的列国的相关记录。值得注意的是，《圣经》中所记录的异教徒以及异教徒的令其憎恶的行为往往与东方有所牵连，或许这"可能是源于古代犹太民族数千年来一直受埃及、亚述、巴比伦、波斯等'东方'国家统治而产生的敌对情绪"。相关观点，可参见陈兵《基督教文化传统、哥伦布与英国历险小说中的土著形象》，《外国文学》2007 年第 3 期。

② 《埃及少女》的译文为笔者自译，随文仅标注行数。关于诗歌的原文，可参见 Thomas Hutchinson ed., *The Poetical Works of Wordsworth*, London: Oxford University Press & Humphrey Milford, 1928, pp. 369-374。

女的船只逐渐向布满上帝之光的英格兰岛驶来，他本能地对这个异教徒发起了猛烈的进攻。梅林的举动虽然不乏对埃及少女的妒怒，但较多地体现出作为“上帝的战士”以及“基督的骑士”的中世纪骑士为了宗教事业所作的努力。梅林在海上所制造的灾难便体现出对维护基督教秩序的决心：

> 微风立刻变成狂风，
> 海浪骤起，天空预兆危险。
> 耳畔响起毛骨悚然的言语以及强有力的迹象……
> 风暴唤醒了深海，猛烈地敲打着。(29-36)

原本平静的海面在梅林的魔法之下瞬间变得喧哗且骚动。梅林与少女的差异性逐渐拉大：一个是呼风唤雨的主体身份，一个只能作为被欺凌的弱者身份。身份的鸿沟缘起于宗教信仰的不同。伴随着愈发强烈的波浪，少女尝试同海洋进行搏斗：

> 就像是在海洋中生出的那样，
> 如此清新且年幼，
> 与海洋的光芒搏斗，巨大的波浪
> 高涨且勇猛，频繁波动！(45-48)

少女及其船只终究抵不过被施了魔法的海洋。船只在海上没有了方向，落水的少女在水中漫无目的地飘荡。她就像是缺乏上帝的指引，只待听天由命。结束了肆虐的风暴，梅林发现“少女听不到一丝海风与波浪的声音”(66)，生命岌岌可危。梅林的作法虽然以惩戒异教徒的方式捍卫了基督教的权威，但却阻碍了一个有心皈依基督教的从远方而来的异教徒的愿望。诗歌开篇，作为异教徒的少女满心欢喜地趋向具有上帝之光的英格兰，这可以看作是异教徒重拾基督教信仰的先兆。鉴于此，梅林迅速躲入山洞，不断反思自己的行为。此时，上帝的声音响彻耳边：

> “在基督教的信念下，这个脆弱的树干
> 驶来了”（听我说，梅林！）“在周密的保护下，
> 她的船头所持有异教徒的迹象
> 被刻画……”（73－76）

上帝告知梅林，即便少女曾经的信仰偏离了正道，但少女带着她的“货运”（freight）“有义务”（84）离开埃及的蛮荒之地，屈从于向上帝之地的英格兰的作法值得赞扬。如同诗人所言，少女“离开（生活已久的）国土，虽伤感但却欢呼雀跃”（85）。与此同时，上帝也并未追究梅林的失职。梅林对于这个心系基督教的少女的施暴的鲁莽之下，也暗含着异教徒在重拾基督教信仰的过程中对其之前的错误行为所付出的代价。经历磨难后的少女不仅得到身体的救治，精神世界也相应地得以升华。如果说梅林充当了维护基督教信仰秩序的斗士，那么湖上夫人妮娜可以被看作是基督教信仰的引导者。温文尔雅的妮娜在知晓少女的遭遇后，便马不停蹄地在一个较少人涉足的英格兰岛屿附近找寻其踪迹：

> 上岛后，她并未发现迹象，
> 也没有看到任何残骸，
> 只有一个雕刻的荷花被强烈的波浪
> 推至岸边，这是一株大理石雕刻的花朵。
> 令人悲伤的遗迹，但却如此美丽……
> 半露酥胸，半遮蔽，
> 泛着神光……（123－129）

博物馆藏品的意象再次回归读者的视野。如雕像般的少女虽紧闭双眼、呼吸微弱，但实际上并无大碍：这个“孤单的被遗弃者，/未受损伤，着装依然整齐”（135–136）。此刻，大地一片祥和，岛上花草的芳香袭来。神学色彩的场景与刚刚发生的海上风暴形成鲜明对比。上帝的光辉也得以显现：“空气，大地，还有，天空以及天堂，都成功被预示”（156）。华兹华斯在该片段中所引入的风景描写令自然背景和人物互相映衬，这在突破中世纪圣杯传奇中不重视摹写自然环境的传统的局限，强化了诗歌中的宗教色彩。[①] 不难发现，华兹华斯在诸多诗歌中对于自然风景的描述总是伴有上帝的影子，而自然世界中的神圣存在总是“寓驻世人的心房”，华兹华斯对大自然的崇拜与膜拜实际上已经演变成一种宗教情怀。[②] 诗人把自然当作一部圣经来品读，基督教信仰在其宗教情怀中占据重要位置。在18世纪末19世纪初的欧洲，基督教信仰虽然受到启蒙思想和文艺复兴的冲击，但对于浪漫主义诗人来说，对于上帝的意识以及无所不在的上帝的追求却依然如故。华兹华斯在自然中所显露出的对上帝的情感符合圣徒的特征，这同大卫在《诗篇》中所表达的对上帝的追求和炽热的爱以及对上帝的感激之情异曲同工。在《丁登寺》（*Tintern Abbey*）中，诗人感恩自然给予他“另一个赐予”，这种赐予不仅强化了诗人情感上的快乐，还加固了信仰上的虔诚，这是“一个基督徒感受天国的快乐……无异于圣徒对上帝的赞美”[③]。回望《埃及少女》。自然已经成为精神升华的媒介和推力，它与神性共生，“一种内在的生命/存在于所有的事

① 参见高红梅《西方文学中圣杯意象的流变及其价值》，博士学位论文，东北师范大学，2017年，第95页。

② 参见袁宪军《简论华兹华斯的宗教情怀》，《北京第二外国语学院学报》2009年第8期。

③ 袁宪军：《简论华兹华斯的宗教情怀》，《北京第二外国语学院学报》2009年第8期。

物之中”“它们与上帝同在”。[①] 埃及少女被“天国的”（celestial）景色所环绕，天空与大海柔情无限，水波闪着光芒，连诸多天使（Angels）也在这一刻降临。诗人使用了代表非世俗世界的“天堂”（heaven）一词来区别先前使用的物质世界“天空”（sky）来凸显神性的存在。与此同时，诗人还以“圣洁”（unmarred）一词来描述少女此时的身体与心灵的受到洗礼的状态。少女与周围的景色融为一体，它们被赐予像“圣灵”（holy spirit）一样特有的本质。

实际上，诗人以少女的昏迷为界限，划分出少女所经历的两个空间，即物理空间和精神空间。在物理空间中，从埃及这一异域他乡出发而独自驾船起航的少女，虽然意图去找寻上帝之光，但由于其船只依然摆脱不了异教徒的符号，因此必定要遭受难以避免的磨难。睡莲作为埃及的国花，在埃及人的思想体系中具有象征性的作用。趋向基督之邦的埃及少女仍旧不忘怀与母国相连的睡莲，这种行为着实充满着“谬误”（84）。梅林对于少女及其船只的破坏较为极端，但却摧毁了少女同野蛮的异域之邦的联系。这也成为少女的基督教之旅的分界点。在此之前，少女同母国的联系及其对英格兰的向往表征出她的国家身份的不稳定性，她像一个流浪者出现在无边无际的海洋中。诗歌的开端，诗人使用“悬浮在空中”（hang in air）来形容船只在空中飘荡的场景。其实，“air”一词不仅可以看出船只在海上行走时的迷茫感，而且也反映出少女对信仰的不坚定性。梅林的风暴打破了这样的“僵局”，令少女跨越物理空间向更高层面的精神层面迈进，这一精神所指就是坚定的基督教信仰。

作为圣杯骑士的故事的重要主旨，基督教信仰与否及其信仰忠诚度的讨论在《埃及少女》的后半部分的叙述中依然不乏力度。埃及少女被妮娜带回了亚瑟王宫，亚瑟王的骑士们开始进行

① Ernest De Selincourt ed., *The Poetical Works of William Wordsworth*, Vol. Ⅱ, Oxford: Oxford University Press, 1963, repro 1966, p. 225.

一场基督教徒对异教徒的拯救。在金碧辉煌的亚瑟王宫，埃及少女依旧如睡美人般紧闭双眼。诚如大英博物馆中被人凝视的文物(战利品)一样，少女吸引了作为观赏者的亚瑟王及其无数骑士的注意，大家纷纷来端详这位从异域远道而来的被观赏物。这一情节的设计为读者提供了较好的关乎性别政治的理解维度。在埃里克·吉达尔（Eric Gidal）看来，不论是埃及少女还是大英博物馆的这尊雕塑，皆体现出作为他者的文化符号，而主体与他者之间的差异性，也令主体的殖民者实施对被殖民者的“凝视”暴力。① 在华兹华斯笔下，受到重创的少女在亚瑟王及其骑士眼中是如此柔弱，她在以男性为主的宫殿中被男性的目光审视与控制。在亚瑟王及其骑士的视域下，少女成为这些骑士们的性幻想对象，她是被动的、屈尊的，这同原有的圣杯骑士中的故事情节大相径庭。在《亚瑟王之死》中，兰斯洛特参加骑士的比武大赛，希望以胜利与英勇打动桂乃芬，赢得桂乃芬的芳心。中世纪在骑士和女子之间流行着一种所谓的“宫廷爱情”，这种宫廷爱情要求骑士尊重女士，甚至可以作为她们的奴仆，骑士为了爱情甘心为女士效劳，这也成为“宫廷爱情”最显著的特征。② 然而在《埃及少女》中，加拉哈德骑士与埃及少女之间的故事要义却被解构。在少女完全不知情的情况下，骑士们酝酿着一场为少女寻求配偶的谋划。奄奄一息的少女“枯萎了……她没有心跳，也没有大脑……”，而拯救这一身体与精神双重受损的少女的重任有且只有亚瑟宫廷里的骑士们承担。随着情节的推进，骑士们均未能如愿地挽救沉睡的少女。直至穿着斗篷的加拉哈德爵士（Sir Galahad）在触碰少女的指尖时，少女才逐渐恢复意识。按照亚瑟王和骑士们

① Eric Gidal, “Playing with Marbles: Wordsworth's Egyptian Maid”, *The Wordsworth Circle*, Vol. 24, No. 1, Winter 1993, pp. 3 – 11.

② 参见［德］约阿希姆·布姆克《宫廷文化》（上册），何珊、刘华新译，生活·读书·新知三联书店2006年版，第454页。

武断式的私下商定，少女理应成为虔诚的基督教守卫者加拉哈德的配偶。至此，异教徒和基督教徒通过婚姻的形式实现了结合，婚姻的缔结也预示着异教徒完全被划归基督教徒的阵营。诗歌中写道：

> 将要成为新娘的少女，
> 在地上一动不动：之后会摆脱
> 虚无，她躺在基督的圣地上，
> 基督的仪式接踵而至。(229 - 240)

诗人浓墨重彩地描述了少女通过婚姻被施与基督教的信仰的场景。婚姻的缔结是一种天启的行为，它体现出上帝“强有力的精神”(82)。亚瑟王宣布，少女成为上帝赐予加拉哈德的一件“礼物”(344)。这件物品必将“烙印在加拉哈德心中”“永远依附他”，并且“从世俗变成永生”(343 - 346)。天启之声为这场拥有不同信仰的人的结合提供了合法的依据。苏醒的少女欣然接受这样的安排，她表现出前所未有的悸动。与诗歌中梅林、亚瑟王等男性人物通过对话来表现自己的话语权不同，埃及少女主要通过肢体动作来表达内心的想法。她的下跪姿态在表达自己作为沉默的他者的基础上，还表现出她对基督教信仰的虔诚：

> 婚礼很快举行，
> 重新演绎圣徒的仪式，
> 这一刻映衬出壮丽和荣耀，
> 少女跪拜着圣坛，
> 亚瑟王指引着少女，
> 天使们吟唱着祝祷的颂歌。(349 - 354)

埃及少女叩拜圣坛和亚瑟王的作法，在某种程度上表明大英帝国对埃及的感化，它较好地展现出帝国形象自我形塑的过程，而“成为新娘的埃及少女宣誓要做亚瑟王宫廷永远的臣服者，是主从关系的进一步确认与强化”[①]。为了更进一步说明政治意图，华兹华斯不仅指出埃及少女意欲更改宗教信仰的初衷，还把先前发生的战争也融入宗教救赎的叙事之中：

我打败了诸多入侵埃及的国家，
解放了埃及的领地，他宣誓
信奉我们的基督与上帝，
他的女儿嫁给我们的骑士，
我选择的这个骑士充满爱与力量。
她生来就是异教徒；然而
神圣天使的保护在近旁徘徊；
这位少女成为宫殿的一员，
异常美丽，神圣宣言充满
崇敬，像是一种报答，
对于在我的剑侠恢复的五十个王国。(224－234)

根据诗人所处的时代背景，诗歌中所言及的入侵者极有可能是法兰西帝国，而亚瑟王以剑的威力与其他埃及入侵者的博弈，暗含英法两个帝国的军事战役。华兹华斯通过这种文学上的宗教救赎的叙述，来为英国对埃及的殖民作合法化的辩护。在华兹华斯看来，慈悲的亚瑟王帮助埃及赶走了他们的侵略者，英国的仁慈和道德感化着埃及，大英帝国的人道主义风范得到发扬。埃及国王对亚瑟王的行为深表谢意，所以派遣埃及少女去英格兰进行宗教救赎之旅。埃及少女的异教徒的一系列经历重新界定了大英帝国的自我精神和

① 高红梅：《西方文学中圣杯意象的流变及其价值》，博士学位论文，东北师范大学，2017年，第99页。

灵魂，亚瑟王替代基督教中的耶稣对埃及少女的宗教救赎体现出帝国的纳喀索斯情结。[①] 埃及少女从原始到文明，埃及国土从受到邻国的欺凌到恢复自由，都归功于大英帝国的“善举”，至此，“一个包容而不失强势，仁慈而不乏大气的帝国形象”[②] 跃然纸上。

17 世纪末，奥斯曼威胁论还一直在欧洲蔓延，它作为基督教文明的永久威胁持续存在。西方人将这一威胁编制其文本之中，成为传说以及文学作品中不可或缺的部分。在《新月与玫瑰》（*The Crescent and the Rose*）中，萨缪尔·丘（Samuel Chew）坦言，受过普通教育的民众完全可以找到伊斯兰入侵欧洲的相关资料，在伦敦的舞台上也可看到相关演出。但是，欧洲人所“留存”下来的对伊斯兰的文本构建是经过删减后的某种变体。西方把原本“可怕”的伊斯兰或伊斯兰世界进行另一种“不可怕”甚至不符合历史事实的表述，以此为西方读者所接受。西方对伊斯兰的“归化”并无争议。这一概念、由概念所延伸出的错误概念以及其他的谬误“形成了一个封闭的圆圈”，这一坚固的圆圈使外部无法打破，西方世界对伊斯兰的认识是“自足”且“完整的”，如同丹尼尔所言，作为一种形象（image）的伊斯兰其功能是为西方基督教服务的。[③] 英国学者齐亚乌丁·萨达尔（Ziauddin Sarder）在其所著的《东方学》（*Orientalism*）[④] 一书中写道：东

① Eric Gidal, “Playing with Marbles: Wordsworth's Egyptian Maid”, *The Wordsworth Circle*, Vol. 24, No. 1, Winter 1993, pp. 9 – 11.

② 高红梅：《西方文学中圣杯意象的流变及其价值》，博士学位论文，东北师范大学，2017 年，第 100 页。

③ 参见［美］爱德华·W. 萨义德《东方学》，王宇根译，生活·读书·新知三联书店 1999 年版，第 76 页。

④ 该书的作者虽然认为萨义德的一些关于东方主义的观点并非首创，但该书还是并未超越萨义德在其著述中的对文学作品中所涉及的东方主义的相关评析的范式，虽然萨达尔把论述的维度拓展至后现代文学作品、当代影视作品等，但依然未能脱离萨义德以及之前的东方主义评判家的一些看法。即便如此，该书也不失为一本研究东方主义批评实践的佳作。相关观点，可参见［英］齐亚乌丁·萨达尔《东方主义》，马雪峰、苏敏译，吉林人民出版社 2005 年版。

方主义的起源及其大部分历史所要追溯的正是基督教与其近邻伊斯兰教遭遇的过程，正是在与伊斯兰教的遭遇过程中，西方开始发展了其对东方的观点：那里是神秘故事的居所，是情色之邦，是残酷和野蛮的上演地。[①] 伊斯兰在西方世界中的僵化形象如碑塔一样坚不可摧，并且还不断被加固。就这样，从中世纪以及文艺复兴时期，直至19世纪浪漫主义时期甚至华兹华斯的笔下，伊斯兰已经完全被容纳到了基督教或西方世界的可视图景之中。

《埃及少女》见证了华兹华斯“保守主义的基督教情结以及对英国国教的热忱”[②]。宗教元素同华兹华斯的国家主义实现了紧密的联系。诗歌中的基督教信仰与异教信仰之间或宗教视野和世俗的非理性之间，以及西方的主体与东方的他者之间的冲突，共同形成一个关乎宗教与帝国话语交织的集合体。实际上，华兹华斯的东方主义情结远非如此。除了埃及想象，中国书写在某种意义上同样体现出西方对东方所施加的话语霸权。

第二节　中国想象:马戛尔尼访华、热河园林与儒家教育

国内学者范存忠在其专著《中国文化在启蒙时期的英国》中，较为翔实地道出了欧洲启蒙时期的坦普尔爵士、艾迪生、蒲伯等诸多英国学者对中国艺术和建筑不遗余力推介的事实，恰如“桂冠诗人”威廉·怀海特在《世界报》中所概述的那样，那期间“样样东西都是中国式的，或者是按中国的情趣设计的”。[③] 1750年8月2

① 参见［英］齐亚乌丁·萨达尔《东方主义》，马雪峰、苏敏译，吉林人民出版社2005年版，第3页。

② Eric Gidal, “Playing with Marbles: Wordsworth's Egyptian Maid”, *The Wordsworth Circle*, Vol. 24, No. 1, Winter 1993, p. 5.

③ 参见范存忠《中国文化在启蒙时期的英国》，凤凰出版传媒集团、译林出版社2010年版，第107页。

日，霍勒斯·沃尔波尔在信中也言及了18世纪中期的人们对于中国建筑艺术的趋之若鹜的盛况："全国各地面貌一新……（庭园）均为中国式的，新颖别致，很是可爱。"① 虽说如此，风靡一时的"中国热"却在18世纪末19世纪初逐渐衰退，甚至不乏大量的贬斥之声。致力于研究中西关系的国内学者张西平也不无遗憾地指出，自19世纪开始，由于多重政治因素的影响，中国和西方的文化关系也相应地发生了"大分流"，而"这种对于中国的负面评价又进而将中国纳入西方对中国的政治想象中……在西方的观念中日益成为一种意识形态的霸权"。② 浪漫主义诗人华兹华斯与柯勒律治对于中国园林的态度也不能从这场"大分流"中抽离，而其中的原因与1792年马戛尔尼使团的访华有着密不可分的联系。

马戛尔尼访华是中英关系史上一个重要转折点。400多人的使团成员不仅近一半人在访华途中因多种原因丧命，使团最终也未能在外交、经济等方面与中国建立联系。③ 马戛尔尼一行人的访华虽然"一无所获"，但对欧洲人对于中国形象的转变起到了决定性的作用。中国皇帝的傲慢、冷漠又阴险的形象，以及对于中国的环境、人种、教育、政治制度等"一无是处"的认知，也成为使团成员回国后重建中国形象的素材。在他们看来，"200多年来欧洲绝大多数聪明人都让那些故弄玄虚的传教士蒙骗了"，曾经在传教士口中被仰慕的中国人其实"几百年或上千年都没有什么进步"，中国俨然"已经堕落到野蛮和贫困的状态"。④ 归国后，使团成员所发表的一系列著述和报道也彻底打破了欧洲人以

① 范存忠：《中国文化在启蒙时期的英国》，凤凰出版传媒集团、译林出版社2010年版，第105页。

② 参见张西平《19世纪中西关系逆转与黑格尔的中国观研究》，《学术研究》2015年第12期。

③ 英国人既没能在北京设立大使馆，也没能扩展贸易，既没要到一个允许英国人居住的小岛，也没能促使日本等东亚、东南亚国开放。

④ 参见周宁著、编注《鸦片帝国》，学苑出版社2004年版，第69页。

前所编织的中国神话。对于使团成员来说，也许“批判贬低中国是一种报复”，这些“对自己受骗上当的经历痛心疾首、恼羞成怒的使团成员（对于中国的书写）从一个极端（迈向）另一个极端”。[①] 期间，使团成员受邀参观了皇家园林的经历也改变了以往英国社会对于中国园林的原有态度，这在某种意义上开启了欧洲人体悟中国园林经验的新局面，同时也对华兹华斯、骚赛等浪漫主义诗人的园林书写产生一定影响。

华兹华斯《序曲》（*The Prelude*）的中国园林书写除了受到约翰·华兹华斯（John Wordworth）因其中国之行而遇难的事件影响之外，马戛尔尼访华经历也加剧了华兹华斯对中国园林的他者塑形。[②] 马戛尔尼使团成员约翰·巴罗（John Barrow）所著述的记录使团的不快的访华经历《中国之行》（*Travels in China*，1804）中的关于中国避暑山庄的描述，也成为华兹华斯《序曲》中“热河园林”片段的重要来源。就连《序曲》诺顿评论版的编辑们也普遍认为，华兹华斯很大程度上借鉴了巴罗的这部游记，因为双方有几处描述太过相似。[③] 不难发现，不论是马戛尔尼使团成员，还是受到中英外交的舆论以及使团著述影响的浪漫派文人，他们以欧洲人意识形态的偏见局限了对园林中的景物构成的认知，从而把承德避暑山庄泛专制化了。这一作法，不仅脱离了这个皇家园林所折射出的审美趣味，反而上升到一种政治高度。在《序曲》的第8卷中，华兹华斯描述了一个奢华至极、风光无限的热河行宫。诗中写道：

万树名园——热河的无与伦比的山庄。

---

① 参见周宁著、编注《鸦片帝国》，学苑出版社2004年版，第69页。

② 参见李增《政治与审美——英国浪漫主义诗歌的东方书写研究》，吉林人民出版社2014年版，第78页。

③ 参见李增《政治与审美——英国浪漫主义诗歌的东方书写研究》，吉林人民出版社2014年版，第78页。

为了鞑靼王朝的享乐，无数人
辛勤劳作，再加上温厚的自然
慷慨相助，才将它建成（在那座
巨墙的外面——中国的防御工事，
难以置信，且并非深化）。它汇集
最辽阔的帝国各方之风物，以山水
亭台圆着奢华的痴梦（魔法
又能胜它几何?）……（Ⅷ.75－83）

华兹华斯开门见山地指出，这个无与伦比的避暑山庄便是鞑靼王朝的标配。在诗人的印象里，鞑靼人、满族人等并未存在严格的界限与本质的分别，他们均可统称为诗人眼中的“中国人”。这种观念在浪漫主义时期也较为流行。巴罗在《中国之行》一书中就鞑靼人和中国人作了相似性的比较。在他看来，两者虽然存在身材和身高的差异，但是“他们有着同样的高颧骨和下巴，由于有剃发的习俗，这使得整个头的形状就像一个翻转的圆锥体”。至此，他最后总结道：“这些显著的体质特征已足以确证他们在自然界应被当作怪物（the Monsters）。”[①] 对于巴罗、华兹华斯等人来说，细究鞑靼人的人类学意义上的出身并不是那么重要，或许“中国人”的政治性话语更加利于他们的文本建构。从内容上来说，《序曲》的热河园林片段还或多或少借鉴了柯勒律治关涉蒙古君王主题的《忽必烈汗》。根据多萝茜·华兹华斯（Dorothy Wordsworth）日记的记载，早在柯勒律治完成这首诗歌之后，就交予华兹华斯兄妹过目。[②]

---

① 张先清：《身体的隐喻：16—18世纪欧洲社会关于“中国人”的种族话语》，《学术月刊》2011年第11期。

② 多萝茜在日记中写道：“（华兹华斯）把装满苹果的袋子给了我……也给了一些美味的面包，当成我的早餐。我吃过之后，带着《忽必烈汗》去附近集市的泉水旁，我喝了清甜的泉水。”关于日记中的原文，可参见 Ernest De Selincourt ed., *Journals of Dorothy Wordsworth*, Vol. 2, London: Macmillan & Co. Ltd., 1941, repro 1959, p. 34。

华兹华斯兄妹在德国旅行时候还把水杯命名为“忽必烈汗”①，这足以见得该诗对他们的触动。《序曲》中有几处描述与《忽必烈汗》确有雷同之处。比如，《序曲》中“domes/of pleasue”② 正好对应了柯勒律治诗歌中的“pleasure dome”③。此外，华兹华斯诗歌中的城墙、土壤、水流等描述也与《忽必烈汗》的相关描述保持较高契合。不妨这样猜想，《序曲》的鞑靼王朝的君王极有可能指代忽必烈，抑或说借用忽必烈暗指与之秉性相仿的清朝皇帝。回望《忽必烈汗》：

> 忽必烈汗把谕旨颁布：
> 在上都兴建宫苑楼台；
> 圣河阿尔弗流经此处，
> 穿越幽深莫测的洞窟，
> 注入阴沉的海洋。
> 于是十里膏腴之地
> 都被高墙、岗楼围起……④

蒙古君王忽必烈及其享乐之宫构成了《忽必烈汗》的中心意象和指代中国的典型符码。在讨论该诗所呈现的政治性时也离不开这两个意象的文化符号。纵观历史，忽必烈汗是继成吉思汗之后最伟大的蒙古君王。在忽必烈统治期间，蒙古帝国的统治范围从巴尔干和波兰一直向西到太平洋，从北冰洋扩展至土耳其、波

① H. M. Margoliouth, *Wordsworth and Coleridge*, *1795—1834*, New York: Archon Books, 1966, p. 49.

② Joanne Tong, *Imperial Fortunes*: *Britain and the Romance of China*, *1750—1850*, Ph. D. dissertation, University of California, Los Angeles, 2006, p. 85.

③ Joanne Tong, *Imperial Fortunes*: *Britain and the Romance of China*, *1750—1850*, Ph. D. dissertation, University of California, Los Angeles, 2006, p. 85.

④ ［英］威廉·华兹华斯、萨缪尔·泰勒·柯尔律治：《华兹华斯、柯尔律治诗选》，杨德豫译，人民文学出版社 2001 年版，第 393 页。

斯湾以及中国的南部区域，当时有一半的欧洲地域已经是鞑靼人的势力范围，其中包括德意志和匈牙利。欧洲人对于以忽必烈为首的蒙古帝国充满着恐惧之情，鞑靼人的残忍、凶猛、野蛮、生性好战等诸多意象在西方世界得到传播，与此同时，忽必烈的暴君形象也同样充斥着西方人的脑海，甚至可以与拿破仑相论。柯勒律治在创作《忽必烈汗》前后，曾在笔记中写道，“阿基米德式的君主——诗人波拿巴——布置了一个中国园林”①。可见，忽必烈这个独裁者的形象已经成为柯勒律治挥之不去的一个阴影，他同拿破仑·波拿巴一样充斥着诗人的想象世界，并影响着诗歌的意识形态建构。忽必烈在上都构筑了享乐的宫殿，而柯勒律治的政治诉求也凝缩到这一园林之中。拿破仑征服欧洲的野心恰如忽必烈征服世界一样，想把整个世界变成自己的乐园。

如果把场景置换为热河，华兹华斯笔下的这个鞑靼王朝所建立的花园同样是映现着政治权力的集合体，而鞑靼君王或称清朝皇帝也作为专制主义的最高统治者而存在。美国学者伊丽莎白·张（Elizabeth Hope Chang）在《不列颠人的中国眼光》（*Britain's Chinese Eye*）一书里关于中国园林的章节中虽然侧重以地理美学的视角概览华兹华斯眼中的中国皇家园林，但在其言辞中也同样把园林的政治功能放置在了这些修饰词的首位，其他的附属词语包括“极度的”（excessive）、“奇异的”（fantastic）、“不连贯的”（incoherent）、“没有逻辑的”（illogical）、“异域风情的”（exotic）等只能从属于“专制的”（despotic）。② 在《序曲》中，皇家园林的成型并非一朝一夕，它集合了整个国家乃至世界的奇珍异宝，是无数劳动人民日夜辛劳的成果，抑或是统治者压榨普通百姓的

① 李增：《政治与审美——英国浪漫主义诗歌的东方书写研究》，吉林人民出版社2014年版，第96页。

② Elizabeth Hope Chang, *Britain's Chinese Eye: Literature, Empire. And Aesthetics in Nineteenth-Century Britain*, Stanford: Stanford University Press, 2010, p. 23.

产物。园中歌台舞榭、百花争艳，处处可见小桥、游船、山石、洞穴、山峦、泉水、林木、神庙等。这个万树名园虽然色调鲜明、小处秀美、大处壮阔，宛如一幅风景宜人的油画作品，但带给诗人的却是华丽嘈杂的审美体验。即便对于一个幼童来说，“在此漫游片刻，/就会给他脑海中留下许多/旋舞的画面，数周后还能惊扰/他的睡梦……”（Ⅷ. 113 – 116）。其实给孩子造成梦魇的除了园林中的媚俗的色彩和从世间搜罗的从未见过的新鲜事物之外，还传递着一种缺乏自由主义的情感。这个浩大的园林仅属皇帝一人，所有君主的享乐建立在对平民百姓的思想、劳动成果等不同层面的禁锢、束缚与掠夺之上，与英国的自然园林相比，它呈现出置于另一极的情感表征。接下来，诗人以“那育我成长的乐园比它更可爱”（Ⅷ. 98）拉开了颂扬“英国模式”的园林的序幕：

……这里所富有的是大自然
原始的馈赠，让所有感官更觉
甜美，因为太阳、天宇、四季
或风雨雷电虽变幻不息，却发现
这里有忠诚的劳动者与它们相伴——
自由的人们，为自己劳动，自由地
选择时间、地点、目标；以自己的
需求、自己的享受、天然的职业
与操劳为向导，在欢乐中达到个人
或社会的目的……（Ⅷ. 99 – 110）

相较于热河园林，英国园林是来自上天的原始赠予而非后天的人工雕琢。再者，英国园林也不需要像热河园林那样建造了高筑的围墙供统治者独享，它承载着无数英国人的自由意志，这些劳动者倾心于按照大自然亲自分配的职业而劳作。诗歌不止一次言及“自由”一词，而由“自由”所散发出的真善美的品德也渗透于英国人内心，“犹如滔滔喷泉”（Ⅷ. 124 – 125）不断涌出。不止是《序曲》，《湖区指南》（*Guide to the Lakes*）亦是如此。按照知名浪漫主义生态研究专家乔纳森·贝特（Jonathan Bate）的说法，《湖区指南》并不单单是一本介绍湖区旅游的宣传册，它蕴含着较为深刻的“生态政治”。[①]《湖区指南》向读者展现了与《序曲》第8卷较为相似的蓝图。我们可以在格拉斯米尔谷地发现一个完美的牧羊人和农耕者共同建立的共和国，他们耕作牧羊，家庭经营，自给自足，而每个村民都和和美美地生活在这个美好的世界。[②] 这个自然园林也可以看作是一个与“生物区域主义”（Bioregionalism）模式相类似的伊甸园。在1985年，塞尔经过对生物区域群体的研究，总结出生物区域主义包括的“解放自我”“认识土地”等原则，而格拉斯米尔谷地，恰恰符合“生物区域主义”的基本准则。这个理想的无政府主义的社会充满着公平公正，村民与所在的环境融为一体，看不到劳工被压榨的场景，也没有任何强权政治。在华兹华斯的思想中，爱自然和爱自由是统一的，诗人倾向于讴歌人与人之间的一种和谐共处的关系，通过将格拉斯米尔山谷与自由主义和共和主义联系起来，他找到了自己对于政治自由观念和革命激情的重要源泉。[③] 华兹华斯在同年所创作的《素描札记》中，也以不小的篇幅描述了瑞士山区的牧羊人无拘无束的无政府主义式的自由生活，他们“不是任何人的奴隶”，自然教会了他们如何“感受自己的权利”。[④] 在

---

① 参见张旭春《“绿色浪漫主义”：浪漫主义文学经典的重构与重读》，《外国文学研究》2018年第5期。

② 参见张旭春《“绿色浪漫主义”：浪漫主义文学经典的重构与重读》，《外国文学研究》2018年第5期。

③ 参见张旭春《“绿色浪漫主义”：浪漫主义文学经典的重构与重读》，《外国文学研究》2018年第5期。

④ John Hayden ed., *William Wordsworth: The Poems*, Vol. Ⅰ, New Haven and London: Yale University Press, 1961, p. 410.

诗人看来，英国人可以在自然的园林中自由地享受个人和社会的权利，这是平凡的生计中最为华丽和崇高的篇章，同时也成为英国人所独有的自由精神的重要部分。然而，这在专制主义为主导的东方的暴政国度中所或缺的，甚至在诗人的眼中永远也不会存在，就像那一时期的多数人们鲜有较为理性地思考是否真的昏庸、皇家园林是否真的兼具美学价值、中国为何拒绝与英国建立外交等这些较为客观的“事实”是一个道理。

相较于中国的热河园林，浪漫主义文人也同样对孔子进行一定的话语建构。乔治·斯当东在1819年5月致约翰·霍布豪斯(John Cam Hobhouse)的一封信中这样说道：“孔子在以前受到极度推崇，但现在却遭到了极端的贬斥。”[①] 斯当东并非一家之言。他所总结的这一结论大体可代表启蒙主义时期和浪漫主义时期人们对孔子和孔子教育的大相径庭的看法。在此其中，斯当东的朋友约翰·巴罗便是浪漫主义时期对于孔子及其教育的有力批判者之一。

对于马戛尔尼使团总管巴罗来说，使团访华的经历不可避免地影响了其对于中国园林的态度，而中国的文化教育也必不可少在其热论的范围之中。他在《中国之行》一书中就开宗明义地写道：“本书主要目的在于展示这个特殊民族本来的面目……剥掉天朝华而不实的外衣”[②]。期间，他曾就中国和俄国关于文化及其接受方面的差异问题，毫不避讳地表现出对中国的鄙夷。按照巴罗的说法，不同的政治环境导致了两国之间发展的不均衡性：俄国善于吸收国外的知识和技术，而中国却骄傲自大

① Peter J. Kitson, *Forging Romantic China*: *Sino-British Cultural Exchange 1760—1840*, New York: Cambridge University Press, 2013, p. 192.

② [英] 乔治·马戛尔尼、约翰·巴罗：《马戛尔尼使团使华观感》，何高济、何毓宁译，商务印书馆2015年版，第113页。

且沾沾自喜，盲目排斥外来的技术以及洋人，“一个青春活力、力量和知识日益增长，另一个年迈多病，目前情况也不可能有任何变化”。[①] 在《中国之行》出版之时，巴罗贬华的态势也迎合了当时英伦半岛的主流话语。除了《中国之行》中关于中国文化教育方面的论述，巴罗也对马士曼（Marshman）所译的英文版《论语》进行评介，并以“中国文学在欧洲的发展”为题刊载于1814年的《评论季刊》（*Quarterly Review*）。他在该文中指出孔子及其教育思想曾经引起天主教牧师和自然神论哲学家的一些不必要的分歧，并认为有消解其重要性的必要，他难以理解为何儒家思想可以植根于那些对其充满感激的子民心中，即使过了若干年之后，其作用力仍旧丝毫未减，并且对子孙后代依然有着不同方面的后续影响。[②] 西方学界也普遍指出，关于巴罗对儒家文化进行负面评估的这一论述，在一定程度上是马戛尔尼使团访华事件及其结果的重要表征，而他在此也充当了以英国人视角对中国进行偏见式审视的“审计官”（comptroller）的角色。[③] 对于巴罗来说，儒家教育中的关于培养孩童的过程既是儒家文化重要体现与意旨之一，又是同中国特有政制相伴而生的产物。可以肯定的是，巴罗仍旧摆脱不了既定的东方政体的框架束缚，把中国看作是“静止的，停滞不前的，落后的专制主义（国家）”（a stationary，stagnant and regressive despotism）。[④] 而中国的孔夫子教育制度既是这一体制下为专制的君主而服务的衍生物，也是导致中国出现诸多问题以及国家落后于西方的根源。在1793年马戛尔尼访华之际，

---

① 参见徐亚娟《乾嘉之际英人的中国经验——以马戛尔尼使团成员的“中国著述”为中心》，《社会科学战线》2017年第8期。

② Peter J. Kitson，*Forging Romantic China*：*Sino-British Cultural Exchange 1760—1840*，New York：Cambridge University Press，2013，p. 192.

③ Peter J. Kitson，*Forging Romantic China*：*Sino-British Cultural Exchange 1760—1840*，New York：Cambridge University Press，2013，p. 193.

④ Peter J. Kitson，*Forging Romantic China*：*Sino-British Cultural Exchange 1760—1840*，New York：Cambridge University Press，2013，p. 193.

年轻的英国画家威廉·亚历山大（William Alexander）作为使节团的随团画家，创作了大量反映中国事态风情的画作。其中在“书贩”的这幅作品的注解中这样写道：“在清朝这么一个专制的政府统治之下，很难想象会有出版的自由……最受尊崇的据说是由孔子撰写或编纂的四部经典”①。虽然亚历山大着重论及中国的出版问题，但儒家教育作为中国专制主义政体的应有之义也不自觉地被提起，这同巴罗的看法保持较高的一致。在巴罗的印象里，中国的孩童在6岁时便开始学习汉语，但是他们仅仅记忆字的形态而非意义，亦不会活学活用，不仅如此，经过数年且识字的学生虽然可以熟练地背诵数卷儒家经典，但却较少地知道每句话以及每个字的确切内涵，之后，他们还会再花费大概4年的时间懂得如何去书写，直至16岁，他们终于有相当数量词汇的读写技能，但却依旧不能熟练地甚至正常地以自己的想法来组合新的词汇；与此同时，在1817年的《评论季刊》中，巴罗再次讥讽中国教育不能够教授学生认识事物的能力以及追求科学的精神，在他看来，这种制度已经持续了四千年之久，它所培养出了如此多的不具备独立认知和理性思考能力的人，而“粗鲁无知”（gross ignorance）也成为他们的代名词。②巴罗对于中国教育制度的负面态度以及对中国孩童的刻板印象也影响了包括骚赛、多萝茜、范妮·伯尼（Fanny Burney）以及华兹华斯在内的一些浪漫主义文人的看法。在1805年的《评论年鉴》（*Annual Review*）中，骚赛就坚决拥护以巴罗为代表的评介儒家教育的负面评论走向，文中指出，“（中国的）教育体制缓慢且费劲，它会毁坏任何事物，天才也不能幸免”，他们对于地

① ［英］威廉·亚历山大：《1793：英国使团画家笔下的乾隆盛世——中国人的服饰和习俗图鉴》，沈弘译，浙江古籍出版社2006年版，第47页。

② Peter J. Kitson, *Forging Romantic China*: *Sino-British Cultural Exchange 1760—1840*, New York: Cambridge University Press, 2013, pp. 193 – 194.

球的了解如同对宇宙那样贫瘠；小说家伯尼难以想象，一个荒唐可笑的中国书呆子是如何尽力让自己的一生去追求这样读与写的生活。[①] 在《中国之行》于 1804 年下半年出版之后，华兹华斯兄妹便已经拿到了这本书，而骚赛也曾在上面作过与中国有关的一些标注，他们在 1805 年的春夏期间，也就是约翰遇难之后的几个月，便开始阅读此书以及骚赛的标注。除了约翰因中国之行而发生海难这一事件的影响，阅读巴罗的《中国之行》也成为华兹华斯发现与构思这一东方国度的重要途径。[②] 诚然，华兹华斯在 1818—1819 年的"C 阶段修改版"（C-Stage）[③] 的《序曲》"书籍"卷的相关论述与巴罗的看法达成一定的共识。诗歌中写道：

怪异的就像中国的植物侏儒
大自然被人类中的怪物所掌控
他们的关怀，勤恳而变态
在这儿进行一个作业，在那儿阻碍
橡木完全生长的比例，
树根，树干，树枝，叶子，全部
都以活着的微小版呈现出来。
在树荫之下，在属于自己的土地内

---

① Peter J. Kitson, *Forging Romantic China*: *Sino-British Cultural Exchange 1760—1840*, New York: Cambridge University Press, 2013, p. 195.

② Peter J. Kitson, *Forging Romantic China*: *Sino-British Cultural Exchange 1760—1840*, New York: Cambridge University Press, 2013, p. 195.

③ 1799 年版、1805 年版和 1850 年版的《序曲》是读者最为熟知的三个版本。这三个版本之间也有一些不同。自完成这首诗，华兹华斯一直从未放弃过对其删减和增补。在其修改的过程中，他通常以"A""B""C"等字母来表明某一时间的修改阶段。直至 1839 年，他才将《序曲》的最后修改版交付给编辑约翰·卡特（John Carter）代为保管。较之于"C 阶段修改版"，《序曲》1805 年版（V. 294 - 298）和 1850 年版（V. 318 - 325）中虽然把理性教育制度下的儿童比作"侏儒"，但却并没有把该形象与中国的儒家教育制度下的书呆子进行类比。

自由蔓延，蜷缩一团而静卧。①

华兹华斯把英国当前的理性教育理论的弊端与他在巴罗的书中所读到的中国教育进行了有意联系，而“中国的植物侏儒”所说的是由中国古代园林艺术衍化而来的盆栽。就盆栽来说，花匠可以根据主人的喜好来控制植物的生长轨迹，植物在微小的花盆里只能畸形发展。这个花盆里栽种的不是富有中国特色的松树或柏树，竟然是橡树。传说，宙斯的神殿旁矗立着一株具有神力的参天橡树，这棵树有着“森林之王”的美称，而英国早期的巫师被称为“德鲁伊特”，即“知识橡树”，他们被视作最早的“知识分子”。诗人可能借鉴了橡树的象征涵义。在华兹华斯看来，即便是智力方面有极大优越性的儿童，儒家体制也会束缚其身体和心智的自由发展，令其完全成为一个畸形之物。在诗人印象中，中国的孩童终生的目的只有科举考试，“四书五经”等儒家经典既成为他们通向成功的重要砝码，也成为统治阶级实施专制主义的手段，儒家教育在某种程度上成为君主专制统治的衍生品。可以想见，不同版本的《序曲》中对中国的儒家教育的“反复斟酌”（1805 年版，1818—1820 年版以及之后的 1850 年版的对于中国这一意象的反复修正）或许可以表明华兹华斯对中国意象的“在意”程度。华兹华斯对于儒家教育的理解借鉴了骚赛、巴罗等文人的相关记述，但具体细究这些内容是否可靠，甚至儒家教育是否对中国社会产生过正面影响，这似乎对于诗人来说并不具有十分重要的意义，因为诗歌的文本建构所呈现出的政治性已经

① 本段修改稿为笔者自译，原文如下：“Monst'rous as China's vegetable Dwarfs/Where nature is subjected to such freaks/Of human care industriously perverse/Here to advance the work and there retard/That the proportions of the full-grown oak，/Its roots，its trunk，its boughs，and foliage，all/Appear in living miniature expressed. /The Oak beneath whose umbrage，freely spread/Within its native fields，whole herds repose.”。关于诗歌的原文，可参见 Peter J. Kitson，“The Wordsworths，Opium and China”，*The Wordsworth Circle*，Vol. 43，No. 1，Winter 2012，p. 6。

远远超过其“真实性”。

华兹华斯想象视域下的中国园林和儒家教育被置于《序曲》的第8卷和第5卷中。由于篇幅较少的缘故，这两个诗歌片段甚至不足以构成一个鲜明的东方书写的文本。但正是这样的“蜻蜓点水”却成为与当时的主流话语较多的契合处的“点睛之笔”。两个片段所折射出的政治维度建构了华兹华斯对于热河园林以及儒家教育的权力话语：自然园林、自由、民主等词汇成为华兹华斯言说自由主义和共和主义的“英国模式”的标尺，而象征皇权的热河园林和为君主服务的儒家教育成为了东方主义的重要表征。

第三节　阿拉伯想象:“硬币的两面性”

如果说华兹华斯的埃及和中国想象在某种意义上指向诗人对于帝国所觊觎之地的东方主义立场，那么华兹华斯的阿拉伯想象却充满话语张力。[①] 阿拉伯“非自然性”（unnaturalness）的环境和“乏力的”（languor）中东统治者的文本建构虽说表明出华兹华斯对英格兰与阿拉伯的主客体的差异性，但诗人却又较为矛盾地指出阿拉伯的文学经典对其思想塑形的有效影响，与此同时，

① 除了埃及和中国，华兹华斯在《序曲》的第10卷中也或多或少言及了对当时英国殖民地印度的印象。在该卷中，诗人描述法国大革命后的欧洲列强所组织的4次反法同盟并被法国军队顽强地驱逐出境的场景。在描述欧洲列强的军队狼狈逃跑的场面时，华兹华斯把他们比作印度莫卧儿帝国的皇帝召集的“东方猎手”，只见他们将猎物（以此来类比法国军队）赶入围场之中，但是突然之间，在“杀生的长矛”一步步逼近的片刻，“这群急性的人们”（猎人）发现那些即将到手的猎物全部成为了复仇者，于是，猎人们仓皇而逃，而他们的对手却成为盛怒的强者。根据莫卧儿帝国的历史，可以发现华兹华斯笔下的这幅懦夫仓皇出逃的图景与骁勇善战的莫卧儿王朝的创建者巴布尔及其子孙后代胡马雍、阿克巴等人的勇猛且擅长狩猎、乐于征服的形象存在较大的不符。学界把该片段看作布伯“我与它”哲学体系中的居高临下的“我”对被审视者的“他”的一种东方主义式的控制与被控制、利用与被利用的关系，诗歌以偏见式的口吻言说了这一虚张声势、懦弱胆小的印度君王的形象。相关观点，可参见陈彦旭《“我—它”与“我—你”——马丁·布伯理论视角下的浪漫主义诗人东方书写研究》，博士学位论文，东北师范大学，2013年，第51—52页。

他还修正了那一时期的欧洲人对贝都因人的固有认知。

对于崇尚自然的英国浪漫主义诗人来说，自然环境的一个重要作用在于它可以有效地唤醒和激发诗人内心深处的情感。这些情感能够贯穿于浪漫主义诗歌的始终，映现出诗人对于社会、国家等诸多方面的联系。当代美国文学评论家和理论家艾布拉姆斯（M. H. Abrams）曾在其专著《镜与灯》（*The Mirror and the Lamp*）中较好地言说了自然成为诗学价值的主要标准的论断。在艾布拉姆斯的论述中，自然是检验人性共有且必备的法则，它最为可靠地呈现出人们的普通生活状态，其中包括人类的思想和情感的朴素性以及表达情感的自发性。上述语境中的自然，大体指的就是与繁华的都市相对的乡村或者不少浪漫主义作家所称为“朴素的人”（simple people）所居住的区域，而这些“朴素的人”的生活习惯和品行是以社会学意义上的“自然”（natural）为核心的。[①] 不难发现，艾布拉姆斯的这种观点对于华兹华斯在其诗学思想中所倡导的自然概念达成了某种程度的契合。华兹华斯在与自然进行互动的过程中，既感知自然世界的规律，感受内在的生命力，同时也承认自然对其心灵世界塑形的指引和教化意义。除了《序曲》的“温德米尔男孩”片段中自然对儿童心智和想象力培养的描述，《抒情歌谣集》中的大多数诗歌也展现出自然给予人类的福赐，此刻的人类也大体指的是那些经常有机会与自然接触的土生子。在华兹华斯看来，自然对于人类心灵的提升主要侧重于道德层面，它是富有真知的源泉，如同诗歌《反其道》中所声称的那样：“到林间来听吧，我敢断言：/这歌声饱含智慧。”[②] 自然传递给人们的是美、真、快乐、智慧以及德行，它教会了人们如何在品德方面变得如自然一样朴素。

① Emily Anne Haddad, *Orientalist Poetics*: *The Islamic Middle East in Nineteenth-Century English and French Poetry*, Ph. D. dissertation, Harvard University, 1997, p. 175.

② 王欣：《对英国浪漫派自然诗学的哲学思辨》，《上海师范大学学报》（哲学社会科学版）2017 年第 3 期。

概括来说，华兹华斯的确把作为环境意义层面的自然与道德标准的自然相互交合，如同詹姆斯·钱德勒（James K. Chandler）在《华兹华斯的第二自然：关于诗歌与政治的研究》（*Wordsworth's Second Nature*：*A Study of the Poetry and Politics*）一书中所总结那样：如果环境学意义上的"自然"算作华兹华斯的"第一自然"，那么"人性"（human nature）便是"第二自然"。[①] 在钱德勒看来，"nature"一词是华兹华斯和埃德蒙·伯克（Edmund Burke）所善用的核心词汇，该词的两者内涵也体现出所使用的模糊性，前者体现出不受时空限制的普遍的自然法则，后者指代人类所属的特定历史时期和地域所获得的结果，表明人类文化与人性世情，而两种自然之间存在着不可分割的内在联系。[②]

华兹华斯深刻的自然观给了读者一定启示。当以该视角思考"华兹华斯式的浪漫主义"（Wordsworthian Romanticism），便需要把这两种层面的自然都考虑在内：一种包括山川、溪流等自然环境（甚至是欧洲所特有的自然环境），另一种涉及情感、行为、道德等人与社会的联系。比如，在《去往加迪斯的赛提缪》（*Septimi Gades*）[③] 中，诗人想象视域中阿拉伯世界的所谓"自然景观"却与欧洲世界中的自然的确有着本质的区别，它既不是可以缓解懈怠的理想之地，也并非提升人类朴素灵魂的媒介，而成为"非自然性"（unnaturalness）的代名词。在该诗第 3 节和第 4 节中，诗人描述了欧洲的自然状况。他对于具有不同自然风貌的罗纳河谷和格拉斯米尔山谷均葆有同样的热情。就地域位置来看，两处景观均坐落在人迹罕至之地，这也正是巴特勒所言及的华兹

① James K. Chandler, *Wordsworth's Second Nature*: *A Study of the Poetry and Politics*, Chicago: University of Chicago Press, 1984, p. 32.

② 参见朱玉《作为听者的华兹华斯》，北京大学出版社 2018 年版，第 72 页。

③ 《去往加迪斯的赛提缪》创作于 1790 年前后，该诗在诗人有生之年并未公开发表。该诗的引文为笔者自译，随文仅标注行数。关于诗歌原文，可参见 https://www.poetrynook.com/poem/septimi-gades，2017 年 10 月 5 日。

华斯文本建构中较为理想之地:“它是美学上的景色,空无一人”(It is an aesthetic landscape, empty of people)。① 即便如此,屡次出现的简陋的小屋、细流、小山丘、石块等意象也体现出两处自然的质朴与平易近人,它们并不会带给读者如埃德蒙·伯克所言及的令人畏惧的崇高之感。然而这两处欧洲自然景色却与第 5 节中所描写的阿拉伯环境大相径庭。诗人在描述欧洲景色时使用了诸多丰富的色彩,而阿拉伯在其眼中只有“苍白”(pale)。与溪流、山坡以及山脊等多元地理形态相比,阿拉伯仅剩下“干涸的沙漠”(thirsty sands)。虽然这两者其中一个共性是“人迹罕至”,但不同的景色却赋予不同的居住者相异的生存状态和心灵塑形。抑或说那些旅行者在阿拉伯荒漠中游走时,即使找到了水源之地和绿洲,或者说在他们物理层面的身体的饥渴被较好地填充时,心灵上的需求依然得不到治愈与满足。与第 12 节中所论及的西方人在面对灾难时表现出的英勇和乐观的情感相比,身处于阿拉伯的“虚弱的和没有勇气的”(faint and heartless)旅人似乎已经丧失了在此环境中汲取力量和知识的动力,这又同第 8 节中的相关描述形成较好的博弈。诗人在该节中写道:

> 的确,那些鲜艳草地,
> 那些山坡和山脉,
> 自然已给予多样的财富;
> 温和和诚实在此停留,
> 辛勤和悠闲一同相伴,
> 另外还有愉悦和康健。(43-48)

第 8 节虽并未明确说明这种给人们带来心灵成长的自然的地

① Roy Porter and Mikulas Teich, eds., *Romanticism in National Context*, Cambridge: Cambridge University Press, 1988, p. 54.

域所指，但山坡、山脉等景色与之前所论及的欧洲的罗纳河谷和格拉斯米尔着实呈现出一定的相似之处。按照诗人自然观的要义，在这样宜居的美景中，人的心灵与品德也得到不断的净化与提升，甚至在第13节中所塑造的在欧洲地域中的最为极端的天气之下，“爱”也可能擦拭苦涩的泪水，这又令读者想到了《序曲》第8卷中所呈现出的蓝图。在第8卷中，华兹华斯描述了湖区的牧羊人在山间劳作时受到自然的道德上的恩赐的场景：

> 这里有忠诚的劳动者与它们相伴——
> ……虽未去追求
> 也无意识——一对美德总跟随
> 在后面：朴实、美、必然的天宠。（Ⅷ. 101－110）

《序曲》第8卷的自然园林书写起着承上启下的关键作用。第7卷和第9卷分别是华兹华斯在英国和法国的城市经历。通过第8卷的过渡，诗人完成了心灵三个阶段的转变：从看到城市对人的异化而失望，到可以感受到自然之爱的欢喜之情，再到可以在法国城市中寻找爱的希望。[①] 华兹华斯三次心灵的转变较好地凸显出自然的感化作用。正是由于自然园林中的一草一木对诗人和那些朴素之人的心灵层面的影响而非单纯感官层面的刺激，才让他们能够感受人世间的爱，这也较好呼应了该卷的标题——“对大自然的爱引向对人类的爱”。上述自然观的要旨不仅映现于《序曲》，在《湖区指南》（*Guide to the Lakes*）、《素描札记》（*Descriptive Sketches*）、《安家格拉斯米尔》（*Home at Grasmere*）等诗作中也时常被提起。在这些作品中，华兹华斯对于自然的爱与对于那些劳动者的善良、勤劳以及坚韧不拔精神的赞赏具有同一性。如同乔纳森·贝

---

① Jonathan Bate, *Romantic Ecology: Wordsworth and the Environmental Tradition*, London and New York: Routledge, 1991, p. 32.

特（Jonathan Bate）所概述华兹华斯在描写农耕者和牧羊者在自由主义和共和主义的自然模式中生活的那样，即人性与自然得到了和谐统一，因为只有这种模式才能真正催生出理想的共和精神。[①] 然而，这些由自然环境所唤起或者生发出的多重美德，却未能与阿拉伯的环境构成一定的因果联系。可以想见，经历过种种磨难的旅行者虽然可以最终穿越沙漠到达绿洲，但绿洲所呈现出的景色或者自然中的海市蜃楼，仅可代表整个沙漠景观中的特殊性，它也只能活在这些旅行者的暂时性的幻想之中。这些场景也更加坚定了欧洲真正的自然景色尤其是格拉斯米尔的自然被作其心灵塑造方面“令人愉悦的符码”（a lovely emblem）（62）。

如果说上述主要涉及欧洲的自然与阿拉伯的环境分别在塑造人们心灵层面的意义的讨论，《幽灵树》（*The Haunted Tree*）[②] 同样以自然为主线，但言说的重点却指向自然与艺术的关系。诗人在该诗的开端便指出英格兰的银色的云、温暖的阳光等自然景色的价值所在。在肯定自然力量的前提下，诗人描述了一株英格兰老橡树。[③] 这棵树虽然经历岁月的侵蚀，但在树干上依然可以看到鲜艳的石楠花在开放。自然不仅为老橡树提供“美丽的装饰”（11），还可以令“晃动”（15）的枝干保持镇定和自若之姿。相较于老橡树与自然之间的密切联系，中东统治者（sultan）却沉迷于使用“艺术”和“手工”的装饰只为呈现自身的“样式”

---

① 参见张旭春《“绿色浪漫主义”：浪漫主义文学经典的重构与重读》，《外国文学研究》2018 年第 5 期。

② 《幽灵树》的译文为笔者自译，随文仅标注行数。关于诗歌原文，可参见 Thomas Hutchinson ed.，*The Poetical Works of Wordsworth*，London：Oxford University Press，Humphrey Milford，1928，pp. 219 – 220。

③ 橡树的意象出现在华兹华斯多首诗歌中。比如，在《序曲》第 7 卷中，埃德蒙·伯克被看作一株“老迈但强健”（Ⅶ. 520）以及“震怵林中的幼木”（Ⅶ. 522）的橡树；在《远游》的第 5 卷中，诗人把拥有成熟的智慧、老练的处事能力和缜密的理性的人类比为橡树（Ⅴ. 453 – 455）。相较于上述两首诗，《幽灵树》的这棵饱经岁月洗礼而褪去了“时光的光泽”（time-dismantled）的橡树意象却有效地为诗人的政治倾向埋下伏笔。笔者在下文有所论述。

(fashioning)。至此，华兹华斯在“利用和确定”(both capitalize on and confirm)中东的地域与艺术之间的固有联系的同时，也强化了中东与自然之间的“脱节”(disjunction)。[①] 相应地，艺术与自然之间的对立也不自觉地形成映照。这种要义在华兹华斯自传小诗《诗人！他已经把他的心安置于学校》(*A Poet! He Hath Put His Heart to School*)中得以彰显：自然在华兹华斯心中俨然成为不可替代之物，他渴望艺术能够自然化与纯净化，让孩童可以真正感知自然的力量而非那些人工所模仿的自然以及那些学者所营造出的人云亦云的幻象。华兹华斯关涉艺术与自然的论见与卢梭的相关思想达成一定的共识。诗人所倡导的真善美其实也是一种对品德的推崇，这与卢梭（Jean-Jacques Rousseau）的自然观不谋而合。卢梭看重“真”的价值，抨击的是“虚伪”，他注重人的德行、善和忠诚；卢梭把德行看作是真正的哲学，并指出现代科学和艺术滋生了堕落和腐朽，这是对品德的践踏。[②] 卢梭在抨击科学和艺术的同时，凸显出自然的重要性以及对回归自然的呼唤。他所向往的是人的内心与外在的统一，他批判社会的虚伪之风，同时也抨击艺术的浮夸之气，他将自然与艺术截然区分，“自然对立于造作，粗朴对立于浮夸”，他在反抗科学和艺术时，以苏格拉底为例揭露出艺术家和学者的虚伪面目。[③] 继续回望《幽灵树》，虽然中东统治者被花团簇拥，但这些花朵却并非出于自然界，而是人工手段的缝制品。艺术占据了自然的地位，成为中东统治者所青睐之物。“艺术篡夺自然的现象发生在中东世界（而不是英国）”的话语也得到彰显。[④]

---

① Emily Anne Haddad, *Orientalist Poetics: The Islamic Middle East in Nineteenth-Century English and French Poetry*, Ph. D. dissertation, Harvard University, 1997, p. 261.

② 参见王欣《对英国浪漫派自然诗学的哲学思辨》，《上海师范大学学报》（哲学社会科学版）2017 年第 3 期。

③ 参见王欣《对英国浪漫派自然诗学的哲学思辨》，《上海师范大学学报》（哲学社会科学版）2017 年第 3 期。

④ Emily Anne Haddad, *Orientalist Poetics: The Islamic Middle East in Nineteenth-Century English and French Poetry*, Ph. D. dissertation, Harvard University, 1997, p. 262.

华兹华斯在《幽灵树》中言及艺术与自然关系时，其实还建构了“乏力的”（languor）中东统治者与代表英国政权的充满活力的橡树的二元对立。诗人所言及的老橡树“同时代的人”（Coevals）指的是乔治·华盛顿（George Washington）、詹姆斯·福克斯（James Fox）、皮特（Pitt the Younger）、理查德·谢里丹（Richard Sheridan）以及沃伦·黑斯廷斯（Warren Hastings），他们成为诗人政治图景中的主要“表演者”。[①] 华兹华斯在1818年1月所发表的《致威斯特摩兰郡的自耕农的两则演讲》（*Two Addresses to the Freeholders of Westmorland*）对此问题有进一步阐释。该著述围绕威斯特摩兰郡的1818年的选举情况以及那期间的政治现状作了声明，而选举主要集中于华兹华斯的资助者——朗斯代尔勋爵（Lord Lonsdale）家族与当时的煽动政治家亨利·布鲁厄姆（Henry Brougham）之间。华兹华斯为朗斯代尔的选举“摇旗呐喊”。这次选举得到全国范围的广泛关注，它代表了“旧制度与新的理想之间的碰撞”[②]。华兹华斯宣称，以布鲁厄姆为代表的“辉格党的主干在我们祖先的培养之下骄傲地焕发生机”，它们的任何枝干如果被摧毁的话，均被认为是一种“亵渎”。[③] 橡树充当了一直以来不曾改变的民族精神以及对乔治统治时期的政治体制可以不断焕发活力的信念和期许。在乔治三世逝世后的一个月，《月报》（*Monthly Magazine*）便出版了一篇匿名的挽歌，其中乔治同样被比作一株老橡树。[④] 以此为逻辑，《幽灵树》的这棵橡树同样可以充当纪念碑的空间表征作用。按照列斐伏尔（Henri Lefebvre）的说法，“纪念碑”以空间滞

---

① Jalal Uddin Khan, “Wordsworth's ‘The Haunted Tree’: A Political and Dialogical Reading”, *Forum for Modern Language Studies*, Vol. 38, No. 3, 2002, p. 243.

② Jalal Uddin Khan, “Wordsworth's ‘The Haunted Tree’: A Political and Dialogical Reading”, *Forum for Modern Language Studies*, Vol. 38, No. 3, 2002, p. 249.

③ W. J. B. Owen and Jane Smyser, eds., *The Prose Works of William Wordsworth*, Vol. Ⅲ, Oxford: Oxford University Press, 1974, p. 163.

④ Jalal Uddin Khan, “Wordsworth's ‘The Haunted Tree’: A Political and Dialogical Reading”, *Forum for Modern Language Studies*, Vol. 38, No. 3, 2002, p. 244.

带时间的假象，在一种沉静和不朽的姿态之下，隐匿的是权力意志和掌控的欲望，它否定了僵死的空间，将其转化为身体延伸物的并与权力、知识息息相关的外延。① 尽管纪念碑与这株植物是不同质地的能指，但其所负担的主导叙事作用不乏相似之处。这橡树的神圣性已经植根于人们心中，它凝结着英帝国的历史与集体的记忆。它经历岁月的洗礼还一如既往地影响着当今时代，赋予当下的共时属性和作用。以橡树为向心力的指引，诗人的政治考量其实也不单单拘泥于国内，关于海外的尤其是东方的殖民地也被列为考察的对象。

纵观乔治三世 60 年的执政期，英国在经历了北美殖民地独立的同时，又重新建立其对印度次大陆的统治权。在 1819 年前后，也就是华兹华斯创作《幽灵树》的那段时日，新加坡等不少的东方国度也顺利地被划归为“日不落”的版图。在此之前，埃及等伊斯兰国度也已被英帝国征服。以此为背景，《幽灵树》中进一步所提及的中东的统治者也可能涉及主体对东方的施加征服欲望的要义。华兹华斯所使用的形容中东统治者的“乏力的”一词（这个在文学作品中较多形容慵懒的女性的词汇，比如闺房里面的居住者、妻妾等）看起来有意无意地给这个男性的统治者附加了“女性气质”的特征。如果没有了性别上的差异，那么这个女性气质的统治者与女性的树神之间的类比甚至更加明显：一个慵懒，一个灵动。② 回望那一时期，威尔士王子（the Prince of Wales）也就是之后的乔治四世（1820 - 1830）在其父乔治三世生病的晚年成为摄政王子，他在其执政期间养成了很多“恶习”（immoral conduct），比如，追求奢侈和享乐，喜欢听别人的奉承等，雪莱曾在《致死亡》（*To Death*）这首诗中对此行为进行了讽刺。③ 与雪莱不同，华兹

① 参见辛彩娜《乔伊斯、纪念碑与空间政治》，《解放军外国语学院学报》2016 年第 2 期。

② Emily Anne Haddad, *Orientalist Poetics: The Islamic Middle East in Nineteenth-Century English and French Poetry*, Ph. D. dissertation, Harvard University, 1997, p. 262.

③ Jalal Uddin Khan, “Wordsworth's ‘The Haunted Tree’: A Political and Dialogical Reading”, *Forum for Modern Language Studies*, Vol. 38, No. 3, 2002, p. 250.

华斯却有意把本属于乔治四世的这种不良风气有意地转嫁在异域之国的统治者身上，而令英国统治者的形象继续同积极正面的橡树特质呈现出某种耦合。不仅如此，根据《幽灵树》接下来出现的能够倒映橡树影子的"水流"的意象，诗人有意无意地传达出这样一种可能：东方是这棵纳喀索斯式的橡树所预设的对象，这棵橡树在"隐蔽的溪流"（sheltered vale）中，看到了"它们自己的远处的臂膀和叶状的头"。[①] 此刻，这个虚弱无力的中东统治者便成为了橡树对于海外的诸多东方国家的政治号召的一分子。

然而，需要指出的是，华兹华斯在对阿拉伯的环境和中东统治者所施加文本的话语霸权并不能完全概之其对东方的态度。阿拉伯文学经典对他的思想产生隐性推动作用以及贝都因人与诗人的形象所产生某种契合便是对此问题的有效回应。

阿拉伯文学经典对于华兹华斯的影响等话题已得到学界一定关注。《哈义·本·叶格赞的故事》（*Hayy Ibn Yaqzan*）对于华兹华斯哲学思想塑形以及诗歌创作等方面起到重要的推动作用。[②] 除此之外，《一千零一夜》（*Arabian Nights*）对童年时期的华兹华

---

① Eric C. Walker, "Wordsworth's 'Haunted Tree' and 'Yew-Trees' Criticism", *Philological Quarterly*, Vol. 67, No. 1, Winter 1988, p. 77.

② 在《借用的想象力：英国浪漫主义诗人和他们的阿拉伯—伊斯兰来源》（*Borrowed Imagination: The British Romantic Poets and Their Arabis-Islamic Sources*）一书中，作者萨马·安塔尔（Samar Attar）曾单辟一章而较为系统地以"华兹华斯从感官到崇高的旅程"（Wordsworth's Journey from the Sensuous to the Sublime）为主题进行相关的讨论，而阿拉伯的经典之作——伊本·图斐利（Ibn Tufayl）的《哈义·本·叶格赞的故事》（*Hayy Ibn Yaqzan*）也成为华兹华斯与阿拉伯建立思想层面的联系的重要基础。根据安塔尔的考察，华兹华斯虽然不曾在书信、诗歌等著述中公开谈论过这部作品，但却直接地借用了该作品中的基本主题来展现他对儿童的天然善行、简单生活的道德价值、自然的激发和治愈作用等问题的见地，此外，他还间接地从受到安达卢西亚的哲学家影响下的一些著述中吸纳了这本书中的其他观点，而诗人还通过伊本·图斐利发现了作为主体的自我（the self as subject），以此为现代诗歌的发展提供了重要推动力。不仅如此，安塔尔还在第3章中以《水仙花》《不朽颂》（*Ode on Intimations of Immorality*）、《序曲》等诗歌或诗歌片段为例来探讨这些诗歌中所传达的比如关于自然、情感、理性等思想维度与《哈义·本·叶格赞的故事》中的若干契合之处。相关观点，可参见 Samar Attar, *Borrowed Imagination: The British Romantic Poets and their Arabic-Islamic Sources*, Plymouth: Lexington Books, 2014, pp. 84－95。

斯产生了巨大的影响，这种影响一直持续到成年时期关于文学书籍对于想象力和创造力的激发等观念的形成。在《序曲》“书籍”卷中，华兹华斯追溯了年少读书的经历。根据回忆，为了购买《一千零一夜》，诗人曾经节衣缩食，而这一经历也令其珍存着对于该书弥足珍贵的情感。至今保留其内心深处十几年的并不单单是因经济问题购买这本书的“艰难”，而是这本文学经典与《荷马史诗》《圣经》等西方巨著在塑造人的心智和人性方面所具有的非凡的能力。除了《一千零一夜》，东方世界那些并未明确提及作者的犹太诗歌也同样被华兹华斯赋予最崇高的音符。不论这些文学经典所属于西方世界还是东方世界，华兹华斯均要维护这些作者的名声，并在心中默默为他们祝福。《序曲》第5卷的标题为“书籍”，其实主要指的是富于想象力的文学作品。这些文学书籍也成为仅逊于大自然的巨大宝库。华兹华斯也谦虚地言及，自己在这个宝库之中哪怕撷取一个石块，已经足够令其感到无比的兴奋，在此其中，《一千零一夜》中的诸多阿拉伯浪漫主义传奇故事也成为华兹华斯心中的“瑰宝”。在诗人的印象中，东方的文学经典已经跨越那一时期的主流话语的限制，已经超越了时间和空间的束缚，在遥远的英格兰诗人心中埋下了种子。就《一千零一夜》来说，华兹华斯俨然已经将西方与这一浪漫主义传奇经典放在同一层面进行共时性言说，西方文学与东方文学也在此进行了那一时期并不多见的较为平等的互动。总体来看，自然观以及自然教化等关于自然的话题中所涉及的“自然”或许大体以欧洲的那种自然为基础，对于阿拉伯、北美等区域的自然并不足以构成华兹华斯心中所指涉的自然；然而，对于文学经典来说，华兹华斯对此呈现出了较为理性和“宽容”的一面，不论是阿拉伯经典，还是犹太经典，抑或是所有那些具有高尚的想象力和浪漫式的传奇色彩等文学书籍，均可以称得上是华兹华斯心中具有心智培养作用的宝库。

华兹华斯在对于阿拉伯的文学经典表达诚挚的敬意之外，《序曲》的“阿拉伯之梦”中的贝都因人还成为其心中理想的书籍守护者。就诗歌内容来说，“阿拉伯之梦”很容易让人联想到骚赛的长篇叙事诗《毁灭者萨拉巴》（*Thalaba The Destroyer*），而日本京都的同志社大学的大卫·钱德勒（David Chandler）教授也就这两者之间呈现出较高互文性予以证实。[①] 虽然《毁灭者萨拉巴》与“阿拉伯之梦”在大洪水的场景，主人公被施救的情节，骆驼意象的描述以及梦的来源等方面产生多重交集，但《序曲》和《毁灭者萨拉巴》两首诗分别在两位阿拉伯人主人公所呈现出较深层面的社会职责方面却大相径庭。根据原1804年版五卷本的《序曲》，诗人在第4卷的结尾处的“退伍的士兵”片段与第5卷“在书籍中思考”的片段之间有一段承前启后的诗文，这也表征出诗人的叙述内容即将从“足够多的个人苦难”（Enough of private sorrow）向整体人类的普遍命运转向。[②] 然而，《毁灭者萨拉巴》却较多地讲述萨拉巴个人的复仇计划，其个人的伤痛上升至整个人类普遍性的相关要旨并不如“阿拉伯之梦”鲜明与强烈。回望“阿拉伯之梦”的卷首的第1行，华兹华斯便以“沉思”的内心思考的基调来引出忧思人类命运的相关论述：

人类，你也有自己的创造，为了

---

① 钱德勒除了指出沙漠中的大洪水叙事对于这两首诗的影响之外，还认为《序曲》和《毁灭者萨拉巴》的主人公其实有着相似的经历，即都是为了完成某种任务，期间都需要一个沙漠向导，单峰骆驼也成为主人公的“标配”，而关于单峰骆驼的相关描述均借鉴了同一个文本，即约瑟夫·摩根（Joseph Morgan）的《阿尔及尔通史》（*Complete History of Algiers*）。此外，钱德勒还注意到，在1804年版的片段中，华兹华斯把梦的施动者给予作者的“一个朋友”（a friend），而在1839年版的片段中，施动者却变成了作者本人。钱德勒结合骚赛那一时期对《堂吉诃德》的阅读兴趣等因素，对上述现象进行了一定的考察。最后，得出了这样的结论：阿拉伯人的形象很有可能就是骚赛本人。相关观点，可参见David Chandler，“Robert Southey and ‘The Prelude’’s ‘Arab Dream’”，*The Review of English Studies*，New Series，Vol. 54，No. 214，April 2003，pp. 203 – 219。

② 参见朱玉《作为听者的华兹华斯》，北京大学出版社2018年版，第115页。

人与人之间的交流，你也写出了
有形的言语，指望它们永世
不死；然而，我们感到——不可
避免地感到——它们终将消逝。
一想到我们不朽的生命将不再
需要文字的外衣，内心难免
战栗……（V. 18－25）

上述诗行包含两层含义：一方面，诗人作为语言和思想的集大成者，已经意识到了书籍的“相对”有效性，因为更高级的存在将不再需要文字的外衣，此外，由于人类的认识的局限，书籍也具有内在的局限性；另一方面，由于诗人的职责所在，作为诗人言说的载体的书籍也具有重要的作用，不仅如此，诗人还时刻感知到书籍所要遭到外部危机。① 在前文所述的关于《一千零一夜》的片段中，华兹华斯虽然声称文学书籍在培养智性、感知力、想象力等教化方面其实是逊于大自然的教化作用，但同样认可书籍的价值所在。当假设人们可能失去这些书籍之时，诗人突发“凄凉，沮丧，孤独，没有慰藉”（V. 29）的情感。相应地，诗人在给一位好学的朋友表露出书籍可能遭到浩劫时，便讲述了这个发生在“阿拉伯荒漠的梦境”（V. 71－98）。②

梦境中，阿拉伯的贫瘠、空旷、黑暗等哥特式的恐怖显露无遗，然而这种地理和环境特性与《去往加迪斯的赛提缪》等诗歌中所呈现出的非自然性话语看似相仿，实则不然。该片段的阿拉

① 参见朱玉《作为听者的华兹华斯》，北京大学出版社 2018 年版，第 115 页。

② 除了钱德勒所言及的“阿拉伯之梦”片段与骚赛的《毁灭者萨拉巴》呈现一定的联系之外，思梅塞（J. W. Smyser）指出该片段还可能取材于笛卡尔在 1619 年 11 月 10 日夜间三个梦境中的最后一个。梦中，笛卡尔看到两本书：一本是百科全书，一本是拉丁诗集。相关观点，可参见 Jane Worthington Smyser，“Wordsworth's Dream of Poetry and Science：*The Prelude*，V”，*PLMA*，Vol. 71，No. 1，1956，pp. 270－271。

伯的非自然性映射出全世界即将呈现出的环境构成，并非《去往加迪斯的赛提缪》等诗歌中所呈现出的具体的地域性。诗人所言及的灾难与《序曲》第10卷中形容法国大革命的暴力和恐怖事件的相关意象可能存在一定的契合："如巨大的水库，/再不能承受那可怕的重负，/突然溃决，让大洪水泛滥全国"（X.478－480），此外，《〈抒情歌谣集〉序言》中也曾以"大洪水"来比喻那一时期的"无聊的"感伤文学和"病态的"哥特小说等流行作品对于城市读者的阅读消费以及对于英国文学市场的不利影响。当然，我们并不否认梦境中的灾难的特定历史意义，但是这种灾难如果被单单定义为特定地域所发生的灾难，却不能构成华兹华斯对于所担忧的事情的全部内容，因为它是所有的人类即"地球的孩子"所要经受的历劫。从这个方面来看，如若把这场灾难看作是以摧毁阿拉伯为主要目的，并把它武断性地代指东方主义式的"毁灭叙述"①，确实有失偏颇。

灾难除了对于现实世界和具体物象具有一定的影响之外，还可能会危及人的精神世界。在灾难来临之前，阿拉伯人要为代表书籍的石头和海贝找寻一个安全之地。这个阿拉伯人告诉华兹华斯，石块代表着象征科学或者理性主义的《欧几里得原理》，而海贝却比石块具有更高的价值。他在此并没有明说海贝的具体所指，仅仅说它"像个天神，/不，是众多天神，具有浩繁的/语声，超越所有的风的呼唤，/能振奋我们的精神，能在所有/艰难

① 学界曾指出，诗歌中的毁灭叙述体现出了萨义德所言及的东方主义的要义，东方毁灭的论调可以被看作是"阿拉伯之梦"主要的叙事框架。按照东方学的观点，东方毁灭是东方作为西方人眼中的他者的应有之义，堕落的东方只有被毁灭，才能被作为主体的西方人拯救与重生。自8世纪以降，西方世界从大马士革的约翰开始，便不自觉地流露出欧洲对于东方的焦虑，而伊斯兰的存在始终成为欧洲的梦魇，历经11世纪后的十字军东征，以及孟德斯鸠、黑格尔等学者的理论化建构，直至华兹华斯所处时代的拿破仑东征计划，均或直接或间接地要达成对于东方的毁灭与征服。相关观点，可参见李增《政治与审美——英国浪漫主义诗歌的东方书写研究》，吉林人民出版社2014年版，第64页。

困苦中抚慰人类的心田”（Ⅴ.105－109）。华兹华斯在《序曲》第4卷中论及其在年少时期萌发的对于诗歌的热情时，把诗人创作诗歌的过程类比为“维纳斯从海上诞生的过程”（Ⅳ.114），而诗歌也与海洋中的生命建立了联系；在梦境片段的卷尾，华兹华斯使用“家”的概念来比喻文学作品或诗歌作品中为想象的文字所提供的栖居之所，这同作为贝类生物与避难所的贝壳之间具有一定的契合，贝壳也或许可被看作容纳想象和承载神秘的诗歌或文学作品。[①] 对于华兹华斯来说，保护文学书籍也就是保护人类精神生存的家园，而这个贝都因人俨然成为守护人类最终智慧的化身，他作为把灾难的损失降低在最低限度的使者而存在。华兹华斯跟着这个阿拉伯人在荒原中穿行，在人类即将匮乏的精神世界找寻最终的栖息之处，最终见证了阿拉伯人在洪水到来之前把书籍安置在了安全之地。

这也由此引发了学界对阿拉伯人的象征身份的讨论。在学界看来，诗歌中的洪水、救赎等意象与《圣经》的叙述具有较高的相似度：上帝通过《圣经》来告知洪水的灾难，而这个阿拉伯人通过贝壳来预告洪水的来临，可以传达天启之声的贝壳则可以看作《圣经》的伪装，阿拉伯人则是上帝的化身。[②] 回望该诗，华兹华斯对阿拉伯人表现出极高的崇敬，他也甘愿以谦卑的随从之姿，不顾一切地追随这个阿拉伯人，在诗人的潜意识中，他已经成为《圣经》的挪亚，即传达上帝旨意的使者或上帝的代言人，抑或承担着一种预言家的职责。华兹华斯的这种预言家身份其实从第5卷在给他的友人讲述梦境之前就有所暗示。他在诗歌中反复萦绕着人类的书籍在某一时间被毁灭的场景，此刻更多地并不是对于已经发生之事的言说，而涉及对于未来的

① 参见朱玉《作为听者的华兹华斯》，北京大学出版社2018年版，第121—123页。

② 参见李增、陈彦旭《“融合”与“敬仰”——英国浪漫主义诗人东方书写的另一面》，《东北师大学报》（哲学社会科学版）2013年第4期。

人类生存状况的危机感的呈现。在“阿拉伯之梦”片段之后的叙述中，华兹华斯澄清这种预言不单单发生在梦境中：“当我清醒地/看到那恐怖的事件即将发生，/天上地下都有明显的迹象”（Ⅴ. 156 - 158）。

继续审视诗人的梦境。当诗人把海贝拿在耳畔，“预言的和声”响彻脑海，而这种预言具有神启的精神。海贝的形状像是一个能够具备互动功能的耳朵，它听到的声音实际上是自身耳股内血液流动声音的回声。[①] 据此，诗人在海贝中听到了未来所发生之事，其实也可以说明此创作过程的内向性，或者诗人本身就具备一种超验的能力。此外，如果忽略海贝的这一实体形象，那么华兹华斯在面对诗歌时，还依然可以聆听出预言的美妙篇章。华兹华斯在1800年版和1802年补充版的《〈抒情歌谣集〉序言》中曾明确指出了诗人作为上帝之子的姿态，而“一个人向众人发声”（a man speaking to men）的预言家的实践媒介和载体也是由诗歌来充当的。在《〈抒情歌谣集〉序言》中，华兹华斯不仅讨论了诗歌的题材、语言、功用等问题，还对诗人的角色作了较为深刻的思考。如果从作家论的角度来看，该理论表征出诗人在世间万物中以自我为中心的神圣地位继古典主义时期之后的再次确立：

> 诗人这个字眼是什么意思呢？诗人是什么呢？他是向谁讲话呢？我们从他那里得到什么语言呢？——诗人是以一个人的身份向众人讲话。他是一个个体，但却比普通人具有更敏锐的感受性，具有更多的热忱和温情……[②]

---

① 参见朱玉《作为听者的华兹华斯》，北京大学出版社2018年版，第119—120页。

② ［英］威廉·华兹华斯等：《十九世纪英国诗人论诗》，刘若端译，人民文学出版社1984年版，第13页。

华兹华斯反复强调诗人的身份是单个人，而他言说的对象却是复数形式的“众人”或“一般人”。他划定了作为发声者的“我”与接收者的“他们”的界限，“我”有着超乎常人的感受力和理性判断能力，“他们”由于自身能力的限制而受“我”指导。世间的真理以诗人为媒介向周围扩散，诗人自然而然成为世间万物的中心。华兹华斯诗人论可以看作是对诗人自我观的肯定，这种自我观确立了诗人高高在上的超然于万物之姿，诗人也成为神性的代表，引导人类情感和灵魂的升华。华兹华斯的传记作者吉尔坦言，华兹华斯关于诗人的论断是一个光辉的、令人震惊的宣言。[①] 不可否认，以华兹华斯诗人论为代表的浪漫主义诗人论是一场伟大的革命，继承并提升了古典作家论关于作家在中心世界的定位。西方作家理论研究学者刁克利对浪漫主义诗人的神圣形象作了分析，他认为浪漫主义诗人论的源泉是柏拉图的“灵感神授”等理念。[②] 在柏拉图看来，原始人类处于一个他们自认为是人神共处的社会，一切奇迹的发生都是因为神的参与。秉持着希腊文化中诗人灵感神授像古老信仰一样存在的真理，柏拉图在《理想国》中坚信诗人或歌者都相信其灵感来源于神明的启示，即通过诗神凭附后的神力驱使而完成创作。灵感的源头是神明，而诗人由于异于常人的洞察力和高洁的灵魂成为神精心挑选的选民，他们负责接受神的赐予，传达神的启示，他们成为了超脱于万物的上帝的代言人，抑或称为代上帝发声的预言家。除了华兹华斯的《〈抒情歌谣集〉序言》，雪莱的《诗辩》等著述也纷纷为浪漫主义诗人发声，他们共同把诗人自我观推向顶峰，诗人也成为大众所信赖的世间立法者。在晚年发表的短诗《序

① Stephen Gill, *William Wordsworth: A life*, Oxford: Oxford University Press, 1989, pp. 197 - 198.

② 关于浪漫主义作家论的渊源的讨论，可参见刁克利《柏拉图对西方作家理论的奠基》，《外语研究》2005 年第 1 期。

诗》中，华兹华斯这样总结自身的诗人形象：“你的光焰若真是得自上天，/诗人啊！就按照上天给你的能量，/在你的位置上发光吧。”①

有趣的是，不单单诗人保持着“一个人向众人发声”的姿态，这位阿拉伯人亦是如此，他同时兼具上帝和预言家的双重身份。诗人写道，“歌声停止后，阿拉伯人立即/以平静的表情做出宣言：那声音/所预示的一切都将不可避免”（Ⅴ.98－100）。此外，作为向导的阿拉伯人在荒漠中始终前行但又始终回顾的姿态，也与《〈抒情歌谣集〉序言》中所概述的诗人既回首过去又展望未来的姿态有极大的相似之处，这也是西方学者托马斯·麦克法伦所总结华兹华斯的“以完整的、永恒的视角出发，将过去、现在和将来都融合在统一的视野中”的预言家姿态的重要特征。②从某种意义上来说，阿拉伯人除了上文所提及的有作为上帝形象的可能，他的预言家姿态也可以看作诗人的自我投影。其实，在荒漠中独自出现的阿拉伯人、孤独的诗人以及《决心与自主》中出现在贫瘠环境中抓水蛭的老人均具有超验的特征。他们不仅能够在恶劣的环境中甘于寂寞，拥有过人的胆识，他们的实践经历还能够给人一种教诲，如同雷奥纳多·海德思（Leonard Heldreth）所言，这种教诲虽然如贝壳中的“陌生语言”，虽然不能够用任何具体文字来说明，但却能够细致地预言整个人世间的事情，同时也可以抚慰人的心灵。③梦醒时分，“那本传奇”依然在诗人身边，这本书极有可能指的是《一千零一夜》，而这本阿拉伯文学经典引导着诗人思考着现在与未来。诗歌中，不只是“那本传奇”，那位有责任和担当的贝都因人也时常在梦中映现，

---

① ［英］威廉·华兹华斯：《华兹华斯诗选》，杨德豫、楚至大等译，吉林出版集团、时代文艺出版社2012年版，第1页。

② 参见朱玉《作为听者的华兹华斯》，北京大学出版社2018年版，第130页。

③ Leonard Guy Heldreth, *Dream Images and Symbolis in Wordsworth's Poetry*, Ph. D. dissertation, University of Illionis at Urbana-Champaign, 1973, p. 244.

诗人甚至把这位阿拉伯人看作是一个活人。原本在梦中一手还持有“长矛”的“好战形象”[①] 逐渐演变为“温文尔雅的沙漠居士”。这位居士“在无垠的孤寂中，长久地沉迷于/爱与情感，以及内在的思想”（V. 144 – 146）。在以后的岁月中，这个阿拉伯人的事迹依然深深感染着华兹华斯，他“幻想能四处漫游，投身/同样的求索”（V. 147 – 148）。

华兹华斯的东方书写不仅为理解当时英国的历史、政治与外交提供一个文本层面的突破口，还展现出华兹华斯对于主流意识形态的辩证思考。华兹华斯受到马戛尔尼访华、骚赛的东方书写等因素的影响，把中国皇家园林以及儒家教育纳入其东方专制主义的想象图景中，而自然园林、自由、民主等词汇也成为华兹华斯言说“英国模式”的标尺。不仅如此，诗人还重新创作了一个埃及女性的异教徒形象，并令其加入国家身份的考量之中，诗人通过把雕像的原有语境加以剔除，实现了中世纪精神与东方主义的动态联系。而阿拉伯环境的环境学层面和社会学层面的非自然性的建构以及中东统治者的虚弱的他者性书写也同样为阿拉伯的政治诉求的建构提供支撑，其所体现的政治诉求在 19 世纪殖民扩张的时代呈现出迅速发展的帝国话语表征。但与此同时，诗人在对待贝都因人和阿拉伯文学经典的态度上却并不囿于主流意识形态的束缚。贝都因人的守护书籍的“预言家”形象超越了西方人所建构的固有的刻板化印象，而阿拉伯文学著述对诗人的哲学思想和诗歌创作产生一定的积

---

① 贝都因人凶神恶煞、全副武装的撒旦形象较为普遍地出现在 19 世纪的西方游记中。贝都因人的刻板印象的形成除了源于自身民族传统和部落特征之外，政治、文化和经济因素也占据大量的比重，而西方人心中的贝都因人已经脱离了原有的真实性。学界曾指出，诗歌中的“长矛”不仅暗示出贝都因人的侵略与征服的生活状态，也体现出他们谋财害命、拦路抢劫以及热衷“族仇和报复”（blood-feud and revenge）的秉性。相关观点，可参见 Said I. Abdelwahed，*Orientalism and Romanticism*：*A Historical Dialectical Relationship*，Ph. D. dissertation，Duquesne University，1992，pp. 99 – 100。

极影响之外，诗人在自传体长诗中也对其褒奖有加。诗人的东方想象所呈现出的特征并不能以萨义德所总结的欧洲人的“东方主义”一言以蔽之，期间还融入了对东方话语霸权的一种独立思考和理性认知。

第四章　华兹华斯的美国情结

在希腊神话中，夜神的女儿赫斯珀里得斯和百头巨龙拉东共同看守的岛屿根植于“西方知识的边界”（western boundary of knowledge），岛上具有象征意义的宝物金苹果，在某种意义上唤起了旧时欧洲人对西方的憧憬。[①] 16 世纪以降，欧洲人对于西方的文化想象也逐渐向政治层面的实践过渡。西班牙航海家韦萨·德巴卡（Cabeza de Vaca）在《美国内部的陌生之地的探险》（*Adventures in the Unknown Interior of America*，1542）中，较早地把“向西走”或“向西航行”看作西班牙探索这片垂涎已久之地的代名词。尽管德巴卡驾驶的船只在佛罗里达海岸线附近失事，但当他看到美洲新大陆时难掩喜悦：“我们终于来到曾经想象的日落的西方。”[②] 早在该书出版前的约半个世纪，哥伦布（Christopher Columbus）便在西班牙王室的支持下经过 50 天的艰苦航行来到巴哈马群岛、海地和古巴，而这次无意的发现也开启了欧洲殖民者西方征服的序幕。西班牙随后所发起的战争也完成了对海地的维纳达德、伊萨贝拉、墨西哥、智利、阿根廷、乌拉圭等国

---

① James C. McKusick, “Stepping Westward”, *The Wordsworth Circle*, Vol. 32, No. 3, Summer 2001, p. 122.

② James C. McKusick, “Stepping Westward”, *The Wordsworth Circle*, Vol. 32, No. 3, Summer 2001, p. 122.

家和区域的占有。[①] 伴随着西班牙在南美愈演愈烈的征服，葡萄牙也加紧了地域的争夺。1750 年的《马德里合约》正式规定西葡两国在南美的殖民界限："东部是葡萄牙人的地盘，而西部则是西班牙人的地盘。"[②] 相较于西班牙和葡萄牙，英国却将"向西走"的目光转向北美大陆以及大西洋沿岸。[③] 大体从 16 世纪开始，英国社会目睹了资本主义转型时期的多重危机。为解决当前社会所面临的人口过剩现象以及失业、流浪者和贫困人口众多等问题，空想社会主义者托马斯·莫尔（Thomas More）提出了向外移民，在海外建立殖民地，以及宗主国管辖殖民地等相关论见，这在 1519 年出版的《乌托邦》（*Utopia*）中得到体现。而莫尔的思想也被看作"英国近代早期较有影响的殖民主张。"[④] 虽然莫尔并未明确言说建立殖民地的地域所指，但其表兄约翰·拉斯泰尔（John Rastell）在《四元素本质之插曲》（*Interlude of the Nature of the Four Elements*）一书中在继承莫尔诸多思想的同时，显露出对北美的觊觎之心。[⑤] 随后，理查德·哈克卢伊特（Richard Hak-

---

① 西班牙对于南美大片区域的征服引起葡萄牙的不满。1494 年，西班牙与葡萄牙《托德西利亚斯条约》的签订，表明南美洲的巴西归葡萄牙接管。1530 年，葡萄牙国王派遣 400 名移民进占巴西，并于 1532 年在圣维森特建立葡萄牙的第一块殖民地。期间，法国和荷兰也对巴西产生了浓厚的兴趣并试图建立势力范围，但经过长期的争斗，葡萄牙人还是将这两个国家赶出巴西。

② ［比利时］查尔斯·威林顿：《美洲发现的长时段》，陆象淦译，《第欧根尼》1993 年第 1 期。

③ 距哥伦布发现新大陆不久，英国的约翰·卡博特和科尔特·里亚尔兄弟便来过此处，但并未像哥伦布那样"有所作为"。1509 年，卡博特的儿子塞巴斯蒂安·卡博特驶入哈德逊海峡，但中途由于坚冰和船员的叛乱而被迫返航。英国人对于向西航行的热忱并未因两次不尽如人意的探索之旅而被打消。

④ 尽管莫尔的初衷并不在于建立英帝国，但其殖民思想与迫切需要开辟更大的发展空间的想法与英格兰的民族利益以及英格兰性趋于一致，"也是 15 世纪以来的航行发现为基础的"。相关观点，可参见姜守明《民族国家形成时期英国殖民思想的发展》，《史学月刊》2002 年第 6 期。

⑤ 拉斯泰尔在《四元素本质之插曲》指出位于西方的且在文学作品中鲜有提及的新大陆尤为广博，以至于可以装得下所有基督教国家，此外，作者还提醒读者不应忘记《乌托邦》中所描绘的新大陆蓝图。该文虽同《乌托邦》一脉相承，但其向西殖民的目标不是"地理上最早被发现，也不是地图学者最先提出来的中南美洲"，而是指先（转下页）

luyt）在 1584 年出版的《西行论》（*A Discourse Concerning Western Plan*）中直截了当地提出以北美为首要目标的“向西走”。[①] 文中从航线距离的适宜程度、经济、贸易、财政、人口等方面列举了拓展北美的必要性和可能性，这为不列颠第一帝国的建立提供重要的理论依据。继哈克卢伊特之后，英国政治家和思想家弗朗西斯·培根（Francis Bacon）提出了“海上帝国”的主张。虽然培根的主张重在说明建立海外霸权的以及帝国所达到的期许，但也显露出向西殖民的迫切性。[②] 作为向西殖民的理论建构与乌托邦设想，莫尔、拉斯泰尔、哈克卢伊特等人的著述共同为英国探索北美的航行以及助推北美殖民地的成形与发展奠定强有力的基础。从 1497 年约翰·卡博特（John Cabot）试图找寻西北航线以降，历经 1607 年英国第一个北美殖民地的建立，直至 1732 年北美的 13 个殖民区域的建立，最终在 1763 年结束的七年战争使英国人控制了加拿大和密西西比河以东的北美全部地区，至此，英国人的“向西走”也由文本理论达到了高峰时期的实践。虽然 1783 年美国的独立标志英国的“向西走”实践的破产，但英国人对于北美的欲望投射并未随着北美从“日不落”疆域中的退出而消亡。

（接上页）后效力于西班牙和英国王室的意大利航海家卡博特于 1497 年进行探险活动的北美大陆。相关观点，可参见姜守明《民族国家形成时期英国殖民思想的发展》，《史学月刊》2002 年第 6 期。

① 在《西行论》出版的两年前，哈克卢伊特在《关于美洲发现的几次航行》（*Divers Voyages Touching the Discoverie of America*）中便言及了向北美殖民的初步构想。该书集合了沃尔特·雷利（Walter Raleigh）、汉弗莱·吉尔伯特（Humphrey Gilbert）、约翰·史密斯（John Smith）等航海者纷纷开辟美洲的航道和探索新大陆的经历，并融入了个人对北美殖民的考量。书中写道：在美洲被初次发现的 90 年以来，英格兰民族却没有像西葡国家在这片土地上扎根，此刻，我们认识到葡萄牙的时代已逝，西班牙的真面目也已公之于世，英格兰民族有必要对那些未被这两个国家所侵占的处女之地实施统治。相关观点，可参见 E. G. R. Taylor，*Tudor Geography 1485—1603*，New York：Octagon Books，1968，p. 139。

② 培根在晚年创作的《新大西岛》（*The New Atlantis*）或许是为了效仿莫尔的《乌托邦》。书中提到了美洲“可怜的人类”，他们不能给后代留下文字、技艺和文明。通过赋予美洲人缺乏文明与信仰的身份，来为英国人的教化者身份提供辩护。相关观点，可参见［英］弗朗西斯·培根《新大西岛》，何新译，商务印书馆 1979 年版，第 15 页。

这种带有鲜明意识形态的西行憧憬依然占据了诸多浪漫主义诗人的思想空间。华兹华斯也不例外。本章以《向西走》（*Stepping Westwards*）、《远游》（*The Excursion*）、印第安主题诗歌、涉及北美移民情节的诗歌以及《命名地方组诗》（*Poems on the Naming of Places*）为依托，并结合法国大革命、大同社会等背景和英国人所撰写的北美拓殖游记，探讨不同时期和不同主题的文本中所体现出的华兹华斯对于“向西走”的态度，试图较为全面地展现华兹华斯与美国较为复杂的政治交集。

第一节 “向西走”的架构:大同社会、《默多克》与《向西走》

英国对北美的殖民虽长达一个半世纪，但美国的许多区域对于这期间的英国人来说依然较为陌生，即便在18世纪中叶，英国人在地图上勘察美国北部的大部分区域和西部的殖民地时依然不乏“凌乱”之感。比如，在赛尔（R. Seale）1748年所绘制的《北美及其哈德逊湾和河道地图》中便可察觉，“这些北美区域就像是一系列断开且鲜有联系的碎片”①。这种状况并不会随着北美独立后领土的变化而发生改变。《1783年巴黎协定》（*1783 Treaty of Paris*）的签订令美国国土扩充至密西西比河东部的除佛罗里达州、阿拉巴马州和密西西比州的全部区域；1803年，美国以1500万美元从法国购得东自密西西比河，西至落基山脉，北自加拿大，南至墨西哥湾的土地，领土面积足足扩展一倍；1810年和1813年，美国领土扩充至密西西比和阿拉巴马海岸；1819年的《欧尼斯条约》（*The Adams-Onis Treaty*）的签订令其领土又扩充至佛罗里达州。美国独立后领土的迅速扩展加剧了英国人认知美

① Michael Wiley, *Romantic Migrations: Local, National, and Transnational Dispositions*, New York: Palgrave Macmillan, 1998, pp. 58–59.

国地图的难度。1789 年，亚历山大·达尔林普尔（Alexander Dalrymple）的《北极附近的岛屿地图》“虽包含有最新且最好的关于北美的知识……但却忽视了密西西比西部的白色区域”，即便在 30 年后，约翰·平克顿（John Pinkerton）于 1811 年在评论《现代地理》一书时依然较为无奈地言及“北美地理虽然开始变得清晰……但一些模糊性（仍然存在）”的事实。[①] 英国人对这片区域的较为迟缓的认知速度，却不自觉地勾起他们“流行的好奇心”[②]。相应地，浪漫主义作家也纷纷把美国意象融入作品之中。比如，在玛丽·雪莱（Mary Shelley）的科幻小说《弗莱肯斯坦》（*Frankenstein*）以及华兹华斯的《远游》（*The Excursion*）等文学作品中，时常出现“Fairfield”“Fairview”“Fertile Grove”“Fertility”“Pleasant Hill”“Pleasant Valley”“Richland”“Rich Soil”“Rich Treasure”“Spring Grove”“Wheatland”等涉及北美的地名和场景。[③] 此外，浪漫主义诗人对探险书籍的兴趣也为其北美欲望空间的建构提供可能。当代美国批评家查尔斯·巴坦（Charle Batten）坦言，旅行文学在 18 世纪末的英国已经成为被广泛阅读的文学类型，它仅次于罗曼斯和小说。[④] 马歇尔（P. J. Marshall）和威廉姆斯（Glyndwr Williams）也声称，18 世纪的旅行类书籍，不论公开出版或再版的航海日志还是国外出版物的译本、编纂或摘要，均占据了书籍市场的大部分份额。[⑤] 而乔纳森·卡弗（Jonathan Carver）的《北美内陆游记》（*Travels Through the Interior*

---

① Michael Wiley, *Romantic Migrations: Local, National, and Transnational Dispositions*, New York: Palgrave Macmillan, 1998, pp. 58 – 59.

② 参见张德明《忧郁的信天翁与诗性的想象力——从〈老水手行〉看旅行文学对浪漫主义诗人的影响》，《外国文学评论》2010 年第 3 期。

③ Michael Wiley, *Romantic Migrations: Local, National, and Transnational Dispositions*, New York: Palgrave Macmillan, 1998, p. 60.

④ 参见张德明《忧郁的信天翁与诗性的想象力——从〈老水手行〉看旅行文学对浪漫主义诗人的影响》，《外国文学评论》2010 年第 3 期。

⑤ Nigel Leask, *Curiosity and the Aesthetics of Travel Writing, 1770—1840: From an Antique Land*, New York: Oxford University Press, 2002, p. 11.

Parts of North America，1778），威廉·巴特拉姆（William Bartram）的《南北加利福尼亚、乔治亚和东西佛罗里达游记》（*Travels Through North and South Carolina*，*Georgia*，*East and West Florida*，1791），萨缪尔·赫恩（Samuel Hearne）的《哈德逊海湾的威尔士王子堡垒到北部海域游记》（*A Journey from Prince of Wales's Fort in Hudson's Bay to the Northern Ocean*，1795）等北美探险游记纷纷受到浪漫主义作家的追捧。①

相较于北美地图以及探险书籍等因素的影响，法国大革命及其由此生发的相关事件也间接地成为浪漫主义诗人尤其是湖畔派诗人建构北美憧憬的推动力。与浪漫主义时期的诸多激进的理想主义者较为一致，柯勒律治（Samuel Taylor Coleridge）和骚赛（Robert Southey）在18世纪90年代都曾因法国大革命的爆发而心潮澎湃。为了颂扬大革命，柯勒律治在《巴士底狱的倒塌》（*The Fall of the Bastille*）中较为直接地流露出因革命的“丰收”所带来的喜悦。随着革命的推进，英国当局既反抗革命中的进步思想，还在国内采取高压政策对那些发起抗争的工人阶级实施制裁。柯勒律治的《烈火、饥馑与屠杀》（*Fire*，*Famine*，*and Slaughter*）便把矛头对准了当时的英国首相皮特。诗歌中暗讽了皮特在执政期间施压于国内的民主运动以及敌视法国大革命的行为，从而烘托出诗人对待法国大革命和国内政治的鲜明态度。与柯勒律治相仿，激进有志青年骚赛也同样投身于大革命的浪潮。他甚至在听到罗伯斯庇尔被推上断头台时，悲壮地喊道：我倒是愿意听到我父亲的噩耗。② 他于1794年还创作了雅各宾派色彩极其浓厚的《瓦特·泰勒》（*Wat Tyle*），3年后又出版了史诗《圣女贞德》（*Joan of Arc*），

---

① Lynda Pratt ed.，*Robert Southey and the Contexts of English Romanticism*，Hampshire：Ashgate Publishing Limited，2006，p. 116.

② 参见高伟光《英国浪漫主义的乌托邦情结》，博士学位论文，北京师范大学，2004年，第41页。

两位主人公反抗权威的英勇气概与高尚品德被诗人称颂。这两部作品也鲜明地展现了骚赛的革命立场。除了柯勒律治和骚赛，“湖畔三子”的另一成员华兹华斯有着同样激进的政治经历。诗人在革命前曾两次旅居法国。旅居期间，密友米歇尔·博皮（Michel Beaupuy）一家五口投身革命为共和国而斗争的精神以及之后他和两兄弟牺牲的感人事迹令其受到强烈触动。在法国，他用整日时间同热衷革命的朋友探讨政治形势。返英后，他也顺理成章地成为一名坚定的共和主义者。他在当时的英国政府严厉地镇压那些激进的进步人士并且实施反煽动法的形势下表现出了极大的勇气。此外，诗人针对假自由主义者兰达夫主教（Llandoff）与革命者公开划清界限的公开变节行为给予严厉斥责，还对英国军队干涉法国的革命事务而感到不满。① 即便路易十六被处死，诗人也依然葆有革命热情。但好景不长。《序曲》（*The Prelude*）第10卷（X.268－380）便描述了大革命“变异”所带来的不安，这既是对于在法国旅居期间结识的情侣安妮特·瓦隆（Annette Vallon）的安危以及个人前途的惧怕，更是对于革命的失控致使自由民主事业受到挫折的担心。② 革命的恐怖氛围也沉重打击了柯勒律治和骚赛的政治理想。三位诗人意识到“法国革命后来被独裁者盗取了胜利果实而偏离了革命的初衷，给法兰西后来也给欧洲带来了血雨腥风”③。此外，他们还可能面临雅各宾派所引起的一系列潜在的迫害、监禁等危险。④

---

① 1793年1月15日，兰达夫主教发表了一篇布道，公开谈论关于神造成的并且有着贫富差异之分的智慧和善良，同时发表了《法国革命和英国宪章质疑》。华兹华斯的愤怒溢于言表。随后便写了一封名为《致兰达夫主教书，评其新近在布道附录里发表的有关政治原则的不寻常说明——一个共和主义者作》的信函予以回击，由于当时的政治形势，这封信并非寄出，而几份副本在伦敦的一些激进者中流传。

② 参见高伟光《英国浪漫主义的乌托邦情结》，博士学位论文，北京师范大学，2004年，第35页。

③ 刘国清：《英国浪漫主义诗人的另一面》，《文艺争鸣》2012年第7期。

④ Carol Bolton, *Writing the Empire: Robert Southey and Romantic Colonialism*, London: Pickering & Chatto, 2007, p. 72.

为了应对法国大革命的政治幻灭及其所引发的诸多困境，三位诗人找到了一个看似可以应对此问题的办法，即大同社会的乌托邦构想。该构想由柯勒律治和骚赛率先提出，华兹华斯和多萝茜也经常参与讨论和策划。在某种层面上，它已成为美国独立之后延续英国历史上的“向西走”理念中较为显眼的一支。

1794 年夏，柯勒律治遇到了当时还是牛津大学巴利奥尔学院的学生骚赛，两人一见如故。两者对民主的原则、社会正义以及世界大同的政治理念的积极追求，令其果断地接受了无政府主义哲学家葛德汶（William Godwin）的《政治正义论》（*An Enquiry Concerning Political Justice*，1793）关于平等社会的理想的观点。葛德汶在书中指出，只要废除法律中有关压迫和剥削等非正义的条款，我们所处的社会的外部条件就会得到改善，整个人类社会就会按照人类社会发展的需要，朝着平等的方向迈进。[①] 在葛德汶的理念的启发下，两位诗人看到了法国大革命破灭后的希望。骚赛以该理论为基础，计划挑选 12 人，尝试去美国宾夕法尼亚州的萨斯奎汉纳河畔建立平等主义社区。该计划也得到了柯勒律治的肯定。他根据希腊词根“Pantisocrtia”创造了“Pantisocracy”（“大同社会乌托邦”，以下简称“大同社会”）一词，意为“全民自治的社会”（government by all）。正如名字所暗示的，在这个乌托邦中，不仅人人平等，享有宗教自由，人们还拥有共同管理公共事务的权利等。骚赛曾给弟弟托马斯的信中表示：“这个大同世界乌托邦计划给了我新的生命，新的希望，新的活力。我的心智全部被激活了。”[②] 大同社会俨然成为浪漫主义时期的理想主

① 参见［英］威廉·葛德汶《政治正义论》（一、二、三卷），何慕李译，商务印书馆 1997 年版，第i—v页。

② Earnest Leslie Griggs ed., *Collected Letters of Samuel Taylor Coleridge*, Vol. Ⅰ, Oxford: Clarendon Press, 1956, p. 354.

义者在大洋彼岸告别旧日苦楚、“获得满足与福祉”的蜜之地，同时也成为浪漫主义诗人对北美想象的最激动人心的景观之一。①

学界对大同社会的讨论看似较为系统，实则仍有遗留的空间。随着各种理论思潮的盛行以及对于原文本逐渐深入的挖掘，大同社会构想之下所潜藏的殖民主义情结也逐渐“浮出水面”。这不可避免地与先前学者对此问题的固有认知产生冲击。② 麦考斯克（James C. Mckusick）在《“明智的忘怀”：柯勒律治和大同社会的政治性》（“*Wisely Forgetful*”：*Coleridge and the Politics of Pantisocracy*）的开篇便指出：“大同社会的思想意义在不列颠的海洋扩张的语境中以及在新世界殖民的层面上还未得到充分的探究。”③ 在他看来，“大同世界的构想源于对于美国的想象性呈现，想象的美国被融入南海岛屿的想象叙事中，带有虚构成分的华丽和欧洲政治性的模糊。”④ 实际上，大同社会构想不仅受到葛德汶、卢梭的“回归自然”等要旨的启发，爱德华·克里斯蒂安（Edward Christian）的关于兵变主题的《邦蒂号》（*Bounty*，1794）和乔治·齐蒂的（George Keate）的《帕劳群岛纪行》

---

① 参见［英］威廉·华兹华斯、萨缪尔·泰勒·柯尔律治《华兹华斯、柯尔律治诗选》，杨德豫译，人民文学出版社2001年版，第278—279页。

② 在学界以往的研究中，尼古拉斯·罗认为大同社会代表了柯勒律治、骚赛、华兹华斯等浪漫主义诗人对于重构自由平等社会的向往；杨迪和李增指出大同社会所提出的“男耕女织、自给自足”的大同社会的构想恰恰是与英国殖民政策相悖。相关观点，可参见 Nicholas Roe，*Wordsworth and Coleridge*：*The Radical Years*，Oxford：Clarendon，1988，pp. 113－115，180，211－212；参见杨迪、李增《“大同社会”背后的帝国心态与殖民意识——骚塞长诗〈麦多克〉中的主人公身份转换解读》，《湛江师范学院学报》2014年第5期。

③ 文章标题中的“明智地忘怀”来源于柯勒律治以大同社会为主题而创作的十四行诗。诗中写道：“我充满了梦幻的灵魂不再逗留于/那曾经的愉悦！不再忍受那不堪回首的岁月/带来的耻辱与痛苦的沉重负担，/明智地忘怀吧！在海洋的波峰浪谷之间/有我在村舍错落的小山谷里苦苦寻觅的崇高希望，/在那里，‘美德’谨慎冷静地前行确保其不偏离航向，/伴随着月光下的回旋曲翩翩起舞/无与伦比的激情编制出一段神圣时光。”上述译文，可参见李枫《诗人的神学——柯勒律治的浪漫主义思想》，社会科学文献出版社2008年版，第103—104页。

④ Tim Fulford and Peter J. Kitson，eds.，*Romanticism and Colonialism*：*Writing and Empire*，*1780—1830*，New York：Cambridge University Press，1998，p. 107.

（*Account of the Pelew Island*，1788）也同样为大同世界构想提供了较为坚实的文本支撑。[①] 两部游记中所提及的南海陌生的海岛以及西太平洋的岛屿，因其远离遥远欧洲大陆可以为他们革命事业提供安全的避难所，又因其处于“在地图上未被标识”（uncharted）的状态可以为其提供拓殖空间。除了这两部游记的启发，柯勒律治在1794年还阅读大量的非洲、美洲等探险日记，他对托马斯·库克（Thomas Cook）、丹皮尔（Dampier）、詹姆斯·布鲁斯（James Bruce）等殖民开拓者的经历烂熟于心。[②] 而柯勒律治所借鉴的探险书籍均无一例外地记录了英国探险者与本土居民之间的殖民冲突，“这一冲突的产生，很明显要依赖于一种文化和经济的差异意识，这种差异令欧洲观察者有一种高高在上的舒适的优越感。”[③] 诚然，柯勒律治也很熟知先前的英国人在北美之地所进行的西方中心主义的政治投射及其行为实践。1795年，柯勒律治在《致人民》（*Conciones ad Populum*）中便回忆起1778年英国军队针对怀俄明河谷印第安人的殖民反抗而予以镇压的场景：

> 怀俄明河谷的居民怡然自得——他们既不富裕也不贫穷：这里的天气舒适而清爽，这里的土壤足够这些快乐的定居者维持生计，并且还对他们的健康有所裨益。他们的对手，其名字叫作野心，直接跳入这个人间天堂之中——

---

① 《邦蒂号》的主人公克里斯蒂安被不少的英国激进派人士看作虽有性格缺陷但却具有革命精神的英雄。他勇于同邦蒂号的布莱船长（Captain Bligh）斗争，兵变之后，率领船员最终在南海找到理想的栖身之地。《帕劳群岛纪行》讲述了亨利·威尔逊（Henry Wilson）船长及其所驾驶的帝国东印度公司的“羚羊号”（Antelope）上的所有船员的航行见闻。1783年夏天，“羚羊号”在西太平洋的帕劳群岛附近失事。船上的幸存者来到帕劳群岛，并受到了岛上国王的款待与救助。国王对于英国船员所带来的枪炮印象深刻，他委托这些船员运用这些先进武器协助他们去战胜邻岛的对手。

② Tim Fulford and Peter J. Kitson, eds., *Romanticism and Colonialism: Writing and Empire, 1780—1830*, New York: Cambridge University Press, 1998, p. 114.

③ Tim Fulford and Peter J. Kitson, eds., *Romanticism and Colonialism: Writing and Empire, 1780—1830*, New York: Cambridge University Press, 1998, p. 114.

> 遭到地狱使者的毁坏。英国的上将邀请印第安人“在血泊中赴宴”……房屋被损毁；玉米地被焚烧；许多稚嫩的孩童经常在大片枫树之下玩耍至正午十分的，这里却成为了喝人血食人肉的欢宴者施以魔掌之地。他们计算着头皮的数量，预测着所得的战果。英国官方以固定的价格收购这些头皮！①

柯勒律治认识到印第安人只能充当英国殖民者鱼肉的事实，甚至在十四行诗中也声称“明智地忘怀”这些不光彩的历史，但在大同社会的构想中他却心口不一地继续在这场政治压迫中前行。柯勒律治所设想的位于宾夕法尼亚东北部的萨斯奎哈纳河畔的“怀俄明河谷”（Wyoming Valley）的生活场景即便被标以田园、原始和避难所的标签，但却有意无意地征兆了英国历史上的殖民行径。柯勒律治与骚赛意欲在宾夕法尼亚建立的特殊“殖民地”中，却存在着原本就生活在这里并守护着这片土地的印第安人和一些从非洲逃难的黑奴，“大同社会的乌托邦也不可避免地被这片区域中无所不在的‘他者’所撕裂”，大同社会虽然避免陷入欧洲历史上的恐怖境况，但却重新被放置在地理—政治的无意识之中。② 大同社会虽通过政治平等和宗教自由的意识形态为其作思想辩护，但却基于政治无意识层面上的剥削。与此同时，卡罗·博尔顿（Carol Bolton）也言及了以往学者鲜有涉及的托马斯·库珀（Thomas Cooper）在1794年所著述的《关于美国的一些信息》（*Some Information Respecting America*）中，所提及的约瑟夫·普利斯特里（Joseph Priestely）在萨斯奎哈纳河畔的殖民生

① Lewis Patton and Peter Mann, eds., *The Collected Works of Samuel Taylor Coleridge: Letters* (1795) *on Politics and Religion*, Vol. Ⅰ, Princeton: Princeton University Press, 1971, pp. 56 – 57.

② Tim Fulford and Peter J. Kitson, eds., *Romanticism and Colonialism: Writing and Empire, 1780—1830*, New York: Cambridge University Press, 1998, p. 115.

涯与同样位于此地的大同社会之间的联系：

> 骚赛（和柯勒律治）的殖民主义雄心实际上与那一时期的那些开拓者本无二致……在法国战争的影响下，宗教异议者被镇压、农作物歉收以及经济转移等多重因素促成了18世纪90年代移民的爆发。与之前移民不同的是，这一时期的移民并非局限于大多数贫下阶层，具有稳定财产的中产阶级以及政治和宗教自由派也占据可观的数量……这些“具有高尚灵魂的大同社会”的理想主义青年，却并非建立一个与原本政治系统相悖的激进系统，反而遵从了殖民主义的模式，野心蓬勃地建立一个“谷底的村庄”，以最为极端的方式引入曾经移植在博特尼湾（Botany Bay）的英国司法系统……①

博尔顿不仅对大同社会中所暗含的重新建构的北美殖民地的政治诉求予以说明，还直言不讳地指出了自18世纪90年代以来意欲移民北美的那一群具有英国思维模式的英国浪漫主义诗人所潜在的意识形态的操作。

不仅如此，大同社会的政治意识在文学作品中已经得到了较为鲜明的阐发。作为大同社会构想的主要参与者，骚赛根据大同社会的构想而创作于1805年的长篇叙事诗《默多克》（*Madoc*），便展现出这些浪漫主义诗人在北美实施殖民统治的显性动机。该诗讲述了12世纪流放在外的威尔士王子默多克在北美由新大陆的陌生人到部落首领，最后成为北美唯一领主的故事。默多克的三重身份转换较为全面地映衬出一个欧洲人逐渐在北美大陆立足、占领部落、征服整个大陆以及最后完成对本土居民实行殖民统治

---

① Carol Bolton, *Writing the Empire*: *Robert Southey and Romantic Colonialism*, London: Pickering & Chatto, 2007, p. 73.

的过程。这种殖民实践同时也暴露出骚赛以及大同社会所潜藏的意识形态。就情节来说，默多克的身份与骚赛找寻政治避难所的处境有些许相似之处。默多克不忍目睹骨肉兄弟的政治权力的争夺与迫害，带领属下漂洋过海，有望在北美找到“和平的容身之地”[①]。在逐渐熟悉了北美的地貌与环境之后，默多克开始了对本土居民的宗教驯服，“和平容身之地”也逐渐扩大至整个大陆。他的获得是以北美本土部落的屈服或被驱逐为代价，诗人也重现了欧洲扩张主义的实践。作为骚赛的大同社会的映射，默多克的“向西走”假托上帝之名，以上帝选民的欧洲人对于北美大陆的救济为借口，为北美的征服作合法性辩护。骚赛曾在 1794 年 9 月的一封信中有立足北美的想法。他把自身类比为《失乐园》（*Paradise Lost*）中的亚当，渴望“在神的保驾护航下，试图去战胜未知的世界”。在信中，骚赛已经初步显露出大同社会的实践者把意识形态的诉求施加于美国的愿望：原始森林被西方形而上学所解构，水牛被文学批评所毁灭，而这片处女之地被诗学隐喻所重新配置。[②] 这或许同《默多克》中所言及的殖民北美的合法化说辞的论述具有较为一致的知识构成。在第 1 卷中，默多克便回忆起初次远航的经历。在向西航行中，他不断重复该“神圣的命运”（a heavenly destiny），直至最后，还以“捍卫共同的信仰”“维护共同的利益”“你中有我，我中有你”等谎言来掩饰殖民行径。[③] 诗中写道：

---

① Mauvice Fitzgerald ed. , *Madoc in Poems of Robert Southey*, London: Oxford University Press, 1909, p. 471.

② 骚赛在书信中这样写道：“如同亚当一样，我可能会‘不免留下几滴自然的泪水——但很快就会干’。过去的苦痛将会在未来的欢乐中被忘却。我和柯勒律治在锯树的时候可以讨论形而上学；捕猎水牛时可以讨论诗歌；犁地时还可以构思十四行诗。”关于书信的原文，可参见 Kenneth Curry ed. , *New Letters of Robert Southey*, Vol. Ⅰ, New York: Columbia University Press, 1965, p. 72。

③ Robin Jarvis, “Madoc in Scotland: A Transatlantic Perspective on ‘Stepping Westward’”, *European Romantic Review*, Vol. 19, No. 2, 2008, p. 152.

一天又一天，伴随着吉兆的风，
恰恰朝向我们所航行的日落之地，
心中燃起了希望；他们祝福
这不会改变方向的风，永不衰减的力量
依然加速我们前行；他们说道
上天眷顾这勇敢的冒险事业。(Ⅰ.4.16－21)

承继着英国历史上的“向西走”使命，骚赛反复强调了默多克前行的地方与太阳之地是保持一致的（Ⅰ.9.77－79），而矗立在“这个充满自由与和平之地”（Where Plenty dwelt with Liberty and Peace）（Ⅰ.11.179），“我”身上夺目的太阳光也变得如此温和，北美的民众也在布道者的默多克的指引下享受来自文明世界的恩惠。

当然，这些涉及“向西走”的意识形态要旨也并非这首诗以及骚赛的“专属”。华兹华斯也不例外。《默多克》的相关叙述在华兹华斯的短诗《向西走》（*Stepping Westwards*）中可以找到些许踪迹。① 华兹华斯在该诗中写道：

向西走的行程看起来
像是入圣超凡（heavenly destiny）：
我喜欢她的祝愿，她的声音
意味着超越地方或界限；
而且像给了我精神的力量，
令我乐观地去踏遍那片区域。(11－16)

……映入眼前的是

① 关于《向西走》的译文，可参见［英］威廉·华兹华斯《华兹华斯抒情诗选》，谢耀文译，译林出版社1995年版，第175—176页。随文仅标注行数。

满天赤霞，一片红光，
她的声音产生回响，
给我的旅思添人世芬芳，
世界路途漫漫，无尽头。(22－26)

华兹华斯在描述与落日的方向相悖之地时还写道："露水沾染的土地黑又冷，/后面已模糊一片看不清"（the dewy ground was dark and cold，/Behind，all gloomy to behold），这两句诗行与弥尔顿在《失乐园》中描述穆尔赛博（Mulciber）出现时的景象有一定的契合之处。[①] 此外，它还与《默多克》中的"冷又静，/沾染在土层上"（cold and still，/Upon its bed of clay）（Ⅰ. 11. 41－42）形成互文，这也得到了学界的证实。[②] 而这些场景也预设了诗人北美想象中的理想心态。借用浪漫主义研究学者佛罗伦斯·马什（Florence Marsh）的说法，诗歌中原本朝向死亡的旅程转向光明，西方充满无限的可能，而妇人那甜美的"神启式"的关怀也令"向西走"的旅程朝着永恒的方向发展。[③]

值得注意的是，不论是关于天启式命运、在陌生之地那具有开拓意义的引路者的形象、乐观的心境、不停息的西行冒险事业等叙述，还是温和的太阳光、霞光等自然景致的描写，在《向西走》中均有所涉及。以上两个文本所呈现的多重契合并非偶然，它极有可能源于华兹华斯对于《默多克》"向西走"相关情节和

① 在《失乐园》中，穆尔赛博（Mulciber）出现时的"沾染露水的傍晚"（dewy eve），"象流星一样滑翔到地上，/又象河流上的晚雾滑行在沼泽上"（Ⅻ. 629－630）。相关观点，可参见［英］约翰·弥尔顿《失乐园》，朱维之译，上海译文出版社 1984 年版，第 479 页；Florence Marsh，*Wordsworth's Imagery*：*A Study in Poetic Vision*，New Haven：Yale University Press，1963，p. 59。

② Robin Jarvis，"Madoc in Scotland：A Transatlantic Perspective on 'Stepping Westward'"，*European Romantic Review*，Vol. 19，No. 2，2008，pp. 149－156.

③ Florence Marsh，*Wordsworth's Imagery*：*A Study in Poetic Vision*，New Haven：Yale University Press，1963，p. 59.

意象的借用。[1] 实际上，诗人在给博蒙特的一封信中提到了自己在构思《向西走》的那一段时日，正在读骚赛的《默多克》，而这部长诗也是诗人《向西走》创作之前最为重要的阅读体验。[2] 此外，根据知名浪漫主义研究专家且曾对华兹华斯生前大部分阅读书目进行汇编的邓肯·吴（Duncan Wu）的考据，华兹华斯在创作《向西走》之前，饶有兴致地（highly pleased）读完了整部《默多克》。[3] 在华兹华斯看来，尽管《默多克》的叙事、角色塑造等方面还有待改进甚至需要精进，但也阻挡不住其对该诗整体上的兴趣，诗人还不吝与朋友博蒙特分享了其中的诗句。鉴于“向西走”在诗歌中的主线地位以及华兹华斯对于该诗的重视，“向西走”与华兹华斯的交集也有意无意地被串联在一起。至此，诸如贾维斯的西方学者还把华兹华斯称之为踏足苏

① 《向西走》记述了华兹华斯兄妹于1803年在苏格兰高地的凯特琳湖（Loch Ketterine）的见闻及其诗人在旅途中的感想。华兹华斯虽在诗中表达了对于西方较为强烈的向往之情，并且“向西走”也在诗歌中频繁被提起，但诗人却未曾告知读者西行的目的地。除了以“奇怪的地方”“远离家乡之地”等指代西方，在两位苏格兰妇人试图询问兄妹俩西行的具体方位时，诗人还草率的以“是”（Yea）的回答搪塞了妇人深入询问的可能。至此，关于“向西走”的目的地的探讨在学界展开。朱迪斯·弗罗迪马（Judyta Frodyma）在结合埃文·戈特利布（Evan Michael Gottlieb）、詹姆斯·麦考斯克等先前学者的论见的基础上把该诗中的西行目标论定位北美。弗罗迪马的论断不仅较好地与多萝茜·华兹华斯日记中在描述《向西走》的创作背景时频繁提及的美国相关意象相一致，还同英国历史上的“向西走”目的地保持契合。相关观点，可参见 Evan Michael Gottlieb, *Feeling British: Sympathy and the Literary Construction of National Identity, 1707—1832*, Ph. D. dissertation, The State University of New York at Buffalo, 2002, p. 219; Dewey W. Hall ed., *Romantic Ecocriticism: Origins and Legacies*, Lanham: Lexington Books, 2016, p. 154; James C. McKusick, “Stepping Westward”, *The Wordsworth Circle*, Vol. 32, No. 3, Summer 2001, pp. 122 - 126。

② 骚赛曾于4月中旬在华兹华斯居所寄居数日，期间还赠予华兹华斯这首长诗。华兹华斯在之后的几周内并未阅读。在6月3日，华兹华斯在给博蒙特的信中虽认为诗歌中“美丽的图像和描述”给他带来欢愉的体验，但还是指出了一些值得改进的地方，比如缺少人类心灵的描述。相关观点，可参见 Robin Jarvis, “Madoc in Scotland: A Transatlantic Perspective on ‘Stepping Westward’”, *European Romantic Review*, Vol. 19, No. 2, 2008, p. 155; Ernest De Selincourt ed., *The Letters of William and Dorothy Wordsworth: The Early Years, 1787—1805*, Oxford: Clarendon Press, 1967, p. 593。

③ Duncan Wu, *Wordsworth's Reading 1800—1815*, Cambridge: Cambridge University Press, 1995, p. 197.

格兰但却心系新世界的默多克。[①] 由于笔者在先前的论述中已经指出了威廉·吉尔伯特（William Gilbert）《飓风》（*The Hurricane*）所建构的《远游》与《向西走》的联系，现在不妨结合《远游》对此问题进一步阐证。[②]

在《远游》第9卷中，企图以世界范围为漫游目标的“漫游者”向“孤独者”言及了“全球扩张计划”：当一艘轮船已经“从事她的航行”，他们可以着陆于、漫步于并在之后有机会拓殖于那些处女之地，“每一个人/都十分迫切地知晓/他们自己的发现”（Ⅸ. 567，583－585）。在该卷中，主人公反复强调在海外旅行或探险中发现新世界的迫切性以及英格兰在全球范围内的职责：

> 宽广的水域，充满能量
> 大不列颠的志向、本能以及被任命的需要
> ……迎来每一次的希望
> 或英勇的冒险。（Ⅸ. 375－381）
>
> ——巨大的希望的圆周——中心
> 是不列颠的立法者（。）（Ⅸ. 398－399）

上述片段中所言及的这种普罗大众的职责是以英格兰为中心向世界扩展开的，前文（见第二章）所提及的“蜜蜂”等人也可以看作是诉诸帝国主义实践的重要实施者。而主人公的这

---

① Robin Jarvis，“Madoc in Scotland：A Transatlantic Perspective on ‘Stepping Westward’”，*European Romantic Review*，Vol. 19，No. 2，2008，pp. 149－156.

② 朱迪斯·弗罗迪马指出，《向西走》文本来源之一的《飓风》为确立《向西走》中的“向西走”目的地为北美提供较为根本的依据，与此同时，在《远游》第4卷“孤独者”驾船移民北美的相关叙述的注解中引用了《飓风》的诗句。相关观点，可参见 Dewey W. Hall ed.，*Romantic Ecocriticism：Origins and Legacies*，Lanham：Lexington Books，2016，p. 154。

一面向全球区域的伟大构想早在《远游》第3卷就已“小试牛刀”。受到法国大革命的后续恐怖暴力的影响，“孤独者”打算在异域他乡建立新世界以此完成其未竟的政治事业，而美国便成为其政治事业的重要实践之地。当“孤独者”经过多重磨难驾船到达美国时，他便以高高在上的主体姿态，以北美本土居民所呈现的特征为突破口展开对这片处女之地进行“审判”。“孤独者”对于北美原住居民的偏见与其东印度公司服役期间到达过北美的弟弟约翰·华兹华斯对印第安的印象呈现出较高的相似性。约翰跟随船队在1788年首次的航行中便前往拉丁美洲的巴巴多斯，次年到达牙买加和北美。他宣称美国人是“一个劣质民族——远比他们呈现出的还要糟糕”[①]。这也有效地映照了华兹华斯在《远游》第3卷中的叙述：“如此肮脏的、复仇心极重、道德败坏的动物，/他们冷酷无情，不遵循任何法律/但却惧怕迷信，卑鄙且懒惰”（Ⅲ.953－955）。

“孤独者”所见之景折射出诗人对北美的固化认知，这同时也可被看作是英格兰与北美，抑或宗主国与前殖民地的关系的写照。这种要义与杜威·霍尔（Dewey W. Hall）所编著的《浪漫主义生态批评：源头与遗产》（*Romantic Ecocriticism*：*Origins and Legacies*）一书中的论见不谋而合。书中总结了殖民扩张为浪漫主义人士提供了两个目的地的颇具广度的“国家想象”（national imagination）的事实，这两个目的地分别是以阿拉伯、印度和远东为代表的东方，以及以北美的新世界和其他边疆区域为代表的前殖民地。[②] 据此，18、19世纪的英国大众其实较为明显地对于北美的想象呈现出如爱德华·萨义德（Edward Said）所言的东方

① Richard E. Matlak, *Deep Distresses*: *William Wordsworth*, *John Wordsworth*, *Sir George Beaumont 1800—1808*, Newark: University of Delaware Press, 2004, p. 26.

② Dewey W. Hall ed., *Romantic Ecocriticism*: *Origins and Legacies*, Lanham: Lexington Books, 2016, p. 145.

主义话语。这些人在其想象的世界中建构了属于英国人的并且按照英国人的理想与愿望来搭建的天启式的“空中花园”，在他们的无限遐想的背后却流露出在他者的土地上肆意践踏的主体的能动性。事实上，这种英国与美国的关于伦理道德、种族意识等不对等的互动关系并未随着美国的独立而彻底消亡，甚至在一些学者看来，这种主体与他者之间的关系比美国独立之前还要明显。致力于研究英国浪漫主义文学与美国联系的学者克里斯多夫·弗林（Christopher Flynn）在其专著《英国文学中的美国人，1770—1832》（*Americans in British Literature，1770—1832*）中对于浪漫主义时期的英国人与独立时期的美国的关系进行了评析。在他看来，这一时期的英国国民对美国的偏见较美国独立之前更为强烈。书中指出，19 世纪的英国人在处理与美国关系的时候，与以往任何时期（其中也包括北美作为英国殖民地时期）的作品相比，美国“更加”像是一位他者，是一个与欧洲的主体特征“完全”不同的构成与存在。[①] 按照该学者的逻辑，那几位湖畔派诗人的北美情结也大体适用于此，他们以遥远的眼界和美好的憧憬搭建了这两个国度不平等的政治交流。

需要明确的是，诗人在《向西走》中把西行目的地憧憬为充满霞光之地以及在《远游》第 3 卷中把北美描述为蛮荒之邦的叙述口吻虽大相径庭，但并不阻碍其政治欲望的投射。这就相当于 19 世纪的诸多英国旅行者，比如约翰·兰伯特（John Lambert）、阿瑟·克勒夫（Authur Clough）以及范尼·肯布尔（Fanny Kemble），他们对于美国的书写呈现出优美的“如家”印象和异于英国本土的且充满危险色彩的“崇高”印象一样，均可作为那一时期的主体英国人对于美国进行他者建构的表征：一个侧重于对于前殖民地的英国性的植入，另一个

① Christopher Flynn，*Americans in British Literature*，*1770—1832*：*A Bred Apart*，Hampshire：Ashgate Publishing Limited，2008，p. 113.

侧重对于前殖民地的重新改造。[①] 这分别应对诗人在《远游》中所总括的“希望（之旅）”（Ⅸ.381）与“冒险（之旅）”（Ⅸ.381），即无穷的希望、脱离了法令和原有体系束缚等多方面的吸引力，成为主体在这片即将被占有的新世界中葆有遐想的推动力，而后者侧重于文明人直面野蛮人时彰显的主体优越感。

第二节 “向西走”的合法性:刻板化的印第安社会

如果说大同社会的构想以及骚赛的关乎大同社会的《默多克》为华兹华斯的《向西走》提供某种程度的文本和思想碰撞——这些“基础”连同当时所流行的帝国殖民者的探索和旅行游记、英国人持续不断地对这一前殖民地的北美憧憬，以及法国大革命等多重因素，为华兹华斯“向西走”的思想的形成提供重要参照——那么，华兹华斯在其他诗歌中所描述的印第安世界可以看作是其“向西走”思想的应有之义。

从历史视域来看，欧洲白人主流文化形成的对印第安社会的片面化认识是“野蛮的印第安形象”产生的文化和历史基础。虽然几经历史变迁，白人社会在认识和考察美洲土著人时所充满的欧洲文化中心的偏见和简单化、定型化的倾向并未从根本上得以改变。严格说来，美国土著人至少可以分为数千种不同的社会和文化群体，而各种群体之间的差异又较为明显。然而，殖民者白人与土著人最早接触时虽知晓其部落的差异性，但其依然使用哥伦布发明的“印第安人”这一不严谨的称谓概之。实际上，“欧洲人所注重的异己的土著文化与自己的基督教文化之间的差别，至于北美土著部落之间的差别对他们来说无关紧

① 参见何畅《“如画”的凝视——19世纪英国旅行者笔下的美国形象》，《外国文学研究》2013年第3期。

要，无论是以野蛮人，异教徒，还是以印第安人来称呼，都仅仅是与欧洲文化区别开来的一个抽象符号”①。对于英国殖民者的“社会集团”来说，“邪恶的印第安形象”更加适应了掠夺和侵略的需要。这一形象是其塑造者和使用者笔下的工具，其主要功能是提供一个模板，用来投射欧洲社会和文化的价值评判，比如，在清教徒传教士罗伯特·库什曼（Robert Cushman）看来，印第安人没有掌握什么科学知识，所以他们也不会合理利用土地，他们所做的仅仅是糟蹋和破坏土地，如同狐狸或其他野兽那样觅食和游荡。②

欧洲人对于印第安人的话语建构直至浪漫主义时期依然不乏力度。虽然有一些浪漫主义文人从浪漫主义的“性善论”出发，认为印第安人代表了人类没有被现代社会所污染的纯真和善良的本性，甚至把他们冠以“高贵的印第安人”③，但不乏诸多浪漫主

① 付成双：《现代环境主义视野下的“生态的印第安人”》，《历史研究》2011年第4期。

② Alexander Young ed., *Chronicles of the Pilgrim Fathers of the Colony of Plymouth: From 1602—1625*, Boston: Charles Little and James Brown, 1841, p. 243.

③ “高贵的野蛮人”最早出现于17世纪英国剧作家德莱顿的《对格兰纳达的征服》中，但这种形象的刻画和阐释从古希腊开始就在欧洲文学史和思想史上从未间断。古希腊地理学家特雷波（Strabon）在其著述《地理学》中把古代斯基台人称作“高贵的野蛮人”，只因他们诚实无欺，生活淳朴与简单、没有奢靡与颓废的不良习俗。继特雷波之后，赫西俄德、奥维德、维吉尔等人把高贵的野蛮人简单质朴、慷慨高洁、高尚勇敢等特质在欧洲文化中发扬光大。直至15世纪末，哥伦布等航海家的地理大发现不仅重新激发了蛰伏已久的高贵的野蛮人的思想，而且也促进了印第安人与高贵的野蛮人的结合。法国探险家拉斯卡伯特被认为是最早使用“高贵”一词来描述印第安人的欧洲人，拉洪坦男爵则是“高贵的野蛮人”这一称谓和概念的最为积极的倡导者，他借休伦人酋长阿德里欧（Adiro）之口颂扬休伦人远离奸诈，在自然中无拘无束的生活方式，以此来讥讽欧洲社会的堕落。卢梭从浪漫主义性本善出发，认为印第安人极少受到现代社会恶习的熏陶，依然接近原始的善良与淳朴，背叛、谎言、中伤、欺骗等字眼与他们没有任何交集。卢梭的思想也造就了一些浪漫主义作家的原始主义的倾向，他们在文学作品中也或多或少地有所涉猎。华兹华斯也不例外。虽然他的诗歌中不乏大量关于印第安人的他者书写，但并未完全否定他们热爱自然、远离理性社会与现代文明等“高贵”的一面，尽管这样的论述并未占据他在诗歌中对印第安书写的大部分比重。华兹华斯也不例外。在《序曲》首卷（Ⅰ.288－300），诗人就把自身比作一个印第安小孩，而湖区的较少受到文明侵袭的自然和地理环境也理所应当成为这个印第安人尽情玩耍、无忧生活的荒野。除了对湖区熟悉的景色进行联想，《序曲》第6卷（Ⅵ.489－523）还把在攀登阿尔卑斯途中看到的瑞士的特里安山谷（转下页）

义诗人不免受到时代话语的影响，把印第安的他者性作为帝国意识形态的表征。如同蒂姆·富尔福德（Tim Fulford）在《浪漫主义的印第安人：美洲原住民、英国文学与美欧文化 1756—1830》（*Romantic Indians*：*Native Americans*，*British Literature*，*and Transatlantic Culture 1756—1830*）一书中所总结的那样，这一时期的那些被诗人和小说家所创作的印第安形象与文本之外真实的原住居民形象是压根不匹配的；作为英国人对原住民想象的混合载体，这些印第安的他者形象其实是英国人恐惧、欲望和监视的投射，其目的旨在提升英国的自我与殖民他者的敌对和差异的关系。①

早在大同社会构想的初期，骚赛和柯勒律治不仅制定了财产与劳动力的分配制度、管理制度以及关于女性的权利等方面的条款，他们还根据流行的所谓的“嗜血的印第安人”的相关话语塑造印第安世界。该话语模式虽然对北美恶劣的环境状况看似作了较为保守的估计，但却不自觉地折射出“向西走”的政治诉求。在 1793 年 12 月和 1794 年 8 月的信中，骚赛把自己想象为美国的亚当，身边不仅充斥着蛇、老虎等凶猛且野蛮的动物，而印第安人也以可怕和未开化的食人族形象出现，只见他

（接上页）（Swiss Valley of Trient）同北美建立联系。上述两个片段所言及的印第安人符合“高贵的野蛮人”的内涵，它代表着华兹华斯对于生活于原始状态中的自然人的推崇以及对这种自然状态的向往。然而，也有学者指出华兹华斯的“高贵的野蛮人”书写及其相关的荒野书写其实暗含“两面神”的内涵：除了显示出这种纯自然之子身份与纯净的环境状态，也可能代表了那一时期在北美建立新世界的那种文明初始的状态的应有之义，这表征出对于混沌之初的“原始”以及对于国家未来发展的“憧憬”或“期盼”，但这需要把印第安人所在之地的所有一切都要销毁：“新世界是第二个伊甸园，它是远古的（primitive），同时也是充满希望的（promising），跨入过去有助于找寻未来……然而，为了让这个新世界确实标以“新”的标签，它必须清除已有的历史痕迹：环境和原生居民的历史……”相关观点，可参见 Dewey W. Hall ed.，*Romantic Ecocriticism*：*Origins and Legacies*，Lanham：Lexington Books，2016，pp. 145 – 146。

① Tim Fulford，*Romantic Indians*：*Native Americans*，*British Literature*，*and Transatlantic Culture 1756—1830*，New York：Oxford University Press，2006，pp. 31 – 32.

们挥舞着斧头，把人头当作盘中餐。[1] 然而，就世界上是否真的存在食人族这一话题，学界至今仍未达成定论。[2] 也许对于骚赛来说，食人族的政治意义远大于其人类学的意义。与骚赛把印第安人想象成食人族的境况相似，华兹华斯在《鲁思》(*Ruth*)、《一个被抛弃的印第安妇女的抱怨》(*The Complaint of a Forsaken Indian Woman*，下文简称"《抱怨》")、《致我的幼女朵拉》(*Address to my Infant Daughter*，*Dora*) 等印第安主题诗歌中"通过刻板符号将土著居民的社会身份永久地固定下来，通过强调他们的残忍与野蛮、愚昧落后以及令人不齿的恐怖行径"[3]，加强了主体对于北美居民在精神上向帝国屈从的决心，从某种意义上流露出那个时代白人中心主义的意识形态。

《鲁思》[4] 讲述了一个从英国来到北美的男青年是如何受到北美印第安环境的影响而成为一个恶徒的故事，而英国本土居民鲁思成为施暴的牺牲品。鲁思出生在英国的萨默塞特县(Somerset)。在这片土地上，她"随心所欲地/在高山低谷游来荡去/自由，冒失，大胆"(5 -6)，"她在草地上搭个棚子，/看来，她仿佛天生就是/山林草场的幼婴"(10 -12)，"心里想什么，只有自己知道，/乐趣也只在自身"(14 -15)，"她自满自足……一天又一天，天长地久，/直到他长大成人"(13 -18)。然而，一个从北美归来的士兵打乱了她原有的生活节奏。这个士兵在独立战争中效力于英军，1781 年美国独立后便返回英国。由于长久生活在北美，他熟悉印第安人的秉性，并且印

① Tim Fulford and Peter J. Kitson，eds.，*Romanticism and Colonialism*：*Writing and Empire*，*1780—1830*，New York：Cambridge University Press，1998，p. 121.

② 关于食人族的学术讨论，可参见 Partick Brantlinger，"Missionaries and Cannibals in Nineteen-Century Fiji"，*History and Anthropology*，Vol. 17，No. 1，2006，pp. 22 -23。

③ 汪汉利：《食人族、修辞与福音书——从海洋文学等看英国社会对南太平洋及加勒比岛屿的土著的想像》，《宁波大学学报》(人文科学版) 2015 年第 2 期。

④ 关于《鲁思》的译文，可参见［英］威廉·华兹华斯《华兹华斯诗选》，杨德豫、楚至大等译，吉林出版集团、时代文艺出版社 2012 年版，第 88—89 页。随文仅标注行数。

第安人也对他产生了极大的影响。诗歌中指出，士兵在穿衣打扮上也同切罗基人的着装和配饰相仿，待其返回故土后，与英国本土的文化传统格格不入。尽管这个青年的英国口音可以证明他的出身，但常年在北美的生活经历已经令其趋于印第安化。诗人甚至提醒读者，“莫把他认作印第安血胤”（25）。诗人把他比作美洲的野豹与热带海面的海豚，狂野与富有激情成为青年的标志。紧接着，诗人借青年之口对北美的环境状况作了概述。根据华兹华斯诗歌编辑塞林克特（E. De Selincourt）的考证，《鲁思》中的北美环境的描述较多借鉴了威廉·巴特拉姆（William Bartram）记述北美科学探险经历的《南北加州、乔治亚和东西佛罗里达游记》（*Travels Through North and South Carolina*，*Georgia*，*East and West Florida*，1791）。[①] 巴特拉姆在游记中建构出北美与英格兰的多重交集，在叙述中通过寻求家乡“壁炉边家的愉悦”来抵抗北美异己空间带来的恐惧。[②] 与之相悖，寻找两者的差异性却成为华兹华斯在《鲁思》中的固定书写模式，巴特拉姆所描述的“木兰”（magnolia）、“柏树”（cypress trees）、“绿色的热带草原”（green savannahs）、“寂寞的洪水”（lonesome floods）、“原始森林”（wild woods）等植物和场景也被华兹华斯赋予“异树奇花”“五光十色”“奇观”等代名词。伴随着诗歌中诸多陌生化景观的出现，文明与野蛮的二元对立逐渐被凸显。随着情节的发展，在文明世界较少出现的植物意象不自觉地加深鲁思对美国的好奇心，这为青年对鲁思的“引诱”和“玩弄”的初步成功埋下伏笔，同时也为下文中青年士兵的转变提供支撑。

---

① Duncan Wu，*Wordsworth's Reading*，*1770—1799*，Cambridge：Cambridge University Press，1993，p. 9.

② 巴特拉姆在描述摘草莓彻罗基族少女时，借用欧洲神话中的“仙女”（nymphs）、“树神”（hamadryade）、“极乐世界”（elysian field）的意象来与欧洲神话世界中的女子与宗教中的风景产生联系，以此建构西方的观赏者眼中的被赋予西方文化内涵的美国形象。

诗人反复强调这个青年所暴露的不良品行与后天的熏陶与塑造之间的天然联系：

万象的纷华靡丽，也同样
怂恿了他的浪荡轻狂：
娇花与亭亭芳树；
熏风吹得人意懒心慵；
满天星斗把脉脉柔情
向烂漫园林倾注。(133－138)

这些生长在北美的怪异的树木与繁花具有魅惑的作用。它们共同腐蚀了青年的心智，怂恿了他那顽劣的性情。除了美洲环境的负面影响，印第安人的德行也潜移默化着青年的心灵：

……成了他心灵的养料；
他受之于天，受之于地，
年轻轻，性子便这般乖戾，
血液便这般狂暴！……
他那帮伙伴不明法理，
也不知弃恶从善；
他神志清明，却甘心愿意
和那些蛮子混同一气，
彼此以恶习相染。(115－150)

“怪异”“蛮荒”“喧嚣”“狂暴”“邪孽”“蛮子”等原本描述印第安人的词语也赋予这个青年的体征。在诗人看来，大西洋西海岸的美国的环境是如此的恶劣且具有极强的传染力，在此环境下成长的居民均是不健全的个体，即使从文明之地的英国来的青年也未能幸免地沾染上了本地人的恶习。[1] 接下来，诗人通过描述鲁思这一受害者被蒙骗的经历，强化了其对印第安环境对人的负面形塑方面的批判。待青年对鲁思的诱惑成功后，陷入爱河的鲁思不假思索地答应同他去美国定居。然而就在他们商议要一同去港口时，青年又突然转变了主意，他果断且狠心地抛弃了鲁思。鲁思伤心欲绝，头脑受到重创，随后被送入疯人院。鲁思的最终命运也折射出她对美国这片土地，以及对印第安人的幻灭。至此，诗人以旁观者的口吻对鲁思表达了哀婉：

> 别了！等到你此生结束，
> 苦命的鲁思啊！神圣的泥土
> 会把你躯体埋藏；
> 送葬的钟声将为你敲响，
> 全村的教徒，都在教堂中
> 为你把圣歌高唱。(255－260)

当村民知晓少女死亡的噩耗，纷纷赶到教堂为其祈祷。他们并不介意鲁思疯癫的身份，反而赋予一种移情的视角。在某种程度上，鲁思的悲剧不仅反映出诗人对于这个与印第安人保持较高相似度的英格兰青年所持有的质疑的态度，也同时展现出诗人对于印第安环境的固有化认知。鲁思的死亡也唤起全村人对于北美环境以及印第安人的一种情感波动：这个“清白的生灵，走错了方向!”她不该轻信那个青年，因为他已经沾染了美洲的他者性特征。根据诗歌的暗示，即便鲁思没有被青年所抛弃，当他们共

---

① 笔者在第三章“华兹华斯的东方想象”中论及诗人关于欧洲自然环境与作为他者的阿拉伯的自然环境之间的差异性，以及两种环境对人的德行方面的塑形作用。如果把目光聚焦于该诗，就会发现北美的环境与阿拉伯的环境具有某种程度的契合性。按照华兹华斯自然观的要义，它们与华兹华斯心中的朴素、优美、和谐等自然相悖，北美环境的怪异性和阿拉伯环境的贫瘠性均不能与人性中的“自然”(比如，质朴、高尚等品质)保持一致。

同来到北美，鲁思也一定会像青年一样受到原住地环境的侵蚀，不久后便会像一只野鹿般在未开化荒野中觅食，从而失去了在自由与高贵的土地上、在英格兰纯净的“池水山石”和“绿叶间”呼吸自由空气的机会，而她的灵魂也未能得到有效的净化与陶冶。在诗人看来，印第安的环境并不足以构成如湖区的格拉斯米尔一般的真正的自然，因为只有英格兰或者欧洲的这种自然才较好地培养拥有崇高道德的自然人，印第安世界的荒野环境只能与未开化的野蛮人那缺乏真善美的品行保持较高的契合。

如果《鲁思》侧重于北美未开化的自然环境和印第安族群对人的德行方面负面的形塑作用，那么《抱怨》[①] 除了言说印第安妇女在这个无情社会中的悲惨境地，还进一步把矛头对准印第安男性在面对弱势妇女时所匮乏的绅士精神。根据华兹华斯的《芬威克笔记》（*The Fenwick Notes*）的记述，《抱怨》的故事素材源于萨缪尔·赫恩（Samuel Hearne）的《哈德逊海湾的威尔士王子堡垒到北部海域游记》（*A Journey from Prince of Wales's Fort in Hudson's Bay to the Northern Ocean*，1795）。诗人这样写道：“我于1798年在阿尔福克斯登（Alfoxden）写下这首诗，当时我正饶有兴趣地在读赫恩的游记，这首诗为《抒情歌谣集》而作。”[②] 赫恩的游记于1795年在伦敦出版，主要记述哈德逊湾公司的雇员赫恩从哈德逊湾的威尔士王子堡垒到北美洲的拓殖历程。在游记中，赫恩描述了诸多缺乏基督教信仰、举止粗野以及品行低劣的印第安人，而印第安族群对女性的残酷性同样成为赫恩眼中的印第安社会的重要标志。赫恩在游记中曾记述过一个印第安妇女的遭遇：这个妇女的病情十分严重，族群没有把她抬入雪橇，也放弃

---

① 《一个被抛弃的印第安妇女的抱怨》简称“《抱怨》”，其译文为笔者自译，随文仅标注行数。该诗的原文，可参见 Thomas Hutchinson ed.，*The Poetical Works of Wordsworth*，London：Oxford University Press，Humphrey Milford，1928，pp. 113 – 114。

② Jared Curtis ed.，*The Fenwick Notes of William Wordsworth*，London：Bristol Classical Press，1993，p. 9.

了带她逃生。[①] 按照赫恩的说法，不单单印第安女性，印第安老人也同样免不了这样的宿命，这甚至被认为是印第安族群中最大的灾难。当他们不能劳作时，还会受到自己子女的虐待，“印第安族群中有至少一半的老人和妇女在这样的遭遇中丧生”[②]。印第安族群的事迹令赫恩产生强烈的抵触。他发出这样的感慨：“我至今还从未见过这样缺乏人性的族群，他们如此漠视且不在意同伴的生命”[③]。印第安人的兽性与非人化的秉性已经在赫恩心中扎根，他把“过去从未见过”这些场景的地点划定在自己所在的英国国度。至此，作为观察者的赫恩与印第安社会的不平等对话也逐渐成型。印第安社会充当了对话中的弱者，他们被赫恩的主体视角审视，而赫恩的评判是站在英格兰的制高点展开的。

不止是游记，《抱怨》也同样借用了赫恩的道德评价式的口吻。标题之下，华兹华斯另辟一段并以眉批的形式总结了印第安族群中频发在那些遗弃弱者身上的事件。[④] 诗人此时的标注却可以被看作是某种意义上的“故事重述”。他在眉批中诉诸负面情感时，还附有一定的主观色彩。诗人在眉批首句便指出，印第安社会的那些由于患病而不能较好地完成旅程的人会被抛弃，但赫

---

① 赫恩在游记中写道：“一个已婚的印第安妇女很长时间一直在消耗体力，在过去的几天中，她的身体越来越弱，甚至不能支撑她之后的旅程。如果把她带走，也的确令人堪忧。在医生已经放弃或缺乏朋友帮助的情况下，我不得不说，但是较为肯定的是，没有权宜之计可以令其康复。以至于在没有任何客套的前提下，她被遗弃了，在地面上等待死亡。”上述原文，可参见 Samuel Hearne, *A Journey from Prince of Wales's Fort in Hudson's Bay to the Northern Ocean*, Amsterdam: N. Isreal, 1968, p. 202。

② Samuel Hearne, *A Journey from Prince of Wales's Fort in Hudson's Bay to the Northern Ocean*, Amsterdam: N. Isreal, 1968, pp. 345 – 346.

③ Samuel Hearne, *A Journey from Prince of Wales's Fort in Hudson's Bay to the Northern Ocean*, Amsterdam: N. Isreal, 1968, p. 51.

④ 华兹华斯在眉批之下写道：“一个北部的印第安人患病在身，他不能与同伴继续前行；他被同伴丢弃，身上覆盖着鹿皮，如果条件允许，水、食物和燃料也被提供。他被告知同伴们的将来要走的路径，如果他没有能力跟上或赶超，他就在荒野中自生自灭，除非他运气够好，可以遇上其他印第安族群。没有必要提及的是，印第安女性也是同样的命运，甚至情况更糟糕。”上述原文，可参见 Thomas Hutchinson ed., *The Poetical Works of Wordsworth*, London: Oxford University Press & Humphrey Milford, 1928, p. 113。

恩在游记中却暗含只有那些“患有永远不能治愈的疾病的人，或者因年龄问题的人才会被遗弃”①。此外，赫恩从未记述男性被抛弃的场景，但诗人却在眉批中主观“增添”了男性也依然未能在这种遭遇中幸免的现状。在眉批的最后，诗人还以“没有必要提及”暗含女性其实也成为被抛弃的一分子的众所周知的现实，有意地强调了女性遭遇较之于男性遭遇的普遍性。待眉批交代了印第安社会所频发的抛弃弱势群体的事实后，诗人依然在诗歌正文中不乏加入一些臆想。诗歌开篇，诗人便采用第一人称，讲述了一位在旅行途中患病的印第安母亲独自在恶劣的自然环境中接受死神召唤的状态。此刻的印第安妇女却并未表露任何惊慌之感。诗歌中写道：

睡梦中，我听到了北极光；
繁星，在梦中闪烁；
睡梦中，我仰望天空，
看到噼啪作响的极光流转变化；
是的，它们就在我的眼前，
是的，我还活着。
在明天来临之前，
哦，我的生命将息！（1－10）

妇女连续使用的“是的”，不仅表明出死亡的必然性，也流露出她对于这种死亡场景已经司空见惯了。她自始至终生活在印第安的族群中，或许早已预料到命运的使然。单凭题目来看，这首诗理应讲述的是一个印第安妇女对于自己所受到的如此残忍遭遇的抱怨，但在诗歌中却没有发现妇女有任何过激的言辞。妇女

① Chrisrina Anne Valeo, *Imagining the Wild（er）ness：British Romantic Writers and American Indians*, Ph. D. dissertation, University of Illinois at Urbana-Champaign, 2003, p. 130.

依然称呼那些抛弃她的人们为“朋友们”，她幻想着这些“朋友们”可以把她抬至雪橇：“你们可能拖着我往前跋涉，/多一天，就一天”（21 – 22）。在玛丽·雅克布斯（Mary Jacobus）看来，“一种野蛮的文化，致使印第安妇女走向了死亡，她以一种尤为引人注目的方式言说了对于所有文明社会的情感渴望”①。妇女把这一切的遭遇内疚地归因于自身的疾病，虽然忽视了从印第安的野蛮文化中找寻其所受遭遇的根源所在，但是依然渴望文明社会的待人和处事方式。苏珊·沃尔夫森（Susan J. Wolfson）在读到印第安妇女的“悲叹”（lament）时进一步指出，印第安妇女的心酸境况以及内心的挣扎，其实较好地“展示出这个族群中骑士精神缺失的现状”②。沃尔夫森的论述可以看作是雅克布斯的深化。诗歌中的关于印第安妇女的论述实际上已经触及了华兹华斯对于印第安族群中的社会、历史、性别等层面的相互交织的他者涵义，而骑士精神的缺失是这一涵义的表征方式之一。

19 世纪的浪漫主义时期较为频繁地出现了骑士神话的中世纪化现象。“就其本质内容而言，就是通过有选择性的怀旧建立一种能够适应时代需求的价值观。”③ 实际上，骑士风的盛行不只是英国人沉迷于骑士精神的问题，“而是代表着一种神话结构，许多英国男女试图用这种结构来使他们的社会有序化，使他们在那个社会的作用合理化”④。骑士精神是一种身份的象征，来自于此阶层的阶级优越感。践行者试图彰显以崇高的身份为基础的道德与个人修养，而谦恭有礼、不屈不挠、换位思考、勇于牺牲自己利益、男性保护女性等绅士原则被鼓吹。在时代话语的渗透下，

---

① Mary Jacobus, *Tradition and Experience in Wordsworth's Lyrical Ballads (1798)*, Oxford: Clarendon, 1976, p. 192.

② Thais E. Morgen ed., *Men Writing the Feminine: Literature, Theory and the Question of Genders*, Albany: The State University of New York Press, 1994, p. 37.

③ 何伟文:《锡德尼之死:一个英国文化偶像的塑造》,《外国文学评论》2015 年第 3 期。

④ 何伟文:《锡德尼之死:一个英国文化偶像的塑造》,《外国文学评论》2015 年第 3 期。

这种骑士精神与帝国意识进行有效的结合，而异于帝国的其他民族往往呈现出与骑士精神相悖的弱点，这一说辞也作用于文学作品中，成为英格兰民族的文化表征。在《抱怨》中，华兹华斯颇有微词地借妇女之口对印第安男性中的较为贫瘠的骑士精神予以评判。印第安族群缺失的骑士精神除了表现在对于妇女的遗弃外，妇女与孩子之间的天然纽带被切断同样被归因为印第安男性中或缺的骑士精神。诗歌中，当印第安族群抛弃妇女后，还试图从妇女的臂弯里粗暴地夺走她的婴儿。相应地，这个母爱泛滥的妇女的情感也终于爆发。她虽然迫切地希望孩子可以生还，但一想到年幼的他在以后即将面对陌生的女人，她充满不安与愤怒。与此同时，妇女还对这个孩童饱含期待，希望他可以“长成一个可以为我拉雪橇的大男人”（39）。与人群中的绝大多数印第安男子不同，她的孩子可以“伸开双臂”（40）拥抱她。只见这个男子无惧劳累与非议，他被塑形为具有绅士风度的拯救者形象。对于华兹华斯来说，探究印第安社会抛弃弱者的“真实性”或许并不是那么重要，在诗人笔下，英勇无畏形象与印第安族群中男性绝缘，他们成为自私自利、欺负妇女和长辈的代表，虽说野外的环境磨炼了他们的意志，但高贵的英雄主义也不能成为他们的标签。诗人在对印第安男性品行建构的同时也不自觉地折射出包括本人在内的英格兰男性高尚与绅士的一面。

相较于《抱怨》和《鲁思》，《致我的幼女朵拉》（*Address to my Infant Daughter*，*Dora*）致力于印第安孩童的他者化塑造。期间，诗人把对其女儿朵拉的情感也融入叙述中。诗歌中写道：

如果你出生在印第安，
青苔和落叶是你的床铺，
枯枝随意地覆盖着，
或用暴露在野外空地上的粗野东西搭着，

——夜晚的严寒，夜晚的漆黑，

或通过变换的月光而呈现…… (18-23)①

“随意”“粗野”等词汇纷纷指向印第安房屋的特征。诗人在《疯母亲》中以及多萝茜·华兹华斯在其日记中论述关于《向西走》的情节令其想到印第安时场景时，分别以“bower”和“hut”（而非“house”）指代北美的原著居民的住所。华兹华斯兄妹对于房屋的叙述虽然与那一时期栖居于野外和自然界的印第安人的生活和居住特性达成一定的共识，我们甚至不否认这样叙述的可信之处，但根据接下来的诗行可以发现，由印第安房子来建构房子中的印第安孩童的知识话语的方式，便体现出诗人依然还未脱离对印第安社会的固化认知。这种叙述方式在某种意义上映照了当代女作家多丽斯·莱辛（Doris Lessing）在非洲小说比如《野草在歌唱》（*The Grass is Singing*）中对于“hut”和“house”所赋予的政治外延。莱辛在小说中不止一次地使用这两个词，来分别表明白人殖民者与非洲被殖民者这两个不同的群体之间在其所居住的房间内，装饰、屋顶、房屋的材质等方面的差异，并由房屋这一社会空间的产物来建构西方人和非西方人个体身份的差异。② 回望《致我的幼女朵拉》，与婴儿娇嫩的身躯形成鲜明对比的不仅是印第安的粗野房屋，还有印第安人与未开化的动物一致的荒野生存方式。英格兰的婴儿在火炉边，在真正的屋檐下茁壮成长，并感受英国人“高人一等”的文明的熏陶。诗人不仅以月亮的一个月周期的时间隐喻来暗含女儿朵拉的高洁品行，还以此意象搭建了英国和北美两个截然不同的地域的差异及

---

① 《致我的幼女朵拉》的译文为笔者自译，随文仅标注行数。关于该诗的原文，可参见 Thomas Hutchinson ed., *The Poetical Works of Wordsworth*, London: Oxford University Press & Humphrey Milford, 1928, p. 172。

② 参见姜仁凤《〈野草在歌唱〉中的房子与自我》,《外国文学研究》2017 年第 3 期。

其由地域所引发的居住者的差异。印第安的孩童与英格兰的孩童之间的鸿沟也由此被拉大。朵拉生活在温暖的“鸽舍”中，但“另一个朵拉”却受困于在印第安的家庭中，他/她可能与朵拉同岁，但却有着大相径庭的境遇。鉴于此，诗人最后总结道：印第安的孩童虽然有母亲的爱护，但受困于居住环境和文化构成，他们享受不到真正的幸福。相反，生活在英格兰的朵拉不仅能体会到“更深远的快乐”（far happier），还较好地折射出“英格兰文化与文明实践的价值”[①]。

印第安意象不仅成为华兹华斯诗歌的重要素材，也不自觉地成为其建构白人价值观的评判标准。那一时期的欧洲人其实并无特别炽热的兴趣研究印第安人及其文化，与其说他们是历史事实中的印第安人，毋宁说添加了白人想象视域下的印第安人。[②] 诗人笔下的印第安符号难免带有主观虚构的成分。当诗人将带有想象式的眼光投向印第安社会，却在镜中看到了自身的英国性，而这种英国性为“向西走”提供较强的动力。

第三节　“向西走”的流变:“移民”“命名”与“内转向”

随着时间的沉淀以及多重诱因的渗透，华兹华斯在印第安主题诗歌以及《向西走》等诗歌中所呈现的对西方世界和西方人的不平等互动的兴趣也相应地发生了一定的变化。不仅如此，诗人西行憧憬的目的地也逐渐由北美移位至英国国内的西方。

19 世纪初因资金短缺和骚赛政治变节等原因所致使的大同社会实践的破产，引发了诗人在《最后一只羊》（*The Last Flock*）、

---

① Chrisrina Anne Valeo, *Imagining the Wild（er）ness*: *British Romantic Writers and American Indians*, Ph. D. dissertation, University of Illinois at Urbana-Champaign, 2003, p. 154.

② 参见李素杰《〈拓荒者〉与美国文学传统的建构》，《外国文学》2013 年第 3 期。

《流浪女》(*The Female Vagrant*) 等涉及移民情节的诗歌对大同社会的条款的负面反思，这也相应地成为间接建构诗人“向西走”情感纠葛的重要因素。《最后一只羊》描述了一个五大三粗的牧民抱着一只死去的羊羔在路边哭泣的场景，而关于“向西走”的移民情节也贯穿其中。当牧民瞧见诗人时，便迅速闪向一旁，“好像要躲开，不让人看见”，待其询问后，才知道死去的羊羔是他家里的最后一只羊。这个牧民的生活并不富裕，在饥荒的岁月里越发艰难。为了养活 6 个孩子，他不得不找教区寻求救济，但却未能如愿。教区认为他是一个富户，只因他有 50 只羊。无奈之际，他接连卖掉所有的羊以换得口粮。如同农民丢失了土地，没有资本的牧民也近乎绝望。牧民在失去经济来源的情况下，“昏头昏脑，就像中了邪”，干活也无精打采，他甚至“想从家里逃走，躲进山林去陪伴野兽”。诗人揭露了英国穷人在《贫困法令》(*Poor Laws*) 下的生活惨状，这些所谓的法令以及救助体系不能成为穷人的保障。在诗歌中，华兹华斯并未急切去为英国内部的政治与社会制度找寻出路，反而朝向一种较为极端的方式前行。在他看来，如果这个牧民移民至另一国度，或许可以减轻甚至避免这样的困境。诗人看似是借用柯勒律治和骚赛在异域建构大同社会的构想，为英国提供一个应对和避免贫穷以及政治危机等问题的乌托邦，但其态度并不是那么肯定和坚决。[①] 诗歌并未指明异域国度的具体所指，这留给读者一定的遐想空间。他用了“不曾经常” (not often) 的口吻来说明在其他国家虽然这样的状况较少发生，但并非完全不会发生的现实。诗人的“遥远的国度”既含混不定又虚无缥缈，而大同社会中所规定的对于消除贫困以及人人平等的法令虽说可为英国的穷人提供保障，但这种空想性终究经不起实

① Michael Wiley, *Romantic Migrations: Local, National, and Transnational Dispositions*, New York: Palgrave Macmillan, 1998, pp. 88 - 89.

践的检验。[①]

同《最后一只羊》相比，《流浪女》以流浪女一家受到经济迫害的遭遇以及寻求理想国度的历程为情节展开。该诗除了暗含诗人对大同社会的条款的质疑，还折射出西行北美的实践势必会遭受重创的事实。流浪女原本同父亲生活在英国湖区，他们在自给自足的生活中，体验着简单的幸福与快乐。然而富商的出现打破了原有的美好。富商看上了父女俩的这片面积不大但环境优美的住所，意欲强行据为己有，而父亲只能拼命守护这个祖祖辈辈留下来的遗产。待富商的购买计划落空之后，他对父女俩进行"残酷的伤害"（cruel injuries），自此之后，父女俩的生活也支离破碎。如同《最后一只羊》所流露的社会批判，华兹华斯此刻也触及了英国的现实问题，即下层人的生活权益或许很难得到应有的保障。诗人指出个人资产的保护是提升社会稳定和公正的重要支撑，而远非柯勒律治在大同社会的资产共有原则和平均主义条款中所言及的私有财产可能会生发罪恶的观念。诗歌中，流浪女丢掉了自己的住所，即唯一的个人资产。这同时也导致其虔诚的宗教信仰的破灭。自此，"她不再祷告"（62－63），对整个世界的道德法则失去了原初的希望。接下来，诗人通过对流浪女一家人移民美国的遭遇的情节设定，回应了移居美国的不可取性。当流浪女的丈夫离家而加入军队后，流浪女一家也尝试去美国寻求生计。当船只靠向北美海岸，他们愉悦的心情也逐渐开始完结："海浪的仁慈令我们感受后悔/我们到达西方世界，贫穷不堪"。在之后的时日里，流浪女一家的状况不容乐观，他们不论是在森林、帐篷，还是城镇中，不仅遭遇到本土居民持续不断的刀剑攻击，还承受北美可怕的瘟疫，他们最终只能在经历颠簸与磨难后失望地返回英国。原本想要通过移民美国来改变生活状况的想法

① Michael Wiley, *Romantic Migrations: Local, National, and Transnational Dispositions*, New York: Palgrave Macmillan, 1998, p. 89.

已经被实践无情地否定。带着近乎绝望的心境，流浪女在甲板上依靠英国固有的纽带而“重构”（restore）自我，最终渴望在英国的故土中寻找希望。华兹华斯也许意图传达这样的要义：18、19 世纪的浪漫主义诗人眼中的新世界仅仅是一个意识层面的抽象存在，他们并未考虑现实性的因素，当真正踏足北美时便会举步维艰。[①] 虽然《流浪女》和《最后一只羊》并未鲜明地触及富含强烈意识形态的“向西走”思想，但却向我们传达了这样的讯息：这些意图踏入北美的人甚至连基本生存都无法保障。或许在华兹华斯看来，随着大同社会的破产，既然葆有北美憧憬的人在北美立足已经颇具难度，谈何作为主体者的身份在北美进行政治欲望的投射呢？

相较于大同社会破灭的影响致使北美移民主题诗歌中或多或少地流露出“向西走”的保守态度，诗人在《命名地方组诗》（*Poems on the Naming of Places*）[②] 中以“命名”叙述为主线在对此话题论及时，也不乏涉及了对“向西走”的殖民权力所持有的辩证审视之姿。《命名地方组诗》的 6 首诗歌大体围绕诗人以命名的方式对某片区域的主观占有进行言说。这些诗歌的命名主旨与诗人在《序曲》（*The Prelude*）开篇中言及的对于世界的探寻的想法并不一致。《序曲》中曾这样写道：

何方庐宅将我收留？何方的
山谷做我的港湾？何处林中

① Michael Wiley, *Romantic Migrations: Local, National, and Transnational Dispositions*, New York: Palgrave Macmillan, 1998, p. 58.

② 华兹华斯在 1799 年 12 月至 1800 年 10 月期间创作了《命名地方组诗》（*Poems on the Naming of Places*）的前 5 首，即《四月清晨》（*It was an April Morning*）、《致乔安娜》（*To Joanna*）、《有一个山丘》（*There is an Eminence*）、《糙石栈道》（*A Narrow Girdle of Rough Stones*）、《致 M. H.》（*To M. H.*），第 6 首《我初次到这儿》（*When First I Journey'd Hither*）［也被称为《面对繁华世界的诱惑》（*When, to the attractions of the busy world*）］完稿于 1804 年，最后一首在 1845 年《从突出的山脊眺望》（*Forth from a Jutting Ridge*）创作而成。

我将安家定居？何处清澈的
溪水将以淙淙低语诱我
入眠？整个世界展现在我眼前，
我环顾着，心灵并未因自由而惊慌，
而是充满欣喜……（Ⅰ.10－16）

诗人的这种行为可以算作亚当式的，他只为找寻心灵的寄托，安家与对自然的忠诚相伴而生。这种占有领地的方式和目的却并不足以支撑《命名地方组诗》以命名方式对于湖区的篡夺行为，而诗人在此过程中甚至还建构了全球性的视野。比如，在《我初次到这儿》（*When First I Journey'd Hither*）中，约翰·华兹华斯在树林中踱步的举动令诗人联想起约翰在海上服役于帝国东印度公司的体验；在《糙石栈道》（*A Narrow Girdle of Rough Stones*）中，诗人由湖区命名的行为联想起海外拓殖期间的水手施加于港湾和海岸的粗鲁举动。可见，华兹华斯对于湖区的命名也可以被看作是一种隐喻，其中也或许含有一种以自身的体验来审视帝国在海外命名行为的要义。①

华兹华斯的命名叙述受到托马斯·库克（Thomas Cook）船长的南太平殖民历程的影响。② 此外，萨缪尔·赫恩（Samuel

① Michael Wiley, *Romantic Geography: Wordsworth and Anglo-European Spaces*, New York: St. Martin's Press, Inc., 1998, p. 81.

② 1768年5月，库克船长（Captain Cook）被任命去探索南部太平洋。库克考察了金星凌日现象，收集了大量植物和动物的样本，发现了巨大的南部大陆的踪迹。在1772年和1776年的航行中，库克有信心为英国发现新的岛屿，如同当局给其被封印的《秘密指南》（*Secret Instructions*）中写道："你与本地的赞同者一同以大不列颠王室之名占据有利情形，如果你发现这个地方没有人居住，就以恰当的标记和铭文并且以王室的名义占有它——作为第一发现者和占有者。"最终，库克不负众望，他率领船队占据了南半球的诸多岛屿，并命名为"大不列颠王室"（King of Great Britain）。他的命名行为总是同自身的经历相关，比如，"thirsty Sound"和"Duck dove"依据于船员的生存状态；"Clerke's Rocks"和"Shepherds Isles"跟船员和他朋友的名字有关；"Unfortunate Cove"就涉及了库克被火药炸伤手，甚至断送了他的航海生涯的悲惨遭遇。库克通过为新的区域命名建立帝国同它们的联系，他把命名之处标记在地图上，从而较好地介绍给帝国的子民。（转下页）

Hearne）从哈德逊湾到北部海域大西洋探险事迹也为其提供借鉴。[①] 在探险期间，赫恩曾用工具把自己名字篆刻在沿河的诸多石头中，甚至还把名字喷绘在印第安人的靶子上，其命名行为在北美拓殖进程中不乏重要价值。至少为亚历山大·麦肯齐（Alexander Mackenzie）等人在之后占有加拿大的西北部区域铺路，而那些原本无人涉足之地也由此被划归为赫恩的名下。彼得·泰勒（Peter Taylor）在分析乔纳森·卡弗（Jonathan Carver）于18世纪90年代对于密西西比河畔的某片区域的命名行为时，把“空间”（space）与“地方”（place）分列为对土地命名之前和之后的表征。在该学者看来，命名是对具有普遍性的“空间”添加“内容”而使之成为具有特殊性的“地方”的媒介。[②] 赫恩的命名亦是如此。相应地，华兹华斯以命名完成的“圈地运动”在《致乔安娜》（*To Joanna*）中也有映现：“在这块有生命的山石上，/深深地凿出几个粗犷的大字乔纳森。”[③] 此刻，诗人对土地的命名其实还折射出“再命名”的含义。诗歌的脚注部分也较清晰地表明出古代北欧人和罗马人对这片区域的篡夺。他们所使用的方式也是在石头上命名以此来施加霸权。诗人在此抹消了原本占有者对其施加的权力，重新建构了自身的权力符码。诗人在这种“循环的殖民过程”（recycling of the colonial process）中也表明出不同的殖民者在不同时期占有土地的过程中的更替现象。这相继可能带来的后果也不容忽视。由命名施加于这片区域的权力仅被命名者及

（接上页）库克的航海日志以及那一时期的海外探险著述受到华兹华斯等浪漫主义诗人的追捧。相关观点，可参见 Carol Bolton，*Writing the Empire*：*Robert Southey and Romantic Colonialism*，London：Pickering & Chatto，2007，pp. 69－95。

① Carol Bolton，*Writing the Empire*：*Robert Southey and Romantic Colonialism*，London：Pickering & Chatto，2007，p. 100.

② Carol Bolton，*Writing the Empire*：*Robert Southey and Romantic Colonialism*，London：Pickering & Chatto，2007，p. 101.

③ Thomas Hutchinson ed.，*The Poetical Works of Wordsworth*，London：Oxford University Press & Humphrey Milford，1928，p. 147.

其同样文化圈子的人所能理解和接受，而对于那些已经习惯了原本名字的人来说却并不能跨入新一轮的权力范围中。卡弗在北美游记中曾描述了印第安人对代表着本土文明的岛屿、土地和山脉的命名，比如“Manataulin”在印第安文化中指代“神灵之地”（place of spirits），“Whool dyah'd Whoie”因盛产梭子鱼而得名，“Mosquettoe”却与本地昆虫较多的原因分不开。然而，英国殖民者却通过再次命名的方式清除这些植根于印第安人的集体意识中的文化，虽然他们在物理层面占据了这片土地，但在文化层面和想象层面未能与印第安人的认知保持一定的契合。这种殖民再命名所产生的对于权力的冲击同样在《四月清晨》（*It was an April Morning*）中可见一斑。诗歌中写道：

在那些见过我的牧羊人中，
我曾经跟他们中的三两个人
闲谈过这段际遇，
多年后，当我们都不在了，
他们哪天偶然谈起这样一个地方，
可能会称呼这里为“爱玛山谷”。①

“爱玛”是诗人对妹妹多萝茜·华兹华斯的爱称。诗人把“一个野外的隐匿处”（wild nook）命名为“爱玛山谷”。在若干年之后，他希望那些本地的牧羊人可以沿用“爱玛山谷”来称呼这个地方，但前提是这些牧羊人对于原本名字的摒弃。然而诗歌中所流露出的口吻却是商讨式或祈使式而非命令式的，这或许从侧面反映出命名权力的“不稳定性”。如同《湖区指南》（*Guide to the Lakes*）以及其他诗歌中所提到的“飘荡的岛屿”（floating

① Thomas Hutchinson ed., *The Poetical Works of Wordsworth*, London: Oxford University Press & Humphrey Milford, 1928, p. 146.

islands）的动态性，它们随时都有发生物理位移的可能。此外，诗人在《糙石栈道》中还涉及道德层面的“自我拷问”（self-reproach）。诗人的自我审视虽主要言及湖畔边艰难生存且靠捕鱼为生的老翁的生存境况，但叙述期间也不自觉地指向了命名权力：

> 我的朋友，我自己，
> 以及后来收到同样训诫的她，
> 决定以命名保留记忆，
> 如水手给一个海角或新发现的海岸
> 命名那样笨拙和粗野，
> 我们最终取名为“鲁莽审判之角”。①

诗人既希望通过命名来对湖畔进行私人占有，以此来保存专属于自身的记忆和私人喜好，但同时他又指出这种命名行为的粗野之处。“鲁莽的审判之角”便映照了矛盾的修辞法。这片区域既是诗人审视其道德错失的地方，但同时却依然属于被施加权力的场所。从列斐伏尔的空间理论来看，这个审判之角建构出华兹华斯个人话语与官方话语相互交锋、相互抗争的场域，它“既是被动体验的屈从空间，又是想象寻去改变和占有的空间，蕴含着有悖于统治秩序的反抗力量，具有无限可能”②。它是华兹华斯在原有的命名话语之下所构想的权力空间，但该场域中的权力话语又有不断地被颠覆、被解构的危险，使之成为反抗潜能的表征空间，体现出政治力量的盘结交错的辩证性。其实，诗人由命名所引发的矛盾心境同《远游》的“孤独者”对一片陌生区域施加霸权

① Thomas Hutchinson ed., *The Poetical Works of Wordsworth*, London: Oxford University Press & Humphrey Milford, 1928, p. 149.

② 辛彩娜:《乔伊斯、纪念碑与空间政治》,《解放军外国语学院学报》2016 年第 2 期。

但却又有所顾虑的行为，具有较高的契合度。《远游》第 9 卷的“植物采集的狂欢”（an orgy of plant-collecting）片段（Ⅸ. 537 - 544），以博物学的视角重现了“孤独者”在一片较少人踏足的处女之地窥视土地、收集植物、赋予植被女性化的身份以及对植物进行等级排序等一系列过程。虽然该片段以英国本土为主要地域，但诗歌中的若隐若现的全球探险的意象以及异域植物的名字也不由自主地令主人公的视域范围扩展至北美等地。这同巴特拉姆在北美的自然科考中的植物搜集、收藏与分类行为具有一定的耦合，在貌似客观中性的科学文化活动中流露出较强的帝国主义情结。作为一个从文明世界跨入北美的科考专家，巴特拉姆强行给其所未曾见过的动植物施加西方社会的价值观和认知范式，体现出作为主体的权威性与权力的差异性。然而，诗人在《远游》中虽借“孤独者”之口言说了如巴特拉姆似的在陌生领地实施这种粗鲁行为的优越感，但却在言及“花卉的战利品”（flowery spoil）、“正在熄灭之火”（dying fire）等意象时呈现出悲悯与自责的情怀。

虽然《最后一只羊》《流浪女》等诗歌由大同社会的破产所折射出“向西走”日渐悲观的态度，《命名地方组诗》也从命名叙述的角度来辩证地审视北美殖民者的行为，但这并不能妨碍华兹华斯在《远游》的结尾处也依然葆有的炙热的西行憧憬。然而，此刻的西行指涉却已经超越了单一的北美地域性。《远游》的最后一卷写道：

在深的湖面，幸运地看到了
双重影像；在长满草的湖畔
出现白得像雪的公羊，另一只在清澈的水流中，
有着一模一样的身影！只见最美丽的姿态，
在绿色的草地上，头颅的毛发浓密

充满帝国的威严和英勇，至高处盘旋着双角，
逼真地站在那里；美丽的影子，
映现在他的有阴影的下方。
每一影像都环绕着热情的山脉与天空，
他们看起来是美好世界的中心！
地球上相对立的在不同半球的分开的两个地区，
在无意识的作用下，也能够
在他们视域下静若完美的一体。（Ⅸ.438－451）

“牧师”及其同伴在到达温德米尔湖边时，欣喜地看到“英格兰高贵的自由种族”（Albion’s noble Race in freedom born）（Ⅸ.393）的白公羊的显现的场景。作为《远游》中设置的最后意象，白公羊既代表着一种即将到来的事物和憧憬的引导者，同时也是英格兰在救赎全球范围内的他者区域的精神向导。当白公羊的形象映照在英格兰的温德米尔湖水中，湖水好似反射人类灵魂的镜子以此展示真理与意义的存在，在此境况下，世间万物在湖水中被重新整合，世界范围的不同区域的草木、山脉、天空等事物也呈现出一片祥和之姿，而白公羊在此承担了某种向心力的作用。“牧师”“漫游者”及其追随者站着一起共同举行圣餐仪式，他们在对上帝的祈祷和感恩之后，把言说的重点放置在了英格兰作为上帝所选民族的使命感。而这一天命通过新教主义、自由人权、国家的圣俸、法令等英格兰的准则的扩展去重构新的秩序（Ⅸ.639－641）。在诗人看来，英格兰有能力去治愈整个欧洲甚至整个世界的伤痛，在现阶段还急需点亮由于拿破仑战争等诸多因素所造成的“余波”：“未来的职责（不能被搁置）/迫在眉睫”（Ⅸ.406－407）。进一步来说，《远游》白公羊片段其实承担着过渡的任务，它引导着西方在方位上由北美向英格兰最西边的温德米尔湖的西海岸的转换，以及由此生发出的人们在本国领土内的“向西走”

的过程中对帝国现状与未来的展望。[①] 相应地，日落之地的地理层面的西方，也同样可以衍变成在时间层面上的黑夜与白昼的分界点，而太阳的意象在衔接逝去的今天与即将到来的明天过程中起着决定性作用。作为白公羊的显现之地以及与太阳有关的时间层面上的现在与未来的临界点，不列颠诸多群岛中最西边的温德米尔湖畔也自然而然成为“牧师”等人的憧憬之地。在此，“牧师”的“向西走”计划修正了“孤独者”以及华兹华斯的同代人因经济、政治等不同目的而抛家弃子的移民者“向西走”的原本构想，而把“向西走”的目的地划定在英格兰的边界内，这或许有着较强的国家层面的政治预设。[②] 我们可以发现，不论是长诗《远游》也好，哪怕是关于约翰·华兹华斯遇难的同“向西走”主题产生较小关联的挽歌也罢，这些诗歌中的一个重要论点就是在帝国所遭受不同的挫折和不安的背景之下关于诗人的自律和自我责任的讨论，这些讨论虽然较多地围绕着在宗教意义上的对于上帝的忠诚度展开的，但着眼点还是在与对大不列颠王国的已建立的权威的敬畏。[③] 实际上，从 19 世纪开始，华兹华斯还经常把在海外游荡的移民者与英格兰本土的旅行者建立交集并发生一定的文本层面的碰撞，试图把那些海外旅行者的最终目的地转向英国国内，由此《远游》中“漫游者”最终放弃北美而回归英国以及“牧师”在温德米尔湖畔的西行呈现出一定的必然性。[④] 对于华兹华斯来说，把目的地放置在英国的“向西走”并非是对西部

---

① Laura Susan Dabundo, *The Extrospective Vision*: *The Excursion as Transitional in Wordsworth's Poetry and Age*, Ph. D. dissertation, The Temple University, 1986, p. 114.

② 在这些浪漫主义文人中，普利斯特列（Priestley）、沃斯通克拉夫特（Wollstonecraft）、潘恩（Paine）、科贝特（Cobbett）、赫兹利特和济慈的弟弟乔治·济慈（George Keats）都有尝试移民或制定较为详尽的北美移民计划，而兰姆、查尔斯·劳埃德（Charles Lloyd）、玛丽·雪莱也通过想象性视角审视了移民美国的计划。

③ Carl Thompson, *The Suffering Traveller and the Romantic Imagination*, New York: Oxford University Press, 2007, p. 224.

④ Carl Thompson, *The Suffering Traveller and the Romantic Imagination*, New York: Oxford University Press, 2007, pp. 226 – 227.

的温德米尔湖畔建立英式趣味和殖民主义权威，反而体现着华兹华斯在18世纪末19世纪初的各种矛盾相互交织（比如，英国与海外殖民地之间的矛盾，议会制度腐败引起的国内矛盾，与爱尔兰、苏格兰的民族矛盾等日益尖锐的内部问题）的情况下的民族向心力和民族的自信。此时的英格兰西方俨然超越了地域的内涵，成为涉及民族情感和国家忠诚度的表达，同时代表着纳喀索斯式的自我关照与自恋情怀。“向西走”目的地由北美移至国内虽在地域上发生变化，但是其所显露的英格兰性在以“内转向”的过程以另一种方式言说着，而西方由主体意识形态的投射的他者之地也变成了映照英格兰使命、表征英格兰性的主体之地。诗人的西行憧憬不单单指向那片处女之地，它展现出更广阔的前景，“西方”也超越单纯代表美洲地理范畴的局限，指向一种永无止境的帝国精神。

华兹华斯的美国情结可以视作是对于英国历史上向西殖民思想的某种承继，体现出英国人对于这片处女之地的意识形态投射。法国大革命、大同社会、英国人的拓殖游记等因素的影响，为华兹华斯的“向西走”思想的形成提供重要基础，而诗人对于印第安社会的刻板化想象同样为“向西走”作了合法性辩护。随着时间的推移和多重因素的影响，华兹华斯对于“向西走”的态度也发生了变化。命名叙述辩证地审视了往昔的殖民者以命名的方式对北美、澳大利亚等地诉诸的权力，它同北美移民主题诗歌中对于大同社会的破灭所导致的情感纠葛，共同助推了华兹华斯对于“向西走”的批判性反思。虽然诗人的反思并不足以改变当时的主流话语中对于这片前殖民地的看法，但仍不失为对于北美的较为复杂的政治情感的一种体现。此外，“向西走”目的地在18世纪末19世纪初的各种政治矛盾交织的时代还发生了转移。西行目标由北美转变为英格兰最西部的温德米尔湖畔。此刻的“向西走”已经不单单局限于北美他者区域的政治投射，而是指引着英格兰在世界范围内的使命的精神所指。

结　语

西方作家理论研究学者刁克利在论述“作者生态理论”[1]的纲要时，较为形象地把作者尤其是文学作家看作是一粒包含自主的“成长基因”，但同时又必不可少地受到“阳光、水分、土壤等外部因素和环境的作用”的不断生成的种子。[2]在刁克利看来，外部世界与作家其实时刻处于一种双向的对话之中。这些以时代背景、社会环境等因素为代表的外部力量除了对作家的创作及其思想产生较强的渗透作用，作家还能够在创作及其思想塑形的过程中对这种外部力量进行一番审视、甄别与反思。对于两者之间动态性联系的探讨也构成了作家生态研究的重要分支。华兹华斯同样适用于此。从1798年便隐居于英格兰湖区格拉斯米尔小镇的华兹华斯，往往被国内外学界排除在“殖民主义的剧本之外”[3]。但殊不知，这位湖畔派诗人非但未能与帝国政治性的尘嚣“绝缘”，他同帝国之间的关系也十分的微妙。

---

① “作者生态理论”这个概念中的“生态”借鉴了文学生态学的整体观念和文学与自然相互联系的思路，扩大到文学内部构成与社会诸要素的互动联系。作者生态研究旨在研究作者作为人与这个世界的关系，及其作者自身的成长过程中所包含的各种作用力的关系、相互影响和联系。相关观点，可参见刁克利《诗性的回归：现代作者理论研究》，昆仑出版社2015年版，第133—134页。

② 参见刁克利《诗性的回归：现代作者理论研究》，昆仑出版社2015年版，第124页。

③ Tim Fulford and Peter J. Kitson, eds., *Romanticism and Colonialism: Writing and Empire, 1780—1830*, New York: Cambridge University of Press, 2005, p. 4

在18、19世纪大英帝国在全球范围内蓄势扩张的进程中，以华兹华斯为代表的不少浪漫主义作家与行政官员、投机者、冒险家等人，共同对帝国主义的塑形或多或少地贡献自己的力量，在某种意义上参与了“建立或保持帝国的政策和（实施）过程”①。事实上，帝国主义和殖民主义并不是简单的积累和获得的行为，它们都为强烈的意识形态所支持和驱使，而这些意识形态观念主要是通过文化的方式予以传播，因为“帝国主义的一切准备工作都是在文化中做的”②。那些关涉被殖民者或即将成为被殖民者的殖民规划，对于宗主国的殖民权力诉诸方式和力度，对于当前殖民地的考量和未来殖民地的希冀等多重话语势力，在华兹华斯的诗作中也得到不同视角和不同形式的阐发。华兹华斯相关诗作中的意识观念在18、19世纪殖民扩张的时代呈现出迅速发展的帝国话语表征，甚至还不自觉地起到一定的政治宣传作用，文化与帝国也呈现出某种协同的关系。不论是诗人在前期建构奴隶话语时含蓄性书写方式，后期流露出的对于奴隶他者性的认可以及对废奴先锋的抨击，诗歌中涉及的军事暴力对全球化扩张和殖民传统的影响和回应的叙述，诗人对内部和外部殖民教育的构想，还是诗人对埃及的宗教、中国园林和儒家教育、阿拉伯的环境和中东统治者所生发出的东方主义印象，西行北美的政治性憧憬与英国历史“向西走”的承继关系以及诗人所建构印第安刻板化印象的政治性诉求，均或直接或间接地映射出宗主国的诗人与帝国的较为统一的利益关系。从这个角度来看，这些具有同类型的知识构成和较为一致的衍生要义文本理应被看作是时代的产物，它们体现出诗人的帝国主体性和政治归属感。与这些文本中直接体现出

① ［美］爱德华·W. 萨义德：《文化与帝国主义》，李琨译，生活·读书·新知三联书店2016年版，第10页。

② ［美］爱德华·W. 萨义德：《文化与帝国主义》，李琨译，生活·读书·新知三联书店2016年版，第10—12页。

的意识形态内涵相比，《水仙花》与华兹华斯家族为了缓解经济困境的经贸活动——鸦片贸易却在具体的历史、文化与地域的背景和语境中被添附诸多政治性内涵和指涉，也不经意间深化了这位浪漫主义诗人与帝国的这种政治性联系。

即便如此，华兹华斯并不能被单纯地归为狭隘意义上的政治诗人或者帝国的鼓吹手。华兹华斯的帝国叙述其实是一个充满帝国主义话语与个人主义话语不断交锋的场域。华兹华斯在某些政治性议题上并不窠臼话语霸权的束缚。华兹华斯的亲友和资助者所从事奴隶贸易“不可言说”的事实虽然或多或少也影响了华兹华斯前期的创作中对于废奴问题的规避，但也在前期的文本叙述和一些书信中也不乏对于奴隶的同情之姿，尽管这种情感不乏一定的“微弱感”。此外，诗人也较为热情地在其自传体诗歌《序曲》中对阿拉伯文学经典的价值不吝赞美之词，在其诗歌的创作中还较为频繁地借鉴这些文学经典的主题和情节。在“阿拉伯之梦”中，华兹华斯还一改东方主义话语中对于刻板化的贝都因人的书写模式，把这位温文尔雅的沙漠居士看作上帝的代言人或预言家。华兹华斯对于移民北美的不可取性也作了较好的估量，与此同时，他还对殖民者在北美诉诸命名权力的予以质疑。不仅如此，华兹华斯对军事战争对士兵的负面影响进行较为细致的考量。概括起来，这些文本其实在某种程度上体现出了身处于时代洪流中的诗人对于东方、北美、战争等涉及帝国主义、殖民主义以及种族主义相关议题较为理性和独立的反思。同时也表明这样一个事实，即，华兹华斯这粒种子的成长实际上并不完全囿于这些外部环境的渗透，还或多或少地呈现出超越外部力量的自我塑形的能力。

与同时期的其他浪漫主义诗人相比，华兹华斯与帝国联系的“维度”俨然较为广阔。“华兹华斯与帝国暴力”“华兹华斯与文化殖民”“华兹华斯的东方想象”和“华兹华斯的美国情结”这四个议题中的"文本证据""时代证据"以及诗歌在"使用"过程中的"证据"俨然已经对此问题作了一个回答。不论是华兹华斯诗歌中所表征出的意识形态内涵，诗歌在具体的历史、文化语境中被赋予的话语指涉，还是诗歌在不同的地域政治中被无形添加的政治性外延，共同夯实了华兹华斯与帝国的多重交集。华兹华斯与帝国之间的多重互动过程中，两者之间的复杂甚至矛盾的关系也得到较好展现。华兹华斯在《序曲》"寄居伦敦"卷中言及的首都印象便较为直观地概之诗人与帝国的这种微妙关系。他一方面赞赏了这个掌握"世界命运的源泉"的大都会在政治、经济等方面的伟岸地位、并察觉出它在连接世界各处日不落范围方面的重要性和必要性时；另一方面又难掩首都的喧嚣、脏乱、怪异和混乱所带给他的关涉种族、地理、文化等诸多方面的"焦虑"。诗人对待帝国的耐人寻味的态度并非华兹华斯帝国叙述的"专属"，它其实代表了同时代浪漫主义诗人的状态。柯勒律治虽然直言不讳地指出殖民主义是帝国的当务之急，但在《孤独中的忧惧》（*Fears in Solitude*）中却表达了诗人所实施的帝国主义政策和殖民暴力会自食恶果的担忧；骚赛可以说是浪漫主义诗人中帝国意识最强势的一位，素有"帝国思想家"[①] 的称号，但依然还在为英国如何成为"世界上其他国家的正义与道德上的楷模"[②] 在奔走，而殖民战争的创伤、疾病等英帝国权力和势力急剧膨胀下所面临的种种问题也成为其忧虑所在；雪莱的《麦布女王》（*Queen Mab*）在显示出帝国主义精英文人的姿态的同时，也痛斥帝国内部统治的腐朽，甚至还呼吁实现全人类解放的愿望。借用爱德华·萨义德（Edward Said）在《文化与帝国主义》（*Culture*

① Carol Bolton, *Writing the Empire*: *Robert Southey and Romantic Colonialism*, London: Pickering & Chatto, 2007, p. 19.

② Carol Bolton, *Writing the Empire*: *Robert Southey and Romantic Colonialism*, London: Pickering & Chatto, 2007, p. 11.

and Imperialism）中代指在殖民者文化与被殖民者文化中的频繁出现的话语表征的“共谋”和“抵抗”的两个词汇，便可较为直观地映照出这些浪漫主义诗人对于帝国的这种心理。他们一方面看到了处于18、19世纪“第二帝国时期”的大英帝国在世界范围内构筑的“日不落”辉煌，还试图去言说、阐释甚至以文化的方式助推这种辉煌的成形与存续；另一方面，他们在看到帝国事业不断壮大的同时，也对各种已经发生的政治性问题及其在未来可能导致的政治性问题作了审视和预估。这种既相互扶持又理性反思、既协同又焦虑的状态也构成这些浪漫主义诗人与帝国之间的一种关系。

从宏观的角度来看，华兹华斯帝国叙述的研究除了对于诗人与帝国之间关系的探析，也涉及对“审美与政治”这一经典议题的认知思考。哈罗德·布鲁姆（Harold Bloom）在《西方正典》（*The Western Canon*）中曾把注重社会与文化因素的政治批评所属的流派看作是脱离了文学信仰的“憎恨学派”，相应地，他在评析华兹华斯的《废毁的茅舍》（*The Ruined Cottage*）时，自然而然地聚焦于女主人公玛格丽特的性格中的“绝望中的希望”，诗歌的内容与形式的关系等鲜有涉及意识形态的审美层面，而本能地对玛格丽特的贫穷困顿的成因，丈夫罗伯特参与的殖民战争与玛格丽特死亡的联系等问题避之不谈。然而，读者对于玛格丽特的处境的理解却不单单停留在对其悲惨形象和破败花园的移情层面。除了对于诗作中的“善”的共鸣和“美”的享受，他们也势必会渴求审美之外的“真”。在后结构主义理论和研究方法的影响下，从20世纪60年代起便展现出勃勃生机的态势的文学研究的政治性维度的讨论思潮，便为此提供了一个较强的参照。不论是巴尔特（Roland Barthes）、阿尔都塞（Louis Pierre Althusser）、福柯（Michel Foucault）、德里达（Jacques Derrida）、詹姆逊（Fredric R. Jameson）、霍米·巴巴（Homi Bhabha）等学者对于西方文论中的话语开拓，还是雅克·朗西埃（Jacques Rancière）、阿兰·巴迪欧（Alain Badiou）等人对于文学理论政治性的发展规律的探讨，均较为丰富地阐释了从柏拉图（Plato）、亚里士多德（Aristotle）、贺拉斯（Horace）以及中国春秋时期的孔子等先贤就已经开始涉猎的审美与政治抑或说文学性与政治性的关系的议题讨论。在较好地借鉴众理论贤者的论见和研究方法的基础上，本研究不仅对华兹华斯与帝国的关系进行较为系统阐释、审视文化与帝国相互交织的复杂性特点，还管窥了政治性研究在文学批评中的意义以及运用后结构主义的方法重读文学经典的有效性。我们需要承认，其实以华兹华斯诗歌为例的政治性研究也并非是对侧重文本之内的自律性审美范式的否定，反而是对于以这种审美范式中所未竟之处、需要去建构文本与时代之间有机联系的某种程度的增补。自律性审美研究与政治性的研究在华兹华斯研究中，甚至在整个文学的研究中均应被视作必不可少的构成。

参考文献

一 中文专著

刁克利：《诗性的回归：现代作者理论研究》，昆仑出版社 2015 年版。

丁宏为：《理念与悲曲》，北京大学出版社 2002 年版。

丁宏为：《真实的空间》，北京大学出版社 2013 年版。

范存忠：《中国文化在启蒙时期的英国》，凤凰出版传媒集团、译林出版社 2010 年版。

顾明远：《教育大词典》（增订合编本上册），上海教育出版社 1998 年版。

李枫：《诗人的神学——柯勒律治的浪漫主义思想》，社会科学文献出版社 2008 年版。

李增：《政治与审美——英国浪漫主义诗歌的东方书写研究》，吉林人民出版社 2014 年版。

陆建德：《思想背后的利益》，中信出版集团 2015 年版。

周宁著、编注：《鸦片帝国》，学苑出版社 2004 年版。

朱玉：《作为听者的华兹华斯》，北京大学出版社 2018 年版。

二 中文论文

［比利时］查尔斯·威林顿：《美洲发现的长时段》，陆象淦译，

《第欧根尼》1993年第1期。
陈兵：《基督教文化传统、哥伦布与英国历险小说中的土著形象》，《外国文学》2007年第3期。
陈彦旭：《“我—它”与“我—你”——马丁·布伯理论视角下的浪漫主义诗人东方书写研究》，博士学位论文，东北师范大学，2013年。
程西筠：《论19世纪英国初等教育改革》，《世界历史》1989年第4期。
程巍：《夏洛蒂·勃朗特：鸦片、“东方”与1851年伦敦博览会》，《外国文学评论》2015年第4期。
刁克利：《柏拉图对西方作家理论的奠基》，《外语研究》2005年第1期。
刁克利：《作家生态研究论纲》，《烟台大学学报》（哲学社会科学版）2015年第2期。
杜平：《英国文学的异国情调和东方形象研究》，博士学位论文，四川大学，2005年。
付成双：《现代环境主义视野下的“生态的印第安人”》，《历史研究》2011年第4期。
高红梅：《西方文学中圣杯意象的流变及其价值》，博士学位论文，东北师范大学，2017年。
高伟光：《英国浪漫主义的乌托邦情结》，博士学位论文，北京师范大学，2004年。
何畅：《“如画”的凝视——19世纪英国旅行者笔下的美国形象》，《外国文学研究》2013年第3期。
何伟文：《锡德尼之死：一个英国文化偶像的塑造》，《外国文学评论》2015年第3期。
姜守明：《民族国家形成时期英国殖民思想的发展》，《史学月刊》2002年第6期。

李素杰:《〈拓荒者〉与美国文学传统的建构》,《外国文学》2013年第3期。

李为尧:《想象力的重新诠释:威廉·沃兹沃斯“无源的雾气”》,《英美文学评论》2013年第23期。

李为尧:《以自然治愈国家——威廉·沃兹沃斯的〈春之颂〉》,《兴大人文学报》2016年第57期。

李增、陈彦旭:《“融合”与“敬仰”——英国浪漫主义诗人东方书写的另一面》,《东北师大学报》(哲学社会科学版)2013年第4期。

李增、裴云:《一次关乎“东方”的诗学之旅——从华兹华斯〈序曲〉中“阿拉伯之梦”谈起》,《外语学刊》2013年第5期。

刘国清:《英国浪漫主义诗人的另一面》,《文艺争鸣》2012年第7期。

马伊林、王小博:《〈孤独的割麦女〉:一个充满帝国话语与反帝国话语张力的文本》,《科学·经济·社会》2018年第4期。

綦亮:《弗·伍尔夫小说中的民族身份认同主题研究》,博士学位论文,华东师范大学,2013年。

施义慧:《19世纪英国解决童工问题原因探析》,《广西社会科学》2003年第11期。

孙运梁:《福柯监狱思想研究——监狱的权力分析》,《刑事法评论》2009年第1期。

汪汉利:《食人族、修辞与福音书——从海洋文学等看英国社会对南太平洋及加勒比岛屿土著的想像》,《宁波大学学报》(人文科学版)2015年第2期。

王苹:《告诉我她在唱什么:〈孤独的割麦女〉的后殖民解读》,《外国文学评论》2011年第3期。

王苹:《美后面可怕的真:济慈与殖民主义》,《外国语文》2015

年第2期。

王苹:《"水仙化"与"踢水仙"》,《译林》(学术版)2012年第5期。

王苹、张建颖:《柯尔律治〈老水手行〉与殖民主义》,《南京师范大学文学院学报》2014年第2期。

王茜:《在大自然中读好书——由"阿拉伯之梦"论〈序曲〉中的自然与教化》,《杭州师范大学学报》(社会科学版)2014年第4期。

王欣:《对英国浪漫派自然诗学的哲学思辨》,《上海师范大学学报》(哲学社会科学版)2017年第3期。

谢小琴:《大英博物馆:一个帝国文化空间的建构(1800—1857)》,硕士学位论文,南京大学,2011年。

辛彩娜:《乔伊斯、纪念碑与空间政治》,《解放军外国语学院学报》2016年第2期。

徐红霞:《华兹华斯的〈远游〉与十九世纪英国国民教育》,《外国文学评论》2016年第4期。

徐红霞:《论维多利亚时期的教育出版对华兹华斯"诗人即人师"形象的塑造》,《外国文学》2018年第1期。

徐亚娟:《乾嘉之际英人的中国经验——以马戛尔尼使团成员的"中国著述"为中心》,《社会科学战线》2017年第8期。

杨迪、李增:《"大同社会"背后的帝国心态与殖民意识——骚塞长诗〈麦多克〉中的主人公身份转换解读》,《湛江师范学院学报》2014年第5期。

叶蔚芳:《华兹华斯诗歌中原初创伤的剖析》,博士学位论文,上海外国语大学,2011年。

余君伟:《都市意象、空间与现代性:试论浪漫时期至维多利亚前期几位作家的伦敦游记》,《中外文学》2005年第2期。

袁宪军:《简论华兹华斯的宗教情怀》,《北京第二外国语学院学报》2009 年第 8 期。
张德明:《加勒比英语文学与本土语言意识》,《浙江大学学报》(人文社会科学版)2005 年第 3 期。
张德明:《忧郁的信天翁与诗性的想象力——从〈老水手行〉看旅行文学对浪漫主义诗歌的影响》,《外国文学评论》2010 年第 3 期。
张建萍:《加勒比英语文学中华兹华斯〈水仙花〉的殖民隐喻解读》,《北京第二外国语学院学报》2014 年第 8 期。
张西平:《19 世纪中西关系逆转与黑格尔的中国观研究》,《学术研究》2015 年第 12 期。
张先清:《身体的隐喻:16—18 世纪欧洲社会关于“中国人”的种族话语》,《学术月刊》2011 年第 11 期。
张鑫:《美学沉沦、否定批判与隐喻剧场——论华兹华斯〈寄居伦敦〉中的都市漫游者与伦敦印象》,《解放军外国语学院学报》2011 年第 3 期。
张旭春:《“绿色浪漫主义”:浪漫主义文学经典的重构与重读》,《外国文学研究》2018 年第 5 期。
章燕:《“我孤独地漫游”和“水仙”——华兹华斯诗歌两种题目的考证与比较》,《外国文学》2011 年第 2 期。

三 中文译著

[美] 爱德华·W. 萨义德:《东方学》,王宇根译,生活·读书·新知三联书店 1999 年版。
[美] 爱德华·W. 萨义德:《文化与帝国主义》,李琨译,生活·读书·新知三联书店 2016 年版。
[英] 艾勒克·博埃默:《殖民与后殖民文学》,盛宁译,辽宁教育出版社 1998 年版。
[丹麦] 勃兰兑斯:《十九世纪文学主流——英国的自然主义》

（第四分册），徐式谷、江枫、张自谋译，人民文学出版社 1997 年版。

［英］E. 罗伊斯顿·派克编：《被遗忘的苦难》，蔡师雄、吴宣豪、庄解忧译，福建人民出版社 1983 年版。

［英］弗朗西斯·培根：《新大西岛》，何新译，商务印书馆 1979 年版。

［美］哈罗德·布鲁姆：《西方正典》，江宁康译，译林出版社 2005 年版。

［英］杭特·戴维斯：《华兹华斯》，赵国梅译，中国台北名人出版社 1980 年版。

［美］佳亚特里·斯皮瓦克：《从解构到全球化批判：斯皮瓦克读本》，陈永国、赖立里、郭英剑编，北京大学出版社 2007 年版。

［德］卡尔·马克思：《鸦片贸易史》，载《马克思恩格斯选集》（第一卷），中共中央马克思恩格斯列宁斯大林著作编译局编译，人民出版社 2012 年版。

［英］罗素：《西方哲学史》（上卷），何兆武、李约瑟译，商务印书馆 2012 年版。

［英］罗素：《西方哲学史》（下卷），何兆武、李约瑟译，商务印书馆 2012 年版。

［英］玛里琳·巴特勒：《浪漫派、叛逆者及反动派》，黄梅、陆建德译，辽宁教育出版社 1998 年版。

［美］门罗·C. 比厄斯利：《西方美学简史》，高建平译，北京大学出版社 2006 年版。

［英］齐亚乌丁·萨达尔：《东方主义》，马雪峰、苏敏译，吉林人民出版社 2005 年版。

［英］乔治·马戛尔尼、约翰·巴罗：《马戛尔尼使团使华观感》，何高济、何毓宁译，商务印书馆 2015 年版。

［英］萨缪尔·泰勒·柯尔律治：《老水手行：柯尔律治诗选》，杨德豫译，译林出版社2012年版。

王佐良编：《英国诗选》，上海译文出版社2011年版。

［英］威廉·葛德汶：《政治正义论》（一、二、三卷），何慕李译，商务印书馆1997年版。

［英］威廉·华兹华斯：《华兹华斯诗选》，杨德豫、楚至大等译，吉林出版集团、时代文艺出版社2012年版。

［英］威廉·华兹华斯：《华兹华斯抒情诗选》，黄杲炘译，上海译文出版社1986年版。

［英］威廉·华兹华斯：《华兹华斯抒情诗选》，谢耀文译，译林出版社1995年版。

［英］威廉·华兹华斯：《华兹华斯叙事诗选》，秦立彦译，人民文学出版社2018年版。

［英］威廉·华兹华斯：《序曲或一位诗人心灵的成长》，丁宏为译，中国对外翻译出版公司1999年版。

［英］威廉·华兹华斯等：《十九世纪英国诗人论诗》，刘若端译，人民文学出版社1984年版。

［英］威廉·华兹华斯等：《英国湖畔三诗人选集》，顾子欣译，湖南人民出版社1986年版。

［英］威廉·华兹华斯、萨缪尔·泰勒·柯尔律治：《华兹华斯、柯尔律治诗选》，杨德豫译，人民文学出版社2001年版。

［英］威廉·亚历山大：《1793：英国使团画家笔下的乾隆盛世——中国人的服饰和习俗图鉴》，沈弘译，浙江古籍出版社2006年版。

［英］以赛亚·伯林：《浪漫主义的根源》（新编版），吕梁等译，译林出版社2011年版。

［德］约阿希姆·布姆克：《宫廷文化》（上册），何珊、刘华新译，生活·读书·新知三联书店2006年版。

[英] 约翰·弥尔顿:《失乐园》,朱维之译,上海译文出版社1984年版。

四 外文专著

Abrams, M. H. ed., *English Romantic Poets: Modern Essays in Criticism*, Oxford, New York and London: Oxford University Press, 1975.

Anderson, Benedict, *Imagined Communities: Reflections on the Origin and Spread of Nationalism*, London: Verso, 1991.

Arac, Jonathan and Harriet Ritvo, eds., *Macropolitics of Nineteenth-Century Literature: Nationalism, Exoticism, Imperialism*, Philadelphia: University of Pennsylvania Press, 1991.

Aristotle, *Politics*, trans. C. D. C. Reeve, Indianapolis and Cambridge: Hackett Publishing Company, 1998.

Attar, Samar, *Borrowed Imagination: The British Romantic Poets and their Arabic-Islamic Sources*, Plymouth: Lexington Books, 2014.

Averill, James, *Wordsworth and the Poetry of Suffering*, Ithaca and London: Cornell University Press, 1980.

Bailey, Quentin, *Wordsworth's Vagrants: Police, Prison, and Poetry in the 1790s*, Burlington and Farnham Ashgate, 2011.

Bainbridge, Simon, *Napoleon and English Romanticism*, Cambridge: Cambridge University Press, 1995.

Barker, Juliet, *William Wordsworth: A Life*, New York: Harper Perernial, 2006.

Bate, Jonathan, *Romantic Ecology: Wordsworth and the Environmental Tradition*, London and New York: Routledge, 1991.

Beatty, Arthur, *William Wordsworth: His Doctrine and Art in their Historical Relation*, Madison: University of Wisconsin Press, 1927.

Bell, Andrew, *An Analysis of the Experiment in Education, Made at Egmore, Near Madras*, London: Cadell and Davies, 1807.

Bell, Andrew, *The Madras School, or Elements of Tuition*, London: J. Murray, 1808.

Bewell, Alan, *Romanticism and Colonial Disease*, Baltimore and London: John Hopkins University Press, 1999.

Bewell, Alan, *Wordsworth and the Enlightenment: Nature, Man and Society in the Experimental Poetry*, New Haven and London: Yale University Press, 1989.

Birdsall, Eric ed., *Descriptive Sketches*, Ithaca and London: Cornell University Press, 1984.

Blank, G. K., *Wordsworth and Feeling: The Poetry of an Adult Child*, London: Associated University Press, 1995.

Bloom, Harold, *The Western Canon*, New York, San Diego and London: Harcourt Brace, 1994.

Bloom, Harold ed., *Romanticism and Consciousness*, New York: W. W. Norton & Company, Inc., 1970.

Bloom, Harold ed., *William Wordsworth*, New York: Chelsea House, 2007.

Bolla, Peter de, Nigel Leask and David Simpson, eds., *Land, Nation and Culture, 1740—1840, Thinking the Republic*, New York: Palgrave Macmillan, 2005.

Bolton, Carol, *Writing the Empire: Robert Southey and Romantic Colonialism*, London: Pickering & Chatto, 2007.

Bouson, J. B., *Jamaica Kincaid: Writing Memory, Writing Back to the Mother*, New York: The State University of New York Press, 2005.

Bradley, A. C., *Oxford Lectures on Poetry*, London: Macmillan, 1965.

Brathwaite, Kamau, *Roots*, Ann Arbor: University of Michigan Press,

1993.

Brinkley, Robert and Keith Hanley, eds. , *Romantic Revisions*, Cambridge: Cambridge University Press, 1992.

Bulter, James ed. , *The Ruined Cottage and The Pedlar*, Ithaca and New York: Cornell University Press, 1989.

Burke, Edmund, *A Philosophical Enquiry into the Origin of our Ideas of the Sublime and Beautiful*, London: Printed for R. and J. Dodsley, in Pall-mall, 1764.

Bushell, Sally, James Butler and Michael Jaye, eds. , *The Excursion*, Ithaca and London: Cornell University Press, 2007.

Bushell, Sally, *Rereading The Excursion: Narrative, Response and the Wordsworthian Dramatic Voice*, Burlington: Ashgate, 2002.

Butler, James and Karen Green, eds. , *Lyrical Ballads, and Other Poems, 1797—1800*, Ithaca and London: Cornell University Press, 1992.

Carter, K. Codell ed. , *An Enquiry Concerning Political Justice*, Oxford: Clarendon Press, 1971.

Chandler, James K. , *Wordsworth's Second Nature: A Study of the Poetry and Politics*, Chicago: University of Chicago Press, 1984.

Chang, Elizabeth Hope, *Britain's Chinese Eye: Literature, Empire and Aesthetics in Nineteenth-Century Britain*, Stanford: Stanford University Press, 2010.

Clark, Colette ed. , *Home at Grasmere: Extracts from the Journal of Dorothy Wordsworth and from the Poems of William Wordsworth*, London: Penguin Books, 1988.

Cliff, Michelle, *Abeng*, New York: Penguin Books, 1995

Coleridge, Derwent and Sara Coleridge, eds. , *The Poems of Samuel Taylor Coleridge*, London: Edward Moxon, 1867.

Comparetti, Alice ed., *The White Doe of Rylstone*, Ithaca and London: Cornell University Press, 1940.

Curry, Kenneth, *New Letters of Robert Southey*, Vol. Ⅰ, New York: Columbia University Press, 1965.

Curtis, Jared ed., *Last Poems, 1821—1850*, Ithaca and London: Cornell University Press, 1999.

Curtis, Jared ed., *Poems, in Two Volumes, and Other Poems, 1800—1807*, Ithaca and London: Cornell University Press, 1990.

Curtis, Jared ed., *The Fenwick Notes of William Wordsworth*, Bristol: Bristol Classical Press, 1993.

Curtis, Jared, *The Poems of William Wordsworth, Collected Reading Texts from The Cornell Wordsworth Series*, Vol. 3, Humanities-Ebooks, LLP, 2009.

Danby, John, *The Simple Wordsworth: Studies in the Poems 1797—1807*, London: Routledge & Kegan Paul, 1960.

Darian-Smith, Kate, Liz Gunner and Sarah Nuttall, eds., *Text, Theory, Space: Land, Literature and History in South Africa and Australia*, London and New York: Routledge, 1996.

Darlington, Beth ed., *Home at Grasmere, Part First, Book First of "The Recluse"*, Ithaca and London: Cornell University Press, 1977.

De Quincey, Thomas, *Recollections of the Lakes and the Lake Poets*, London: Penguin Books, 1988.

De Selincourt, E. ed., *The Early Letters of William and Dorothy Wordsworth*, Oxford: Clarendon Press, 1935.

De Selincourt, E. ed., *The Letters of William and Dorothy Wordsworth: The Early Years, 1787—1805*, Oxford: Clarendon Press, 1967.

De Selincourt, E. ed., *The Letters of William and Dorothy Wordsworth: The Early Years, Part Ⅲ*, New York: Oxford University Press,

1982.

De Selincourt, E. ed., *The Letters of William and Dorothy Wordsworth: The Later Years, 1821—1830*, Vol. 1, Oxford: Clarendon Press, 1939.

De Selincourt, E. ed., *The Letters of William and Dorothy Wordsworth: The Later Years, 1831—1840*, Vol. 2, Oxford: Clarendon Press, 1939.

De Selincourt, E. ed., *The Letters of William and Dorothy Wordsworth: The Later Years, 1841—1850*, Vol. 3, Oxford: Clarendon Press, 1939.

De Selincourt, E. ed., *The Letters of William and Dorothy Wordsworth: The Middle Years, 1806—1811*, Vol. 1, Oxford: Clarendon Press, 1937.

De Selincourt, E. ed., *The Letters of William and Dorothy Wordsworth: The Middle Years, 1811—1820*, Vol. 2, Oxford: Clarendon Press, 1937.

De Selincourt, E. ed., *The Letters of William and Dorothy Wordsworth: The Middle Years, Part Ⅰ, 1806—1811*, Oxford: Clarendon Press, 2000.

De Selincourt, E. ed., *The Poetical Works of William Wordsworth*, Vol. 1, Oxford: Clarendon Press, 1963.

De Selincourt, E. ed., *The Poetical Works of William Wordsworth*, Vol. 2, Oxford: Clarendon Press, 1965.

De Selincourt, E. ed., *The Poetical Works of William Wordsworth*, Vol. 4, Oxford: Clarendon Press, 1940.

De Selincourt, E. and Helen Darbishire, eds., *The Poetical Works of William Wordsworth*, Vol. 5, Oxford: Clarendon Press, 1949.

Driver, Cecil, *Tory Radical: The Life of Richard Oastler*, New York:

Columbia University Press, 1946.

Dugas, Kristine ed. , *The White Doe of Rylstone, or The Fate of the Nortons*, Ithaca and New York: Cornell University Press, 1988.

Durrant, Geoffrey, *William Wordsworth*, Cambridge, London and New York: Cambridge University Press, 1979.

Eagleton, Terry, *Literary Theory: An Introduction*, Oxford: Blackwell Publishers, 2004.

Easterlin, Nancy, *Wordsworth and the Question of "Romantic Religion"*, Lewisburg: Bucknell University Press, 1996.

Fairchild, Hoxie Neale, *Religious Trends in English Poetry, 1780—1830, Romantic Faith*, Vol. 3, New York: Columbia University Press, 1949.

Ferguson, Kathy and Monique Mironesco, *Gender and Globalization in Asia and the Pacific: Method*, Manoa: University of Hawai'i Press, 2008.

Fitzgerald, Mauvice H. ed. , *Madoc in Poems of Robert Southey*, London: Oxford University Press, 1909.

Fry, Paul, *Wordsworth and the Poetry of What We are*, New Haven and London: Yale University Press, 2008.

Frye, Northrop, *Romanticism Reconsidered*, New York: Columbia University Press, 1963.

Fulford, Tim and Peter J. Kitson, eds. , *Romanticism and Colonialism: Writing and Empire, 1780—1830*, New York: Cambridge University of Press, 2005.

Fulford, Tim, *Romantic Indians: Native Americans, British Literature, and Transatlantic Culture 1756—1830*, New York: Oxford University Press, 2006.

Garber, Frederick, *Wordsworth and the Poetry of Encounter*, Bubana,

Chicago and London: University of Illinois Press, 1971.

Gibbs, Lewis ed., *The Life and Letters of John Keats*, London and New York: Dent & Dutton, 1954.

Gill, Stephen, *William Wordsworth: A Life*, Oxford: Clarendon Press, 1989.

Gill, Stephen, *Wordsworth and the Victorians*, Oxford: Clarendon Press, 2001.

Gill, Stephen, *Wordsworth's Revisitings*, Oxford: Oxford University Press, 2011.

Gill, Stephen ed., *Cambridge Companion to Wordsworth*, Cambridge: Cambridge University Press, 2003.

Gill, Stephen ed., *The Salisbury Plain Poems of William Wordsworth*, Ithaca and London: Cornell University Press, 1991.

Gill, Stephen ed., *William Wordsworth*, New York: Oxford Universtry Press, 2010.

Gill, Stephen ed., *William Wordsworth: The Major Works*, Oxford: Oxford University Press, 2008.

Gill, Stephen ed., *William Wordsworth: The Oxford Authors*, Oxford and New York: Oxford University Press, 1990.

Gravil, Richard and Daniel Robinson, eds., *The Oxford Handbook of Wordsworth*, Oxford: Oxford University Press, 2015.

Gravil, Richard, *Wordsworth's Bardic Vocation, 1787—1842*, Basingstoke: Palgrave Macmillan, 2003.

Griggs, William, *Relics of the Honorable East India Company: A Series of Fifty Plates*, London: Bernard Quaritich, 1909.

Grosart, Alexander B. ed., *The Prose Works of William Wordsworth*, Vol. 2, London: Edward, 1876.

Grosart, Alexander B. ed., *The Prose Works of William Wordsworth*,

Vol. 3, London: Edward, 1876.

Hall, Dewey W. ed., *Romantic Ecocriticism Origins and Legacies*, Lanham: Lexington Books, 2016.

Hanley, Keith, *Wordsworth: A Poetry's History*, Houndmills and New York: Palgrave, 2001.

Harrison, Gary, *Wordsworth's Vagrant Muse*, Detroit: Wayne State University Press, 1994.

Hartman, Geoffrey, *Wordsworth's Poetry 1787—1814*, New Haven and London: Yale University Press, 1964.

Havens, Raymond Dexter, *The Mind of a Poet: A Study of Wordsworth's Thought*, Vol. I, Baltimore: John Hopkins University Press, 1941.

Hazlitt, William, *The Spirit of the Age*, London and New York: Dent & Dutton, 1934.

Hearne, Samuel, *A Journey from Prince of Wales's Fort in Hudson's Bay to the Northern Ocean*, Amsterdam: N. Isreal, 1968.

Hichter, Michael, *Internal Colonialism: The Celtic Fringe in British National Development*, Berkeley: University of California Press, 1999.

Hickey, Alison, *Impure Conceits: Rhetoric and Ideology in Wordsworth's "Excursion"*, Stanford: Stanford University Press, 1997.

Hill, Alan G., *The Letters of William and Dorothy Wordsworth: The Later Years, Part 3: 1835—39*, Oxford: Clarendon Press, 1982.

Hudson, Henry, *Studies in Wordsworth*, Boston: Little, Brown and Company, 1884.

Hutchinson, Thomas ed., *The Poetical Works of William Wordsworth*, Oxford: Oxford University Press, 1939.

Jackson, George ed., *Sonnet Series and Itinerary Poems, 1820—1845*, Ithaca and London: Cornell University Press, 2004.

Jacobus, Mary, *Romanticism Writing and Sexual Difference: Essays on The Prelude*, New York: Oxford University Press, 1989.

Jacobus, Mary, *Romanticism Writing and Sexual Difference: Essays on The Prelude*, Oxford: Clarendon Press, 1994.

Jacobus, Mary, *Tradition and Experiment in Wordsworth's Lyrical Ballads (1798)*, Oxford: Clarendon Press, 1976.

James, Felicity, *Charles Lamb, Coleridge and Wordsworth: Reading Friendship in the 1790s*, Bashingstoke: Palgrave Macmillan, 2008.

Jarvis, Simon, *Wordsworth's Philosophical Song*, Cambridge: Cambridge University Press, 2007.

Johnston, Kenneth, *The Hidden Wordsworth*, London: Pimlico, 2000.

Ketcham, Carl H. ed., *Shorter Poems, 1807—1820*, Ithaca and London: Cornell University Press, 1989.

Ketcham, Carl H. ed., *The Letters of John Wordsworth*, Ithaca and New York: Cornell University Press, 1969.

Kincaid, Jamaica, *Lucy*, London: Picador, 1991.

Kincaid, Jamaica, *Lucy*, New York: Plume, 1991.

Kishe, Joseph F. ed., *The Tuft of Primroses, with Other Late Poems for The Recluse*, Ithaca and London: Cornell University Press, 1986.

Kitson, Peter J., *Forging Romantic China: Sino-British Cultural Exchange 1760—1840*, New York: Cambridge University Press, 2013.

Knight, William ed., *Journals of Dorothy Wordsworth*, Vol. 1, London: Macmillan, 1919.

Knight, William ed., *Journals of Dorothy Wordsworth*, Vol. 2, London: Macmillan, 1910.

Landon, Carol and Jared Curtis, eds., *Early Poems and Fragments, 1785—1797*, Ithaca and London: Cornell University Press, 1997.

Leask, Nigel, *Curiosity and the Aesthetics of Travel Writing, 1770—*

1840: From an Antique Land, New York: Oxford University Press, 2002.

Lee, Debbie, *Slavery and the Romantic Imagination*, Philadelphia: University of Pennsylvania Press, 2002.

Lyon, Judson Stanley, *The Excursion: A Study*, New Haven: Yale University Press, 1950.

Makdisi, Saree, *Romantic Imperialism: Universal Empire and the Culture of Modernity*, Cambridge: Cambridge University Press, 1998.

Marsh, Florence, *Wordsworth's Imagery: A Study in Poetic Vision*, New Haven: Yale University Press, 1963.

Martin, R. Montgomery, *China: Political, Commercial, and Social: in an Official Report to Her Majesty's Government*, Vol. 2, London: Brewster and West, 1847.

Mason, Emma, *The Cambridge Introduction to William Wordsworth*, Cambridge: Cambridge University Press, 2010.

Matlak, Richard E., *Deep Distresses: William Wordsworth, John Wordsworth, Sir George Beaumont 1800—1808*, Newark: University of Delaware Press, 2004.

McFarland, Thomas, *Romanticism and the Forms of Ruin: Wordsworth, Coleridge, the Modalities of Fragmentation*, Princeton and New Jersey: Princeton University Press, 2014.

McFarland, Thomas, *William Wordsworth: Intensity and Achievement*, Oxford: Clarendon Press, 1992.

McGann, Jerome J., *The Beauty of Inflections: Literary Investigations in Historical Method and Theory*, New York: Oxford University Press, 1985.

McGann, Jerome J. ed., *The Major Works*, Oxford: Oxford University Press, 2008.

Meyer, G. W., *Wordsworth's Formative Years*, Ann Arbor: University of Michigan Press, 1943.

Moorman, Mary, *William Wordsworth: A Biography, The Early Years, 1770—1803*, Oxford: Oxford University Press, 1957.

Moorman, Mary, *William Wordsworth: A Biography, The Later Years, 1803—1850*, Oxford: Oxford University Press, 1965.

Moorman, Mary ed., *The Letters of William and Dorothy Wordsworth: The Middle Years, Part Ⅰ, 1806—1811*, Oxford: Clarendon, 1969.

Moorman, Mary and Alan G. Hill, eds., *The Letters of William and Dorothy Wordsworth: The Middle Years, Part Ⅱ, 1812—1820*, Vol. Ⅲ, Oxford: Clarendon, 1970.

Morgen, Thais E. ed., *Men Writing the Feminine: Literature, Theory and the Question of Genders*, Albany: The State University of New York Press, 1994.

Newlyn, Lucy, *William and Dorothy Wordsworth: "All in Each Other"*, Oxford: Oxford University Press, 2013.

Newton, John, *An Authentic Narrative of Some Remarkable and Interesting Particulars in the Life of John Newton*, London: Nabu Press, 1786.

Orel, Harold, *William Wordsworth: Interviews and Recollections*, Basingstoke and New York: Palgrave Macmillan, 2005.

Osborne, Robert ed., *The Borderers*, Ithaca and London: Cornell University Press, 1982.

Owen, W. J. B. and Jane Smyser, eds., *The Prose Works of William Wordsworth*, Vol. Ⅲ, Oxford: Oxford University Press, 1974.

Patra, Pradip Kumar and Amar Nath Prasad, eds., *Recritiquing William Wordsworth*, New Delhi: Sarup & Sons, 2006.

Patton, Lewis and Peter Mann, eds. , *The Collected Works of Samuel Taylor Coleridge: Letters* (1795) *on Politics and Religion*, Vol. Ⅰ, Princeton: Princeton University Press, 1971.

Porter, Roy and Mikulas Teich, eds. , *Romanticism in National Context*, Cambridge: Cambridge University Press, 1988.

Potkay, Adam, *Wordsworth's Ethics*, Baltimore: John Hopkins University Press, 2013.

Pratt, Lynda ed. , *Robert Southey and the Contexts of English Romanticism*, Hampshire: Ashgate Publishing Limited, 2006.

Reiman, Donald H. and Neil Fraistat, eds. , *Shelley's Poetry and Prose*, New York and London: Norton, 2002.

Richardson, Alan, *Literature, Education, and Romanticism: Reading as Social Practice 1780—1832*, Cambridge: Cambridge University Press, 1994.

Richardson, Alan and Sonia Hofkosh, eds. , *Romanticism, Race, and Imperial Culture, 1780—1834*, Bloomington: Indiana University Press, 1996.

Roe, Nicholas, *Wordsworth and Coleridge: The Radical Years*, Oxford: Clarendon Press, 1988.

Rowse, A. L. , *The Expansion of Elizabethan England*, London and Basingstoke: Macmillan & Company Ltd. , 1955.

Ryan, Dermot, *Technologies of Empire: Writing, Imagination, and the Making of Imperial Networks, 1750—1820*, Newark: University of Delaware Press, 2013.

Seeley, J. R. , *The Expansion of England*, London: Macmillan and Co. , 1883.

Somervell, D. C. , *English Thought in the Nineteenth Century*, London: Methuen, 1940.

Stillinger, Jack and Deidre Shauna Lynch, eds. , *The Norton Anthology of English Literature*, Vol. D, *The Romantic Period*, New York and London: Norton, 2006.

Taylor, E. G. R. , *The Mathematical Practioners of Hanoverian England 1714—1840*, New York: Cambridge University Press, 1966.

Taylor, E. G. R. , *Tudor Geography 1485—1603*, New York: Octagon Books, 1968.

Thomas, Helen, *Romanticism and Slave Narratives: Transatlantic Testimonies*, New York: Cambridge University Press, 2003.

Thompson, Carl, *The Suffering Traveller and the Romantic Imagination*, New York: Oxford University Press, 2007.

Thompson, E. P. , *The Making of the English Working Class*, New York: Vintage Books Press, 1963.

Torres-Saillant, Sivio, *Caribbean Poetics*, *toward an Aesthetic of West Indian Literat*ure, Cambridge: Cambridge University Press, 1997.

Ultee, Maarten ed. , *Adapting to Conditions: War and Society in the Eighteenth Century*, Tuscaloosa: University of Alabama Press, 1986.

Viswanathan, Gauri, *Masks of Conquest: Literary Study and British Rule in India*, New York: Columbia University Press, 1989.

Walrond, Theodore ed. , *Letters and Journals of James*, *Eighth Earl of Elgin*, London: John Murrey, 1872.

Wiley, Michael, *Romantic Geography: Wordsworth and Anglo-European Spaces*, New York: St. Martin's Press, Inc. , 1998.

Wiley, Michael, *Romantic Migrations: Local*, *National*, *and Transnational Dispositions*, New York: Palgrave Macmillan, 1998.

Williams, John, *William Wordsworth: A Literary Life*, London: Macmillan, 1996.

Williams, Raymond, *The Country and the City*, New York: Oxford

University Press, 1973.

Wordsworth, Christopher, *Memoirs of William Wordsworth*, Vol. Ⅰ, London: E. Moxon, 1851.

Wordsworth, Jonathan ed., *Bicentenary Wordsworth Studies in Memory of John Alban Finch*, Ithaca and London: Cornell University Press, 1970.

Wordsworth, Jonathan, M. H. Abrams and Stephen Gill, eds., *The Prelude 1799, 1805, 1850*, New York and London: W. W. Norton & Company, 1979.

Worthen, John, *The Life of William Wordsworth: A Critical Biography*, Hoboken: John Wiley & Sons, Ltd., 2014.

Wu, Duncun, *Wordsworth: An Inner Life*, Oxford: Blackwell Publishing, 2002.

Wu, Duncun, *Wordsworth's Reading 1770—1799*, Cambridge: Cambridge University Press, 1993.

Wu, Duncun, *Wordsworth's Reading 1800—1815*, Cambridge: Cambridge University Press, 1995.

Wu, Duncun ed., *Wordsworth's Poets*, Machester: Carcanet, 2003.

五　外文论文

Abdelwahed, Said I., *Orientalism and Romanticism: A Historical Dialectical Relationship*, Ph. D. dissertation, Dequesne University, 1992.

Brantlinger, Patrick, "Missionaries and Cannibals in Nineteen-Century Fiji", *History and Anthropology*, Vol. 17, No. 1, 2006, pp. 21 – 38.

Chandler, David, "Robert Southey and 'The Prelude''s 'Arab Dream'", *The Review of English Studies*, New Series, Vol. 54, No. 214,

April 2003, pp. 203 – 219.

Dabundo, Laura Susan, *The Extrospective Vision: The Excursion as Transitional in Wordsworth's Poetry and Age*, Ph. D. dissertation, Temple University, 1986.

Gidal, Eric, *Passions Stamped on Lifeless Things: English Romanticism and The Poetics of the British Museum*, Ph. D. dissertation, University of Michigan, 1995.

Gidal, Eric, "Playing with Marbles: Wordsworth's Egyptian Maid", *The Wordsworth Circle*, Vol. 24, No. 1, Winter 1993, pp. 3 – 11.

Gottlieb, Evan Michael, *Feeling British: Sympathy and the Literary Construction of National Identity, 1707—1832*, Ph. D. dissertation, The State University of New York at Buffalo, 2002.

Haddad, Emily Anne, *Orientalist Poetics: The Islamic Middle East in Nineteenth-Century English and French Poetry*, Ph. D. dissertation, Harvard University, 1997.

Heldreth, Leonard Guy, *Dream Images and Symbolis in Wordsworth's Poetry*, Ph. D. dissertation, University of Illinois at Urbana-Champaign, 1973.

Hickey, Alison, *Impure Conceit: Figuration in Wordsworth's "Excursion"*, Ph. D. dissertation, Yale University, 1991.

Jarvis, Robin, "Madoc in Scotland: A Transatlantic Perspective on 'Stepping Westward'", *European Romantic Review*, Vol. 19, No. 2, 2008, pp. 149 – 156.

Khan, Jalal Uddin, "The Bee-Politics in Wordsworth's *Vernal Ode*", *English Language Notes*, Vol. 41, No. 2, December 2003, pp. 43 – 56.

Khan, Jalal Uddin, "Wordsworth's 'The Haunted Tree': A Political and Dialogical Reading", *Forum for Modern Language Studies*,

Vol. 38, No. 3, 2002, pp. 63 – 82.

Kincaid, Jamaica, "Plant Parenthood", *The New Yorker*, June 19, 1995, p. 43.

Kitson, Peter J., "The Wordsworths, Opium and China", *The Wordsworth Circle*, Vol. 43, No. 1, Winter 2012, pp. 2 – 11.

Lee, Wei-yao, "The Victory Ode and National Narrative: William Wordsworth's *Thanksgiving Ode*", *Concentric: Literary and Cultural Studies*, Vol. 42, No. 2, September 2016, pp. 169 – 194.

Liu, Alan, "Wordsworth: The History in 'Imagination'", *ELH*, Vol. 51, No. 3, Autumn 1984, pp. 505 – 548.

Mabee, Frank, *The Pastured Sea: Maritime Radicalism and British Romanticism*, Ph. D. dissertation, University of Southern California, 2005.

Manning, Peter J., "Wordsworth in Youth and Age", *European Romantic Review*, Vol. 25, No. 3, 2014, pp. 385 – 396.

Mayo, Robert, "The Contemporaneity of the 'Lyrical Ballads'", *PMLA*, Vol. 69, No. 3, 1954, pp. 486 – 522.

McKusick, James C., "Stepping Westward", *The Wordsworth Circle*, Vol. 32, No. 3, Summer 2001, pp. 122 – 126.

Richardson, Alan, "Darkness Visible: Race and Representation in Bristol Abolitionist Poetry, 1770—1810", *The Wordsworth Circle*, Vol. 27, No. 2, 1996, pp. 67 – 72.

Shreiber, Maeera, "The End of Exile: Jewish Identity and Its Diasporic Poetics", *PMLA*, Vol. 113, No. 2, March 1998, pp. 273 – 287.

Smith, Ian, "Misusing Canonical Intertexts: Jamaica Kincaid, Wordsworth, and Colonialism 'absent things'", *Callaloo*, Vol. 25, No. 3, Summer 2002, pp. 801 – 820.

Smyser, Jane Worthington, "Wordsworth's Dream of Poetry and Science: *The Prelude*, V", *PLMA*, Vol. 71, No. 1, March 1956, pp. 269 – 275.

Soni, Chine, *British Romanticism, Slavery and the Slave Trade, 1780s—1830s*, Ph. D. dissertation, The Nottingham Trent University, 2009.

Stitt, Jocelyn Fenton, *Gender in the Contact Zone: Writing the Colonial Family in Romantic-Era and Caribbean Literature*, Ph. D. dissertation, University of Michigan, 2002.

Stitt, Jocelyn Fenton, "Producing the Colonial Subject: Romantic Pedagogy and Mimicry in Jamaica Kincaid's Writing", *ARIEL*, Vol. 37, No. 2, April-July 2006, pp. 137 – 167.

Swaab, Peter, "Wordsworth's Elegies for John Wordsworth", *The Wordsworth Circle*, Vol. 45, No. 1, Winter 2014, pp. 30 – 38.

Tong, Joanne, *Imperial Fortunes: Britain and the Romance of China, 1750—1850*, Ph. D. dissertation, University of California, Los Angeles, 2006.

Valeo, Chrisrina Anne, *Imagining the Wild (er) ness: British Romantic Writers and American Indians*, Ph. D. dissertation, University of Illinois at Urbana-Champaign, 2003.

Walker, Eric C., "Wordsworth's 'Haunted Tree' and 'Yew-Trees' Criticism", *Philological Quarterly*, Vol. 67, No. 1, Winter 1988, pp. 63 – 82.

Welberry, Karen, "Colonial and Postcolonial Deployment of 'Daffodils'", *Kunapipi Journal of Post-Colonial Writing*, Vol. 19, No. 1, 1997, pp. 32 – 44.